ALEX THANNER

WEIHNACHTEN
MIT MAMA

ALEX THANNER

WEIHNACHTEN MIT MAMA

ROMAN

THIELE  VERLAG

Tannenduft und dicke Luft.
Mama steht beleidigt auf der verschneiten Terrasse.
Sie friert und raucht.

Es ist Weihnachten.

Dieses Buch ist eine Liebeserklärung an Mama.
Aber es kann sein, dass Mama es nicht merkt.

PROLOG

Wie peinlich! *Wie überaus peinlich!*«
Mama schlug ein Tremolo an, das in Lichtge-
schwindigkeit die Selbstsicherheit eines jeden unter-
miniert und in ein personifiziertes schlechtes Gewissen
verwandelt. Sie brauchte nicht die Hände zu ringen
oder zu sonst einer Geste der Verzweiflung zu greifen.
Es reichte das Tremolo. Und wie sie das Wort *peinlich*
aussprach – so aus tiefster Seelennot.

»Du willst doch nicht etwa in *diesem* Aufzug aus dem
Haus?«, setzte sie nach.

Ich war froh, dass diese rhetorische Frage nicht an
mich, sondern an meinen Bruder Robert gerichtet war.
Der sogleich den Kopf einzog und einen schuldbewuss-
ten Blick aufsetzte à la: *Ich war's nicht*, den er seit frühen
Kindertagen draufhatte und mit dem er sich Pardon er-
hoffte. Aber er machte den Fehler, ihn mit etwas Auf-
sässigkeit zu mischen. Was Mama unweigerlich dazu
brachte, noch ein wenig nachzulegen.

»Das kannst du unmöglich ernst meinen ... *so* zur
Christmette zu gehen.«

»Aber, Mama, ich zieh ja einen Mantel drüber. Was
ich da drunter trage, sieht doch keiner.«

»*Ich* sehe es, Robert, *ich* sehe es. Und *du* siehst es. Es wird ja nicht zu viel verlangt sein, wenn du einmal im Jahr festtäglich gewandet zur Kirche gehst und nicht in diesem … in diesem *Outfit*.«

So war es, als Robert sechzehn war und ich achtzehn und damit längst aus der pubertären Schusslinie. So war es auch, als Robert zweiundzwanzig war und Mama ihm regelmäßig die Krawatte gerade zog. So war es noch, als Robert mit achtundzwanzig – endlich, wie Mama fand – heiratete und sie ihm den Smoking aussuchte und das Hemd und die Fliege und ihm das Sträußchen am Revers befestigte. Niemals, zu keiner Zeit, war es Robert gelungen, in Mamas Augen irgendwie adäquat angezogen zu sein. Während sie bei mir nie ein Fitzelchen auszusetzen fand.

So hatte ich bei Mama immer die Nase vorn. Erstgeborener halt. Der Vorsprung bleibt dir immer. Der Kleine hechelt hinter dir her, wenn du schon in Mamas Armen angekommen bist. Er hat nie eine wirkliche Chance. Er kämpft verbissen um Anerkennung und Liebe, und man kann nicht sagen, dass Mama jemals irgendwie erkennen ließ, für mich mehr Sympathie und Wohlwollen zu empfinden als für Robert. Es war nicht offensichtlich, nicht ein einziges Mal. Doch ich spürte, ich wusste es. Und Robert spürte und wusste es auch.

Nicht nur an jenem Weihnachtsabend vor einem Vierteljahrhundert. Es war noch so, als die ganze Familie zusammenkam, an jenem überaus denkwürdigen

Tag, als Weihnachten und Mamas fünfundsechzigster Geburtstag auf einen Tag fielen. Diese Geschichte muss ich Ihnen erzählen. Warum? Nun, weil das Christkind an diesem Heiligen Abend eine ganz besondere Überraschung mitbrachte. Und die Siebenschöns zu wahrer Größe fanden und endlich eine Familie wurden. Mehr kann ich an dieser Stelle beim besten Willen nicht verraten ...

Doch sollten Sie nun in freudiger Erregung einen harmlos-lustigen Familienroman erwarten, muss ich Sie leider enttäuschen. Bei den Siebenschöns ist alles auf den hohen Ton gestimmt, immer Oper oder zumindest Operette, ein Drama in mehreren Akten. Auf unserer Bühne gibt es virtuoses Spiel aller Beteiligten inklusive ein paar komischer Slapstick-Einlagen. Und irgendwann geht es bei uns auch immer um alles oder nichts. Wenn Ihnen das, was ich Ihnen in absoluter Ehrlichkeit erzähle, ziemlich unwahrscheinlich, an den Haaren herbeigezogen oder sonst wie unglaubwürdig vorkommt, sollten Sie etwas über Familie lernen, liebe Leserinnen und Leser – so es Letztere überhaupt gibt. Wenn Sie Herr oder Frau Rührmichnichtan sein wollen, kaufen Sie sich eine Fahrkarte auf die einsame Insel. Hier, in *Family's Land*, lebt jeder sozusagen in der Westentasche des anderen. Einsamkeit ist wie ein dunkles Zimmer, das einem ganz allein gehört. Familie ist ein Leben, in dem einem nichts allein gehört. Gar nichts. Das ist furchtbar, ich weiß. Und es ist wunderbar. So wunderbar wie

Weihnachten, wenn der Schnee fällt, wenn der Eierlikör kreist und der Punsch die Wangen erhitzt. Wenn Bescherung ist – ein Wort, das wir unbedingt wörtlich nehmen müssen.

Und wenn Sie am Ende meinen, wir Siebenschöns seien Ihnen irgendetwas schuldig geblieben, bekommen Sie Ihr Geld zurück und können sich davon einen anderen Weihnachtsroman kaufen. Aber dafür übernehme ich dann keinerlei Haftung.

1

MEINE GÜTE, IST DENN DAS ZU VIEL VERLANGT?

E schneite. Vom Himmel, der so dramatisch aussah, als würden dort oben hinter verschlossenen Toren Engelschöre proben, fielen seit Stunden dicke Flocken, die im Licht der Straßenlaternen tanzten und dann zu Boden sanken, als ließen sie sich in einen lang ersehnten Schlaf fallen. Der so kurz vor Weihnachten hereinbrechende Winter war derart ungewohnt, dass jeder die Befürchtung hatte, die weiße Pracht würde niemals bis zum Fest halten, sondern sicherlich wie so oft in regennasser Düsternis und meteorologischem Trübsinn versinken. Pünktlich zum Heiligen Abend würde sie wohl wieder warmem Nieselregeln Platz gemacht haben. Doch der Schneefall dauerte an. Er überzog die Stadt mit Zuckerguss, die Autos bekamen dicke Mützen, und von den Gehwegen war das Scharren emsig betätigter Schneeschaufeln zu hören – ein Geräusch, das jeden, der es von drinnen, aus der Sicherheit und Geborgenheit seines gemütlichen Heims, vernimmt, sogleich in frohe Erwartung versetzt: auf Winterfreuden vielfältiger Art. Die Erinnerung an Schlittenfahrten und ausgedehnte Wanderungen durch von Schnee glitzernde Parks und Wälder, sozusagen durch ein wirkliches Narnia, gibt dem Herzen einen wehmütigen Stich. Ach ja, damals – *weiße Weihnachten*! Wie lange hat es das nicht gegeben?

Ich für meine Person hatte das Jahr abgeschlossen. Die Verlagsgeschäfte waren schon in die Weihnachtspause geschickt worden, die vergangenen Tage damit vergangen, Geschenke zu besorgen und Vorbereitungen zu treffen. Vorbereitungen besonderer Art, möchte ich sagen, denn diesmal würde Weihnachten etwas ganz Spezielles sein: Es fiel zusammen mit dem fünfundsechzigsten Geburtstag meiner Mutter, die tatsächlich ein am 24. Dezember geborenes Christkind ist – »wie Sisi … Kaiserin Elisabeth … du weißt schon«, was Mama nie müde wurde zu betonen.

Wen auch immer nun der Gedanke durchzuckt: Wie praktisch! Zwei Feste an einem Tag! Das ist nur die halbe Mühe!, der muss leider enttäuscht werden.

Man muss wissen, dass meine Eltern in München residieren – nein, das ist nicht übertrieben, man kann es durchaus so nennen! – und ich mit meiner Frau Julie in Münster wohne; die beiden Orte haben, wie jeder weiß, nur die erste Silbe gemein, sind aber ansonsten nervenaufreibende sechshundertsechzig Kilometer voneinander entfernt. Also muss sich der gratulierende Teil der Familie auf den Weg machen, sprich: sich ins vorweihnachtliche Verkehrschaos stürzen, während der Gratulationen empfangende Teil die sich anbahnenden frohen Ereignisse in den eigenen vier Wänden erwarten darf. Und es ist keineswegs nur *ein* gratulierender Teil, sondern es sind deren mehrere, und alle kommen sie wie die Hirten – von nah – und die Könige – von fern – zum Heim des Christ- und Geburtstagskinds, das sie nicht im Stall antreffen werden, sondern im Ohrensessel.

Wir teilten also in diesem Jahr das Schicksal der Heiligen Familie: »Auf die Flucht«, wie meine Frau Julie es nannte. Da wir nach dem Weihnachtsbesuch bei Eltern und Großeltern nicht nach Münster zurückkehren, sondern in den Winterurlaub, in eine Kuschelhütte in der Nähe von Kitzbühel weiterfahren wollten, hatten wir zum ersten Mal seit Jahren keine Blaufichte oder Edeltanne zum Preis eines durchschnittlichen Kurzurlaubs besorgt. Es war uns sogar erspart geblieben, sozusagen in letzter Minute – wie wir es sonst immer taten – über die schon ziemlich gerupften Weihnachtsbaummärkte herzufallen und an die dort traurig herumstehenden übriggebliebenen Erzeugnisse der heimischen Forstindustrie strenge ästhetische Maßstäbe anzulegen, was schlanken Wuchs, den Augen wohlgefällige Buschigkeit und gerade Spitze betraf. Also aus dem bereits spärlichen, ja mickrigen Angebot ein in jeder Hinsicht überzeugendes und dem weihnachtlich geschmückten Heim der Familie Siebenschön adäquates Exemplar herauszusuchen. Was üblicherweise nicht vor dem 23. Dezember geschah, aber es hatte auch schon Jahre gegeben, wo ein sichtlich enervierter Herr Johannes Siebenschön und seine unverdrossen optimistische Gemahlin Julie die Münsteraner Weihnachtsbaumverkäufer am Vormittag des Heiligabends in den Wahnsinn getrieben hatten.

Da entspannen sich dann Dialoge wie dieser:

Er: Schau mal, der ist doch schön.

Sie: Der ist nicht ganz gerade. Und zu klein für den großen Salon.

Er: Aber er hat eine tolle Spitze.

Sie: Er ist ziemlich gedrungen, *n'est ce pas?*

Er: Du meinst, er ist *fett?* Dann passt er ja zu mir …

Sie: Quatsch … Und riesige Löcher hat er auch … schau doch nur.

Er: Da wird doch sowieso was dazwischen gehängt.

Sie: Die kannst du nicht alle zuhängen. Außerdem piksen die Nadeln.

Er: Kannst ihn ja mit Handschuhen dekorieren.

Sie: Und wenn ich die Kerzen anzünde, muss ich dann auch immer Handschuhe anziehen? Das ist doch absurd!

Er: So schlecht ist er gar nicht. Er ist irgendwie … ehrlich …

Sie: Ehrlich?

Er: Ja, er hat Charakter.

Sie: Du meinst so was wie »innere Werte«?

Er: Irgendwie, ja. Er steht mit seinem Stamm mitten im Leben. Er hat allen Stürmen getrotzt.

Sie rollt mit den Augen.

Verkäufer: Nehmen Sie den nun oder nicht?

Sie schüttelt den Kopf.

Er: Madame möchte einen Baum ohne Charakter. Einen, der wie George Clooney aussieht.

Sie: Das ist nicht fair. Ich möchte nur einen perfekten Baum.

Er: Ich finde, wir sollten einen Baum aussuchen, der zu uns passt.

Sie: Wie diesen kleinen Dicken mit der tollen Spitze?

Dieses Jahr nun war auf »den Baum« verzichtet worden, denn am Tag vor Heiligabend sollte nur der BMW mit Geschenken beladen werden, es ging auf die Autobahn, wo wir uns sicher nicht allein auf diesem Planeten fühlen würden. Auf die Frage, was sie sich zum Geburtstag wünsche, hatte Mama nicht wie sonst erwartungsgemäß »liebe Kinder« gesagt, sondern einen sehr schlichten, jedoch geradezu perfiden Wunsch geäußert: »Dass ihr alle kommt.« Alle Lieben um sich zu versammeln, ist ein typischer Mama-Wunsch. Nun wünschte sie sich nichts anderes, als einmal alle ihre Kinder und Geschwister um sich zu haben, um sie nach Herzenslust verwöhnen und terrorisieren zu können.

Die Betonung lag auf *alle,* und damit kündigt sich in dem so unschuldig klingenden Wunsch bereits ein mittelgroßes Katastrophenszenario an. Denn alle hieß nun mal nichts anderes als alle, also, ich meine: *wirklich alle.* Verstehen Sie? ALLE in Großbuchstaben.

Das waren nicht nur die »Münsteraner«, also der älteste Sohn mit seiner netten französischen Frau, *très charmant*, das waren auch die »Traunsteiner«, also mein zwei Jahre jüngerer Bruder Robert mit seiner Frau Christina und seinen liebreizenden Kindern, den Zwillingen Jules und Jim, beide acht Jahre alt. Und meine Schwestern Laura und Dorle, Ltztere mit ihrem Freund Max, denn er schien endlich einmal etwas »Festes« zu sein. Und meine Tante Charlotte, in einem früheren Leben Pianistin, heute Musiklehrerin im Ruhestand. Und Tante Karin, die jüngere Schwester meiner Mutter, mit ihrem Mann Bernhard. Und – nicht zuletzt – Oma Annerose, Elisabeth Siebenschöns Mutter und Friedrich Siebenschöns Schwiegermutter. Die komplexeste und robusteste Persönlichkeit auf diesem Planeten.

Wir alle hatten mit den Jahren eine gewisse Routine und auch Phantasie entwickelt, wie man die Eltern in den Weihnachtsparcours mit seinen diversen Erfordernissen einbaute, innerhalb von zweiundsiebzig Stunden verschiedene Stationen anzusteuern, und dort »Geschenke abwarf« – wie Dorle es immer despektierlich nannte: bei Eltern und Großeltern und Schwiegereltern und Stiefeltern und Patenonkeln und Patentanten und Freunden und Verwandten und wem auch immer die Vorstellung unerträglich war, das Fest ohne diese nach

und nach eintreffenden und wieder abreisenden Besucher zu verbringen.

Die Eltern in München traf es nun stets besonders
hart: Sie lagen bei niemandem so richtig »auf dem Weg«,
man musste sie präzise ansteuern, auf Umwegen einbau-
en und sie sonst wie routenplanerisch berücksichtigen.
Und so war es halt, dass die »Münsteraner« sich nur alle
zwei Jahre zu zweit auf den weihnachtlichen Weg ins
Bayerische begaben, ich mich aber *jedes Jahr* am zweiten
Weihnachtstag, nach *O du Fröhliche* am eigenen heimischen Herd, in den ICE setzte, um meine Aufwartung
an der Stätte *meiner* Geburt zu machen. Julie blieb dann
nicht allein in Münster, sondern besuchte ihrerseits ihre
Eltern in Marne im Département Marne allein; ansonsten fanden wir uns alle am zweiten Weihnachtstag wieder
ein, dessen Abend wiederum Julie ihrer besten Freundin
Ruth vorbehalten hatte, die ja »ganz allein war«.

Robert, der nicht ganz so weit entfernt wohnt, nämlich im schönen Traunstein, traf am ersten Weihnachtstag mit seiner Sippe »zu Hause« ein, aber erst am Nachmittag, brach dann am frühen Abend auf, um zu Tinas
Eltern zu fahren, wo dann übernachtet wurde. Dorle
rang jedes Jahr mit sich, Heiligabend bei den Eltern zu
verbringen, wie es sich eigentlich für ein Nesthäkchen
gehört. Wenn sie sich dazu aufraffte, stahl sie sich doch
spätestens gegen zweiundzwanzig Uhr davon, angeblich um zur Christmette zu gehen, in Wahrheit aber,
um noch auf irgendeiner lärmenden Christmas-Party

ihrer Freunde »abzuhängen«. Am ersten Feiertag schlief sie aus, ließ sich zu Mittag mit Gans und Rotkraut und Semmelknödel verwöhnen und verabschiedete sich dann mit stürmischen Küssen von Papa und Mama, um irgendwohin in die Skiferien zu fahren. Wenn Robert mit seiner Familie eintraf, war sie schon buchstäblich über alle Berge.

Und Laura? Laura war ein Spezialfall. Das Model hatte ja immer irgendwo auf der weiten Welt ein *Shooting*, bevorzugt in deutlich wärmeren Gefilden mit entsprechend spärlicher Bekleidung. Es gab Jahre, da schaffte sie es pünktlich zu *Mom & Dad*, dann wieder schneite sie wie eine Weihnachtsfee irgendwann für ein paar Stunden herein, zwischen zwei Flügen, zwischen drei Terminen, jedes Mal mit einem anderen Lover, der sie verliebt anblickte und die Hände nicht von ihr lassen konnte. Er hieß Jean-Luc, Jonathan oder Jonas, sah wahnsinnig gut aus und war wahnsinnig nett. Doch man vergaß Lauras jeweiligen Begleiter, sobald er zur Tür hinaus war. Und das war gut so, denn niemand hatte genauen Einblick in Lauras Beziehungsplan, gegen den der Abflugplan eines metropolitanen Airports vermutlich ein vergleichsweise simples Konstrukt war. Lauras Liebesleben war ... nun ja ... kompliziert, um es nett auszudrücken. Was eine auf Konvention bedachte Frau wie Mama in regelmäßige Besorgnisanfälle stürzte.

Ich kann mich nicht erinnern, wann die Familie Weihnachten zuletzt vollständig und gleichzeitig bei

Mama und Papa gewesen war. Es war vielleicht fünfzehn Jahre her, als Dorle und Laura noch in den Kin-
derschuhen steckten und sich über Barbies wechselnde
Kleiderkollektionen freuten. Möglicherweise war es
auch an jenem Weihnachtsfest, als ich der Familie Julie vorstellte, die damals noch nicht Kinderbuchautorin
war, sondern die hübscheste Studentin auf dem Cam-
pus. Eine französische Austauschstudentin aus Marne,
die schon ein vorzügliches Deutsch mit niedlichem
Akzent sprach, während meine Französischkenntnis-
se nicht über *Je t'aime* und *Voulez-vous coucher avec moi*
hinausreichten. Was ihr aber zu genügen schien. Wir
waren erst ein paar Monate zusammen, die Liebe war
überwältigend, die Zukunft himmelblau, es regnete rote
Rosen. Ich fand Weihnachten überaus passend für diese
erste Konfrontation mit meiner Familie, so dass auch
Julie sich ein Herz fasste und auf Mamas überschwäng-
liche Begrüßung mit einem Knicks reagierte. *Mit einem
Knicks!* Damit hatte diese süße kleine Gallierin das Herz
meiner Mutter für immer erobert, auch wenn sie später
nie wieder knickste. Papa hatte sie mit einem anerken-
nenden, wohlwollenden Knurren willkommen gehei-
ßen, nicht verwunderlich, er war stets empfänglich für
weibliche Schönheit.

So lag über dem damaligen Weihnachtsfest ein ganz
eigener Zauber. Hatte ich bereits erwähnt, dass Mama
über die sich in den folgenden Jahren entwickelnde
Routine des »Patchwork-Weihnachten« alles andere als

glücklich war? Oft schon hatte sie gebettelt und gefleht, doch mal wieder »ein richtiges Familienfest« zu feiern. »Meine Güte, ist denn das zu viel verlangt?« Es passte einfach nicht in ihre Vorstellung von Weihnachten, dass zumindest ihre beiden Ältesten ja bereits eine eigene Familie mit einem gewissen Vorrang, was das Fest betraf, hatten. Julie jedenfalls war – wie gesagt – nur alle zwei Jahre zu bewegen, den Weihnachtsstern in München zu suchen.

Dieses Jahr gab es keinen Pardon, keine Ausrede, keine Ausflucht. Mama feierte ihren Fünfundsechzigsten, und sie würde es am Heiligabend tun. Sie hatte sich gewünscht, dass *alle* kämen. Also würden *alle* kommen. Ich gestehe, dass mich diese Aussicht anfangs sogar entzückte, denn ich habe viel Familiensinn. Ich freute mich darauf, endlich einmal die ganze Familie wiederzusehen und um einem großen Tisch herum versammelt zu finden.

Ich hatte keine Ahnung, was mich erwartete. Aber ich hätte es wissen können, denn es ist ja bekanntlich so mit den Familienfesten: Die Feste sind immer so, wie die Familien sind. Niemals anders. Das ändert sich nicht. Es ist eine der wenigen sozialen Konstanten.

Julie kannte meine Familie trotz gelegentlicher Besuche nur oberflächlich. Zuletzt hatte sie so viele Angehörige »von meiner Seite« zusammen auf unserer Hochzeit gesehen und erlebt. Dieses Fest ging unter in einem Meer von Tränen und Treueschwüren, Liebesbeweisen und Leichtsinnigkeiten, Ressentiments und alten Rechnungen, die an diesem Abend präsentiert und beglichen wurden. Zum Schluss lagen sich alle in den Armen, berauscht von Wein und Wehmut. Als Julie und ich uns verabschiedeten und endlich in unsere Hochzeitssuite zurückzogen, legte mein deutlich angetrunkener Vater einen Arm um mich und raunte mir ins Ohr: »Halt die Ohren steif, mein Junge. Und noch anderes, wenn's geht.« Und Mama tupfte sich gerührt Tränen aus den Augenwinkeln und sagte immer nur: »Was für ein schönes Fest! Was für ein schönes Fest!«

Es kann also gar nicht anders sein: Geht eine Familie ruppig miteinander um, werden auch ihre Feste nie anders als ruppig sein. Kehrt eine Familie stets alles unter den Teppich, sind ihre Feste Hochämter der Langeweile. Hat die Familie einen allseits anerkannten Patriarchen – oder eine Patriarchin –, dann werden ihre Feste unweigerlich von dessen oder deren Launen bestimmt. Eine chaotische Familie wird nur Feste feiern können, die im Chaos untergehen.

So weit, so gut. Ganz originell ist diese Erkenntnis wahrlich nicht. Meine Familie hat allerdings das »Problem«, wenn man so will, alles das und auch noch das Gegenteil zugleich zu sein: liebevoll *und* ruppig, sympathisch *und* misstrauisch gegen alle und jeden. Und das machte sie vor allem: unberechenbar. Wir haben hinreißende Feste miteinander gefeiert, bei denen man sich unisono der Rührung und Begeisterung hingab. Wir haben grauenhafte Missgriffe in der Kommunikation

zu beklagen gehabt, wenn alle nur aneinander vorbei-
redeten und schließlich der Gott des Missverständnisses
sein Zepter erhob. Wir konnten uns eine Zeitlang aus
dem Weg gehen, aber eines Tages, bei irgendeiner Gelegenheit, irgendeinem Anlass würde man zweifellos wieder mehr aufeinandertreffen denn zueinanderfinden.
Wir liebten uns, irgendwie, und hassten uns, irgendwie.
Wir waren auf Gedeih und Verderb aneinandergekettet
wie jede andere Familie auch. Wir waren Fluch und Segen füreinander und sind es noch immer. Wir können
einander verletzen wie niemand sonst es fertigbringen
würde. Und wir können einander verzeihen und heilen,
mit einer Inbrunst, die man nicht anders als mystisch
nennen kann. Und wenn es schön war bei uns, dann
machten wir unserem Familiennamen alle Ehre: Es war
Siebenschön, sieben Mal so schön. Auch darum waren
und sind unsere Feste vor allem eines: pures Pathos.

Meine Mutter, die Oberpathetikerin, hat nur wenig
Humor, obwohl sie oft lächelt. Aber dieses Lächeln ist,
so scheint es mir nicht selten, reine Konvention. Sie
kann herrlich unkompliziert sein, aber die Fassade muss
stimmen. Und sie nimmt alles, alles persönlich.
    »Wie soll ich es denn sonst nehmen, wenn nicht per-
sönlich?«, fährt sie mich manches Mal an, wenn ich sie
darauf aufmerksam mache. Sie kennt keine Nachsicht,
kein Erbarmen mit sich selbst und auch keine Demut.
Sie hat keinerlei Distanz zu sich, sie kann nicht einen

Augenblick von sich absehen oder gar über sich lachen. Das allerdings ist nicht nur eine Schwäche, sondern auch eine Stärke: Niemand auf dieser weiten Erde ist begeisterungsfähiger, couragierter, emotionaler, mitreißender, überzeugungsfähiger als meine Mutter. *Alles oder nichts.* Es kann anstrengend sein, mit einem solchen Menschen zusammenzuleben. Aber auch beflügelnd. Ihre Liebesfähigkeit kann grenzenlos sein. Und wenn sie mal über ihren Schatten springt, dann stets in unsere weit geöffneten Arme.

Mit Mama war und ist immer alles möglich.

Was meinen Vater betraf, kann man sagen: Er hat sich arrangiert. Zu seinem Glück, muss ich hinzufügen. Er hatte vierzig Ehejahre Zeit dazu gehabt, im Umgang mit seiner »Betty« perfekte osmotische Fähigkeiten zu entwickeln. Er hat sich psychisch völlig auf seine Frau eingestellt. Er zieht sich zurück, wenn sie in den Vordergrund tritt. Er übernimmt beherzt das Kommando, wenn sie krank ist oder sich nur ausruht. Er überlässt ihr generös die Bühne, wenn er spürt, dass nur diese Rücksicht sie glücklich macht.

Sie hatten früh geheiratet. Sie waren noch Studenten, als sie sich das erste Mal begegneten, auf einem »Weißen Fest«, einem Schwabinger Künstlerfasching, den man in den Sechzigerjahren revitalisieren wollte. Es gibt sogar Fotos von ihrem ersten Abend: wie sie miteinander redeten, lachten und sich schließlich Arm in Arm von all der Ausgelassenheit zurückzogen, sich küssten und in den Zauberkreis der Liebe traten, den sie niemals mehr verlassen sollten.

Mama war eine vielumschwärmte *Beauté*, und auf jedem Foto dieses Paars ist deutlich zu sehen und zu spüren, wie stolz Papa auf seine Eroberung, auf seine Liebe war. Er bat sie in sein Leben, öffnete ihr sein Herz und ließ sie niemals mehr los. In den Jahren, als er mit ihr die »Dynastie« gründete – wie er verschmitzt zu sagen pflegte – und den Verlag aufbaute, früh verwöhnt vom Erfolg, war sie stets mehr als die »Frau an seiner Seite«. Ich kann nur vermuten, aber es spricht vieles dafür, dass sie all die Jahre in einem ganz tiefen Sinn seine Inspiration war. Sogar sein Lebenssinn, eigentlich tat er alles nur für sie. Papa ist ein zutiefst bescheidener Mann, er nimmt sich nicht sonderlich wichtig. Aber ihm ist wichtig, dass die Menschen, die mit ihm leben und arbeiten, glücklich sind.

In den letzten Jahren, seit er den Verlag an mich übergeben hat und auch Dorle, sein jüngstes Kind, nicht mehr an seinen Rockschößen hängt, sondern in die Welt hinausdrängt, hat Vater sich noch mehr als sonst zurückgezogen und pflegt die feine Kunst der Selbstironie. Manchmal habe ich das Gefühl, er lebt in einer anderen, in seiner Welt. Er zieht immer öfter mit stiller Geste und um Nachsicht bittendem Lächeln die Vorhänge zu. Ich glaube, er ist ganz zufrieden damit, nicht mehr länger mitten in den Stürmen des Familienlebens zu stehen, und er spürt wohl auch das Schwinden seiner Kräfte. Doch es gibt noch immer Momente, da bin ich selbst als Erwachsener meinem Vater so nah wie früher, als ich auf seinen Knien *Hoppe, hoppe, Reiter* spielte, mein Lieblingsspiel, von dem ich nie genug bekommen konnte. Immer, wenn ich »in den Graben fiel«, ließ er mich schwungvoll, aber doch sanft zu Boden gleiten, und ich juchzte und schrie vor Vergnügen. Diese Vertrautheit hat uns nie verlassen. Ich bin sicherlich Mamas Sohn. Aber irgendwie, in einem nicht näher zu definierenden Sinn, ein Freund meines Vaters.

Daher reagierte ich auch wie ein Freund, als er mich wenige Tage vor Weihnachten anrief …

2

WIESO, WAS SOLL DENN LOS SEIN?

Wenn unser Telefon läutet und im Display eine Nummer mit Münchner Vorwahl erscheint, kann man sicher sein, Mama am Apparat zu haben. »Warum rufst du nicht mehr an?«, fragt sie ein ums andere Mal vorwurfsvoll, als habe man es sich wochen-, ja monatelang nicht bei ihr gemeldet. Ich habe nie begriffen, warum diese familiären Anrufe immer von einer Seite ausgehen müssen: nämlich von der des Kindes. Die Eltern erwarten, dass man *sie* anruft. Sie sind beleidigt, wenn man diesmal über einen längeren oder auch nur kürzeren Zeitraum unterlässt. Nicht aus bösem Willen und nicht aus Gleichgültigkeit unterlässt, sondern weil man für diese Telefonate Zeit und Ruhe braucht, die man eben nicht immer hat. Dann verschiebt man den »wöchentlichen Anruf« und lässt ihn auch mal ausfallen. Unweigerlich wird man kurz darauf Mama am Apparat haben, die sich bitterlich beklagt, man habe sie vergessen. Undankbar, wie man nun eben sei. Auf die Idee, dass ja auch einmal *sie* anrufen könnte, einfach so, kommt sie nicht.

Doch diesmal war nicht Mama am Telefon. Sondern Papa hatte persönlich zum Hörer gegriffen, was höchst selten vorkam und nie ohne schwerwiegenden Grund, weshalb seine Anrufe immer ein besonderes Gewicht hatten.

»Johannes ...« Seine Stimme klang etwas atemlos. »Ich fürchte, du musst sofort kommen ...«

»Was ist passiert?« Ich war gleich geballte Konzentration.

Schweigen am anderen Ende der Leitung.

»Papa, bitte ... was ist los?«

Ein Seufzen. Ein Stöhnen. Hatte er einen Herzinfarkt?

Es war viel schlimmer.

»Betty ... deine Mutter ... ich glaube, sie dreht durch.«

Man muss wissen: Wenn Papa befürchtet, dass Mama »durchdreht«, dann kann man getrost davon ausgehen, dass das übliche Maß an Hysterie und Hyperventilation weit überschritten ist. Auf der Chaosskala der Siebenschöns steht es dann bei mindestens acht, wenn nicht gar schon neun oder zehn. Papa neigt überhaupt nicht zu Dramatisierungen jeglicher Art – diese Domäne ist allein Mama vorbehalten. Umso gebotener schien es mir, seinen Worten Glauben zu schenken. Weiterer Erkundigungen bedurfte es nicht, denn mehr als ein paar geknurrte Andeutungen würde ich von meinem Vater nicht erhalten. Es war ganz meinem Gespür überlassen, herauszufinden, was wirklich los war, beziehungsweise seinen Hilferuf einzuordnen.

»Papa, nun beruhige dich. Wir kommen ja Weihnachten. Alle zusammen, wie Mama es sich gewünscht hat. Keine Panik!«

»Du musst schon vorher kommen.« Papas Stimme zitterte. So weinerlich hatte ich ihn noch nie gehört.

»Warum ich? Meine Güte, ich bin sechshundertsechzig Kilometer von euch entfernt. Warum nicht Robert, er wohnt praktisch bei euch um die Ecke.«

»Du weißt, warum.«

Wusste ich es? Nun, zumindest ahnte ich es. Und Robert würde tatsächlich nichts ausrichten können. Im Gegenteil, er würde nichts checken von Mamas komplizierter weiblicher Psyche, und seine beziehungsschusselige Art würde alles nur noch verschlimmern. Gegen Mama half nur der Erstgeborene.

»Ach, Papa!«

»Also, was ist, Johannes? Kommst du?«

Ich ließ ein paar Sekunden verstreichen und stieß dann einen tiefen Seufzer aus, um mein Opfer so groß wie möglich erscheinen zu lassen.

»Kannst dich auf mich verlassen, Papa. Wie immer, würde ich sagen …«

»Danke, Johannes.« Er legte auf. Mehr musste er nicht wissen. Ich würde kommen. So rasch wie möglich.

Es war ausnahmsweise nicht schwer, Julie von der Notwendigkeit eines überstürzten Aufbruchs nach München zu überzeugen. Sie kennt Mamas »Anfälle«, wie sie sie immer nennt, und dass Papa angerufen hatte, ließ sie erstaunt die Augenbrauen anheben.

»Na, dann zieh mal in die Schlacht, du tapfere kleine Ritter!«, sagte sie schließlich. Ihre Analogien und Metaphern bewegten sich allesamt in der bunten Welt des Kinderbuchs. Sie lenkte letzten Endes immer ein – »um des lieben Friedens willen«. Natürlich erst, nachdem sie ausgiebig geschnaubt und getobt, die Augen verdreht und einige wohlfeile Tiraden à la »Das ist doch alles irrsinnisch!« vom Stapel gelassen hatte. Doch letzten Endes siegte immer ihre ausgeprägte gallische Vernunft.

»Schön, dann komme ich am Heiligabend nach. Fahre sowieso lieber Bahn als mit die Auto.« Und sie stürzte zu ihrem geliebten MacBook, um gleich noch einen Platz zu reservieren.

Mein Koffer war rasch gepackt. Am frühen Morgen klemmte ich mich hinter das Steuer des BMW und fuhr die Einfahrt hinaus. Von all dem frisch gefallenen Schnee knirschte es winterlich.

Der Wagen zog mit sattem Motorgeräusch durch Schnee und Eis wie ein zufrieden brummendes Rentier. Fehlte nur noch, dass Glöckchen erklangen! Trotz der dräuenden Worte meines Vaters war ich bester Stimmung. In etwas mehr als sechs Stunden würde ich

Mama in die Arme schließen und »Was ist denn los?« in ihr sorgsam frisiertes und wunderbar duftendes Haar murmeln.

Und sie würde mich erstaunt anschauen: »Wieso … was soll denn los sein? Na, jedenfalls bin ich froh, dass du schon hier bist. Warum hast du nicht auch Julie mitgebracht?«

Rasch war ich auf der Autobahn und fädelte mich in den mal mehr, mal weniger flüssigen Verkehr ein. Trotz der frühen Morgenstunde war schon mächtig viel los, obwohl der vorweihnachtliche Reiseverkehr noch gar nicht eingesetzt hatte. Doch der neuerliche Schneefall und eine entsprechend allenthalben vorsichtige Fahrweise gaben dem Zug nach Süden etwas Behäbiges.

Meine anfangs freudigen Gedanken an das familiäre Wiedersehen wichen jedoch mit jedem Kilometer einer spürbaren Befangenheit. Was konnte ich erwarten von diesem verwandtschaftlichen Gipfeltreffen, auf dem die Diplomatie sicherlich versagen würde? Welchen Streit würde es diesmal geben? Denn dass alles in weihnachtlicher Harmonie vonstattengehen würde, nahm ich selbst in meinen optimistischsten Momenten nicht an.

Als ich an das in Aussicht stehende familiäre Geplauder und den verwandtschaftlichen Klatsch dachte, befiel mich also eine leichte Beklemmung. Die Älteren tauschten da allzu sorglos Nachrichten von irgendwelchen Leuten aus, sie beschränkten sich auf Andeutungen, es zirkulierten Namen, die ich nicht kannte oder auch vergessen hatte, so dass mir manches Mal nichts anderes übrigblieb, als laut dazwischenzurufen: »Wer ist gestorben?« Das sorgte dann für Gelächter, ohne dass es ernsthaft etwas bewirkte. Man war schließlich unter sich, verstand sich auf Anhieb, und jeder, der da nicht mitkam, musste selbst sehen, wo er blieb bei diesem lockeren Spiel mit lauter Vor- und Kosenamen. Wer oder was ist zum Beispiel »Titi«? »Titi hat das und das gesagt oder getan!« Das kann ein Mann, aber auch eine Frau sein – man weiß es nicht. Der oder das kann sieben oder siebzig Jahre alt sein – keine Ahnung. Man kann sich da schrecklich blamieren: Es wird von »Titi« ein Ausspruch kolportiert, man glaubt, er ist aus Kindermund – dabei ist er das Machtwort eines entfernten Großonkels.

Ein Minenfeld war auch das Gedeihen der Kinder. Wobei die »Kinder« sich inzwischen in einem Alter zwischen zwanzig und fast vierzig Jahren bewegten. Doch sie blieben eben Kinder und würden es immer sein. Und entsprechend nie nachlassen würde die elterliche Fürsorge, überhaupt die elterliche Sorge und auch das elterliche Misstrauen.

So gehörte es zum Beispiel zu Mamas Anlässen für unendlichen Kummer, dass Laura es sozusagen nie in die Top-Liga der Models geschafft hatte – »Bei deinem Aussehen!« –, ja nicht einmal in die der einigermaßen Betuchten. In den ersten Jahren schickte uns Schwesterlein noch die Kataloge, Plakate und Anzeigen, in denen sie eher knapp bekleidet posierte. Was, meinen Sie, ist es für ein Gefühl, die eigene Schwester in Bademoden oder mit Dessous betupft zu sehen, in voller Korsage und angetan mit Stoffen, die ihrer Figur schmeicheln, mit verwirrtem Griff ins Haar, leicht geöffnetem Mund und erotischen Blicken zum Dahinschmelzen? Dazu Texte zu lesen wie »Luxuriöse Lingerie, die wie Champagner alle Sinne belebt! Ein exklusiver Genuss für die besonderen Tage im Leben«? Die Markenschildchen lesen sich verführerisch: *Lise Charmel, Aubade, Victoria's Secret* und *La Perla*. Laura ist der Star bei *Princesse Tamtam*. Und wenn wir durch italienische Städte bummeln, verfolgt uns Laura auf Plakaten, die im Schaufenster jedes *Intimissimi*-Ladens hängen.

Also, um es kurz zu machen: Mama fand's »Seufz«, Papa fand's »Warum nicht«, Robert fand's »*O là là*« (und grinste anzüglich), Julie fand's »*Superbon*« (kaufte sich sogar die Modelle in ihrer zugegeben etwas kleineren Größe und sah darin noch besser aus als Laura, aber Julie meinte, ich sei verblendet), Dorle fand's »Voll Porno!« und »Thooolll!«, aber ich glaube, das war nur ironisch. Und ich? Ich fand's … na irgendwas zwischen Scham und Stolz. Ziemlich viel Stolz und ziemlich wenig Scham, um ehrlich zu sein. Gefiel mir Laura mal ein bisschen zu gut, rief ich mir rasch das Bild der Fünfjährigen in Erinnerung, die mir mit ihrer quiekenden Stimme und ihrem ständigen Gezerre und Gekicher unglaublich auf den Kiki gegangen war.

Wenn Laura sozusagen die personifizierte Modeikone ist, die alles trägt, was angesagt und zum Trend ausgerufen worden ist, und zwar nicht nur *Pret-à-Porter*, sondern auch *Haute Couture*, dann ist Dorle sozusagen der Gegenentwurf zum *Fashion Victim*. Sie ist Antitrend, sie ist *vintage*, sie ist *grunge*. Eine Meisterin darin, Stoffe, Schnitte und Accessoires zu kombinieren, die nicht zusammenpassen und an ihr doch ein grandioses Bild ergeben. Sie sieht darin einfach hinreißend aus. Ein Beispiel? Nun, wenn sie Strumpfhosen trägt, in denen sie wie ein Kobold wirkt, mit einem roten und einem grünen Bein, einen Rock aus Rohseideflicken und einen bezaubernden Kittel, der an eine japanische Schuluniform für Mädchen erinnert. Geht sie in diesem Outfit auf jemanden zu, lächelt sie provokant und wackelt mit dem Po, natürlich »ironisch«, um die Aufmerksamkeit auf die glänzende Seidenschleife dort zu lenken, die ihre Kostümierung vervollständigt. Glücklich der Mann, den sie irgendwann einmal in ihrer Pluderhose aus Tausendundeiner Nacht oder einer tollen Strumpfhose – sagen wir, der schwarzen mit den breiten roten Streifen – an der Tür begrüßen und dem sie etwas Zärtliches zuflüstern wird, vorzugsweise auf Französisch.

Während der Erstgeborene nämlich die unbequemen Schulbänke des humanistischen Gymnasiums drücken musste, durfte Dorle lebende Sprachen lernen. Sie hatte das Abitur gemacht und jobbte nun erst mal in einer Buchhandlung, bevor sie nächstes Jahr ein Studium im Ausland beginnen wollte, wahrscheinlich in Paris. Französisch ist ihre Lieblingssprache, und sie macht sich einen besonderen Spaß daraus, mit Julie in deren Muttersprache zu parlieren, damit ich möglichst wenig mitbekomme. Die beiden kichern in meiner Gegenwart so ausgelassen und unanständig, dass ich notgedrungen zu der Erkenntnis gelangen muss, sie machten sich unentwegt über mich lustig. Aber das sind nur die unangebrachten Gefühle eines sich überschätzenden Außenseiters.

Und so wie Dorle sich kleidet, so benimmt sie sich auch. Immer eine Spur zu frech, zu unbekümmert, als sei das Leben eine bunte Obsttorte mit Sommergeschmack, als habe sie ein Abonnement auf immerwährenden Sonnenschein. Als jüngstes Kind in der Familie genießt sie Narrenfreiheit – alle überdimensionierten Erziehungsanstrengungen sind an den ersten drei Kindern vollständig abgearbeitet worden, und für Dorle blieben nurmehr Nachsicht und Wohlwollen und die pure Freude, auch im mittleren Lebensalter ein unbekümmertes Naturkind um sich zu haben, welches einen Tag für Tag als lebender Beweis daran erinnert, dass das Leben auch seine schönen Seiten hat.

Angesichts von Dorles Quecksilbrigkeit und Lauras Jetset-Leben kommt mir meine eigene Existenz geradezu arriviert und langweilig vor. Doch wenn ich ehrlich bin, ist mein Geschäft kaum weniger halbseiden als Lauras Business. Zwar führe ich einen Verlag, der irgendwie auch mit Büchern zu tun hat, doch in unserem Sortiment überwiegen die *Nonbooks*. Was für *Books*? Schön, ich erklär's Ihnen: Die Siebenschön-Artikel finden sich vornehmlich im Eingangsbereich großer Rolltreppen-Buchhandlungen, Sie wissen schon, welche ich meine. Da, wo es wenig Bücher, sondern eben Nichtbücher gibt. Schauen Sie sich um! Willkommen im Wunderland! Ja, doch, Sie sind hier richtig. Auch wenn alles nach Kindergarten, nach Elfen auf Ecstasy aussieht – oder nach irgendwas zwischen Krimskramsladen und Kuriositätenkabinett. Ein Beispiel gefällig? Valentinstag naht – und die gute, alte Buchhandlung verwandelt sich Mitte Januar flugs in ein Meer aus Herzen. Grundfarbe: Rot, natürlich. Ein Rotes Meer, durch das sich die Kundin ihren Weg ins Gelobte Land bahnt. Schokolade, Bärchenanhänger, Armbänder, Badekonfetti, Schlüsselanhänger, Herzli in Schmuckdosen, Herz-Flummis, Herz-Backformen, Herz-Grußkarten, Herz-Bonbons, Herz-Dosen, Herz-Geschenkpapier, Herz-Geldbörsen. Herz-Büchlein natürlich auch, irgendwo dazwischen, schön beflockt, beglitzert, bestickt. Nach Valentin kommt Ostern, nach Ostern kommt Garten, nach Garten kommt Sommer/Sonne/Meer, nach den Ferien kommt Schulanfang, nach Schulanfang Weihnachten. Einige Helden – wie Felix, Rosalie & Trüffel und Fiete, das Schaf – toben ganzjährig durchs Sortiment. Gibt's eigentlich schon Bobo, den Bären? Wenn nicht, verlassen Sie sich drauf, er wird bald kommen.

Wir befinden uns also im Parterre einer größeren deutschen Buchhandlung. Früher gab's hier ein paar Lesezeichen und ein paar Mini-Büchlein mit drögen Sprüchen. Die gibt es auch noch, aber dazu ein unüberschaubares Assortiment an saisonalen schmusigen Artikelchen, die scheinbar mühelos imstande zu sein scheinen, die fest verschlossenen Geldbörsen wie von Zauberhand zu öffnen.

In den Buchkaufhäusern hat sich Siebenschön neben den »schönen Büchern«, die unser Verlag ja auch macht – der Name verpflichtet! –, ein paar hübsche Flächen erobert. Zumeist im attraktiven Entrée einst honoriger Buchhandlungen, wo es inzwischen aussieht wie auf dem Floh- oder Weihnachtsmarkt. Blumenvasen aus Plastik, aber in trendy Pastellfarben, die unvermeidlichen Paperblanks und Moleskines, geniale Geschenke, grausige Geschenke, Tand und Tinneff, Plüsch, Pop und Pillepalle, zum Aufklappen und Befühlen, gefüttert, weich und handschmeichelnd. Alles schön bunt, alles ein bisschen Lillifee. Ein Markt der Möglichkeiten, voller *Nice-to-have*-Überraschungen, eine gigantische Wundertüte.

Mädels gehen da gern durch, nehmen das eine oder andere in die Hand, staunen, amüsieren, vergnügen sich. Es wird ihnen warm ums Herz.

Ach, Bücher? Ja, die haben wir auch. Erster Stock, bitte! Wenn Sie mal schauen wollen – hinter dem Presseregal / Kalenderregal / Pappaufsteller da drüben geht eine Treppe hoch …

In den düsteren Momenten meines Verlegerlebens tröste ich mich damit, dass unsere Artikel schon um einige Klassen besser und schöner sind als der Krempel in ihrer Nachbarschaft. Doch es ist eben keine Literatur oder was man dafür halten kann – für Mama ein Dorn im Fleisch, den ich ihr leider nicht ziehen kann. Denn ich habe den Verlag von Papa übernommen, und der hatte Ende der Sechzigerjahre mit einer Idee begonnen, die ihn seinerzeit mit einem Schlag wohlhabend machte: Friedrich Siebenschön stattete Kochbücher mit »Patina« aus, so dass sie aussahen, als hätte man sie wie einen Schatz auf dem Dachboden entdecken können: Vergilbtes Papier wurde simuliert, künstliche Flecken wurden appliziert, handschriftliche Notizen eingefügt und sogar Eselsohren eingeknickt. Frühe Zeugnisse des später so beliebten *used look*.

Von Anfang an also war vorgezeichnet, dass es im Siebenschön Verlag eben vor allem skurrile, nostalgische, romantische, bezaubernde Dinge zu entdecken gibt. Und wenn Lyrik, dann solche, die man aufs Kopfkissen legen kann. Eher Ringelnatz als Rilke, um es mal auf einen griffigen Punkt zu bringen. Ich für meine Person habe einen ungemeinen Spaß daran, mir jede Saison neue liebevoll-verrückte Dinge auszudenken, die auf den umweglosen Weg ins Herz der weiblichen Kundschaft geschickt werden. Und zur Weihnachtssaison laufen wir zur Hochform auf. Das alles stachelt meinen Spieltrieb an, und letztendlich macht es mir der

Verlag unmöglich, dass ich jemals erwachsen werde. Ich bin so der etwas linkische Typ mit dem jungenhaften Charme.

In Münster saß ich mit dem Verlag weit vom Schuss und konnte so ziemlich machen, was ich wollte. Papa mischte sich nicht mehr in die Geschäfte ein, er war es zufrieden, wie ich die Sache anging, und rief mich nur jede Saison nach Erhalt unserer Programmvorschau an, um mir zu sagen: »Gut gemacht, mein Junge!« oder »Das hätte ich nicht besser hingekriegt!« oder »Dein neues Programm – wieder mal eine Wucht!« Ich wurde regelmäßig rot und wand mich vor Verlegenheit, anfangs dachte ich sogar, mein Vater ziehe mich auf und meine es ironisch, so wenig hatte ich mit seinem Lob gerechnet. Aber er war einfach nur erleichtert. Er hatte die Größe gehabt, den Verlag rechtzeitig und vertrauensvoll in jüngere Hände zu legen. Und ich hatte so viel Vernunft, an der Ausrichtung des Programms so wenig wie möglich zu ändern.

Mama hingegen sparte nicht mit Vorschlägen. Manche waren – mit Verlaub – ein wenig irre. Andere gingen haarscharf an der Realität vorbei, jedenfalls an den Möglichkeiten dieses Verlages. Und wieder andere waren schlicht größenwahnsinnig.

Das fiel mir wieder ein, als im Klassik-Radio Anna Netrebko die Arie *Si, mi chiamano Mimi* aus der Oper *La Bohème* sang. Ich lächelte angesichts der Erinnerung, wie Mama eines Tages im Brustton einer genialen Idee gesagt hatte: »Du könntest ja auch mal ein Buch mit Anna Netrebko machen.«

»Mama, ich bin ein Grußkarten- und Geschenkartikelverleger!«

»Es gibt auch Bücher in deinem Verlag«, inistierte sie.

»Ja, aber vor allem kleine Geschenkbücher. Ich glaube nicht, dass Anna Netrebko bei mir ein Geschenkbuch machen will. Und überhaupt bin ich überzeugt, die Leute wollen sie singen hören und nicht lesen … Sie ist ein Weltstar!«

»Ach was, Weltstars sind auch nur Menschen. Du hast nur Angst davor, sie zu fragen …«

Das hatte ich in der Tat. Aber nicht, weil ich ihre Ablehnung fürchtete. Sondern weil es Anna aus irgendeinem dummen Grund möglicherweise sogar in den Sinn kommen könnte, zuzusagen. Dann wäre es um den lieben Familienfrieden restlos geschehen.

Denn Anna Netrebko ist für Mama die *Primadonna assoluta*. Die Königin der Nacht. Die strahlende Göttin im Olymp des hohen C. Wer immer zu erwähnen wagt, Carla Bruni, Norah Jones oder Katie Melua singe gut, hört unweigerlich: »Aber Anna Netrebko singt besser!« Als würde das irgendjemand mit Verstand in Frage stellen. Seit Papa vor fünf Jahren, also zu ihrem sechzigsten Geburtstag, Mama sensationelle Karten für eine Vorstellung in der Wiener Staatsoper geschenkt hatte – die Mittelplätze in der Mittelloge, die früher Kaiserloge hieß, jene Plätze, die einst für Franz Joseph und seine Elisabeth bestimmt gewesen waren – und Anna Netrebko die Titelrolle sang, war es klar, wer fortan im Herzen der Elisabeth Siebenschön die unangefochtene Spitzenstellung haben würde: Anna!

Mama steht ohnehin mit allen, die Rang und Namen haben, faktisch auf vertrautem Fuß. Sie wusste, was bei Michelle und Barack sonntags auf den Tisch kam, sie wusste, bei welchem Schneider sich Cate Blanchett ihr Kleid für die Oscar-Verleihung direkt auf ihren porzellanweißen Körper nähen ließ. Und sie hätte mir – falls es mich interessieren würde – ohne zu überlegen sagen können, dass Anna am liebsten in schokoladen- oder mauvefarbener Unterwäsche singt, während sie weiße und schwarze Dessous nicht ausstehen kann.

Also hob ich kapitulierend die Hände. »Na schön, ich frage sie.«

»Wen?« Mama war in Gedanken schon wieder woanders.

»Anna Netrebko, wen sonst?«

»Wirklich?« Mir wurde ein strahlendes Hundert-Watt-Lächeln zuteil.

»Na, für *Glücksmomente in der Oper* oder was Ähnliches. Mir wird schon etwas einfallen, was man mit Anna hübsch illustrieren und für fünfzehn Euro unters Volk bringen kann.«

»Ach, wirklich?« Die Ironie entging ihr völlig. Ich konnte Mama ansehen, welch detailverliebter antizipatorischer Film sich in Windeseile in ihrem Kopf

abzuspulen begann: Mama mit Anna bei der Buchprä-
sentation. Mama mit Anna in der Bühnengarderobe.
Mama mit Anna bei der exklusiven Signierstunde in ir-
gendeiner unmenschlich dimensionierten zehntausend
Quadratmeter großen Hugendubel- oder Thalia-Filia-
le oder bei Dussmann in Berlin. Mama und Anna im
Blitzlichtgewitter auf dem Opernball. Doch, halt – wer
in der Oper singt, geht nicht in der Oper auf den Ball.
Ungeschriebenes Gesetz in Wien! Andererseits – hat-
te ich nicht mal Bilder mit Anna Netrebko auf dem
Opernball gesehen? Neuerdings machten die ja auch in
Kultur, bevor gerufen wurde: »Alles Walzer!«

So unwahrscheinlich es war, dass Anna Netrebko ein
Buch bei Siebenschön machen würde, zwischen all den
Teddybären und Plüschhasen, Elfen und Feen und den
nostalgischen Postkarten mit den sinnigen Sprüchen, so
sicher war ich, dass Mama es fraglos fertiggebracht hätte,
einen Verlagsvertrag mit Anna abzuschließen.

Doch um hier einem Missverständnis vorzubeugen:
Mama ist keineswegs nur eine eifrige Leserin von *Gala*,
Bunte oder gar *In-Style*. Ihr Interesse bewegt sich durch-
aus auf gehobenem gesellschaftlichem und kulturellem
Parkett. Was Kim Kardashian oder andere verwirrte Ge-
schöpfe treiben, interessiert sie nicht die Bohne, von den
Eskapaden Lady Gagas hat sie keinen blassen Schimmer.
Aber sie kennt Anna Netrebkos Tourneekalender in-
und auswendig – einschließlich der Partien, die sie in
New York, Wien und Mailand singt –, hätte aber niemals

zu sagen gewusst, ob Jennifer Aniston nun bei Liebhaber Nummer sieben oder Nummer acht angelangt ist.

Und wenn TV-Prominenz, dann war es früher das *Literarische Quartett*. Oder *Elke*. Elke war noch besser als Anna. Wenn Elke Heidenreich mit atemlos-heiserer Begeisterung »*Lesen!*« in die Kamera rief und das vollkommene Leseglück versprach, dann freute sich die Buchhändlerin um die Ecke auf Mamas Kommen gleich am nächsten Tag. Sie hatte dann alle von ihr empfohlenen Bücher stapelweise vorrätig, und Mama und die Buchhändlerin verbrachten mindestens eine halbe Stunde damit, von Elke zu schwärmen. Es waren Sternstunden des Bücherglücks, die Frau Heidenreich meiner Mutter bescherte. Und dass Elke der Musik im Allgemeinen und der Oper im Besonderen ebenso verfallen war wie ihre treueste Freundin, war sozusagen das dreifach gestrichene C. Dafür bin ich Elke Heidenreich mein Leben lang dankbar. Obwohl sie natürlich nie ein Siebenschön-Buch empfohlen hat. Warum sollte sie auch?

Man konnte Mama also keine Freude machen, ihr ein von Elke Heidenreich empfohlenes Buch zu schenken. Sie hatte sie alle. Und ich meine wirklich *alle*. Nicht nur gekauft, sondern gelesen. Nur selten kam es vor, dass ihr Urteil nicht mit dem Elkes übereinstimmte.

Seltsamerweise akzeptierte es Mama dann doch, dass Elke Heidenreich kein Kaliber für den Siebenschön Verlag war. Sie schlug sie nicht einmal für ein Vorwort

unseres Prachtbildbands *Die Welt der Elfen & Feen* vor –
immerhin mein Lieblingsbuch im Programm. Alle paar
Wochen erhielt ich jedoch einen Hinweis von Mama,
welcher Name unser Verlagsprogramm zieren könnte.
Immer mit dem dezenten Hinweis, dass man auch etwas Literarischeres und Gehaltvolleres verlegen könne als dieses bonbonbunte Zeug, das ihr in den Augen
wehtat. Ja, ich muss sagen, dass Mama sich insgeheim
wohl etwas des Kitsches schämt, der ihren Namen trägt.
Obwohl die Buchhändlerinnen ihn lieben. Und wann
immer eine von ihnen eine Eloge auf unseren Verlag
anstimmt, wehrt Mama verschämt ab. »Aber, ich bitte
Sie, diese Artikelchen …!« Doch in ihrer Stimme ist
dann schon ein bisschen Stolz hörbar.

Angesichts meines nicht ganz ernstzunehmenden Be-
rufes – irgendwo zwischen Narr und Nabob – kann
mein Bruder Robert gut neben mir bestehen. »Wir
sind beide Verleger«, stellt er uns auf Partys gerne vor,
und wenn sich dann ehrfürchtige Andacht auf den Gesichtern abzeichnet, trompetet er hinterher: »Ich bin
Bierverleger!« Aber seine Firma heißt nicht *Dursty* oder
Schlürfi, sondern *Siebenschöns Suff*. Nein, das war jetzt
ein Scherz. Robert ist der König der Getränkelieferan-
ten im Chiemgau. Er hat sogar in Zusammenarbeit mit
einer in seiner Nähe ansässigen kleinen Klosterbrauerei
lange vor Bionade eine süffige Kräuterlimonade kre-
iert, die es in fünf Geschmacksrichtungen gab. Na, Sie

kennen ja – wenn Sie südlich der Donau wohnen – diese charakteristischen tiefgrünen Flaschen mit der Einbuchtung, die ein bisschen so aussehen wie früher *Afri Cola*. Ich darf, weil Julie es so verfügt hat, nur die Light-Variante trinken.

Trotz oder wegen seiner smarten Art ist Robert sehr viel geschäftstüchtiger als ich. Achtzig Angestellte, die Fahrer im Fuhrpark eingerechnet. In meinem Verlag sind wir zu acht. Nur um mal die Größenverhältnisse anzudeuten!

Und wie ich in den Verlag von Papa eingestiegen war, so hatte Robert die Firma seines Schwiegervaters übernommen und aus dem kleinen Getränkedienst mit zwei altersschwachen Bullis ein Imperium unter seinem Namen geschmiedet. Seine joviale, etwas dröhnende Art lässt ihn auf jedem Schützenfest in der näheren und weiteren Umgebung, das er beliefert, zum Paten der Schützenbrüder werden. Die Fußballstadien und Vereinshäuser, die Kioske und Ausflugslokale sind seine Welt, in der er sich bewegt wie Don Corleone durch *Little Italy*.

Da es den ganzen Tag nicht richtig hell geworden war, fuhr ich mehr oder weniger durch trübe Landschaften, auf die immer mal wieder aus grauem Himmel Schnee fiel. Am frühen Nachmittag kam *Holledau*. Immer wenn ich dieses Schilds der gleichnamigen Autobahn-Raststätte ansichtig wurde, atmete ich auf. Nun war es nicht mehr weit. Holledau … was für ein hübscher Name. Wie ausgedacht. Könnte ein Pseudonym sein … Karl-Friedrich Holledau, das klang doch nicht schlecht. Wie Professor Karl-Friedrich Boerne, den Jan Josef Liefers im Münsteraner *Tatort* so unnachahmlich spielt – natürlich verpassten wir aus purem Lokalpatriotismus keine einzige Folge. Nun würde es nicht mehr lange dauern, und die Allianz-Arena flitzte an mir vorüber, abends blau oder rot beleuchtet, je nachdem. Und dann fuhr man wenig später schon von der Autobahn ab und überließ sich einem der Fangarme, mit denen die Landeshauptstadt München einen in ihr Inneres zog. Leopoldstraße … Franz-Joseph-Straße … das waren nur wenige Minuten.

Das Haus aus der Gründerzeit war hell erleuchtet wie ein Kaufhaus zur Weihnachtszeit. Aus beinahe jedem Fenster der sechs Etagen drang Licht nach außen, heimeliges, festliches, strahlendes Licht. Der erste Stock, den meine Eltern bewohnten, war buchstäblich komplett durchgestrahlt. Wenn man so vor dem Haus stand, hatte man das Gefühl, da drinnen fänden Bälle statt. Aus einem offenen Fenster im dritten Stock drang sogar ein Strauss-Walzer nach draußen.

Ich stand vor dem elterlichen Haus, rückte die Krawatte zurecht, lockerte dann doch den Hemdkragen, um mir Luft zu verschaffen. Straffte die Schultern. Reckte das Kinn. *It's showtime!*

Die Klingel war sehr schrill.

3

NUN SEI DOCH VERNÜNFTIG!

Papa klopfte mir zur Begrüßung nur anerkennend auf die Schulter und schaute verlegen zur Seite. Von nun an war Mama mein Ressort; er gab erleichtert ab, das war ihm anzusehen. Und nur ein Vertrauter würde erkennen, dass Mama auf der Panikleiter bereits ein paar Stufen hochgeklettert war, so erhitzt waren ihre Wangen.

»Johannes!«, rief sie und breitete die Arme aus.

»Hallo, Mama …«, murmelte ich in ihr sorgsam frisiertes und nach pudrigem Parfüm duftendes Haar. »Was ist denn eigentlich los?«

Sie schaute mich erstaunt an: »Wieso, was soll denn los sein? Na, jedenfalls bin ich froh, dass du schon hier bist. Warum hast du nicht auch Julie mitgebracht?« Sie umarmte mich, sie küsste mich, sie hielt mich auf Abstand und blickte mir strahlend ins Gesicht. »Gut schaust du aus!« Sie rieb sich die Hände – das macht sie immer, wenn sie sich freut – und stürzte davon. »Hier sind schon die Engel am Werk, weißt du …«, rief sie mir über die Schulter zu.

Weißt du. Ich war noch keine Minute im Haus, und schon ging's los mit dem ewigen »Weißt du?«. Die meisten Menschen haben ein rhetorisches Mantra, das sich irgendwann in ihr Sprachprogramm geschlichen hat und dann unauslöschlich wurde. Ein befreundeter Verleger hat es sich angewöhnt, in jedem Satz, den er spricht, ein »letztlich« unterzubringen. Wirklich in jedem! Und wenn es ihm einmal gelingt, einen Satz ohne dieses Wort zu vollenden, setzt er ein völlig unnötiges »letztlich« an den Schluss. Sozusagen hinter den Punkt.

Mamas rhetorisches Mantra ist »Weißt du?«. Oder in leicht unduldsamer Nuance: »Verstehst du?« Nach jedem zweiten Satz, den sie ausspricht, vergewissert sie sich mit dieser Zwei-Wort-Frage, dass sie es nicht mit einem Vollidioten, sondern mit einem Gesprächspartner von halbwegs aufnahmefähiger Intelligenz zu tun hat. Jemandem, der alles, alles, alles, was sie sagt, versteht. Versteht und akzeptiert.

Robert sagt immer: »Ich kann's kaum erwarten« – bei jeder passenden oder unpassenden Gelegenheit. Onkel Bernhard trompetet ständig: »Aber hallo!« Mindestens hundertmal am Tag. Laura liebt es, »Pillepalle« zu Petitessen zu sagen, oder »patati patata«, wie das überspannte Töchterchen in dem Film *Die oberen Zehntausend*. Tina hustet mehr, als dass sie spricht, aber wenn sie was sagt, gelingt es ihr fast immer, ein heiseres »Ja, Waaahnsinn!« unterzubringen. Nur Papa hat kein rhetorisches Mantra, das heißt, eigentlich hat er doch eines. Er antwortet nämlich immer auf Mamas »Weißt du?« mit einem ergebenen »Ja, ich weiß«. Was soll er auch sonst sagen? Auf Mamas Fragen nicht zu antworten, wird mit dem Tode bestraft. Dagegen ist es völlig akzeptabel, Dorles ständiges »Hallo? Haaallooo!«, das sie allem, was sie erstaunt oder empört, folgen lässt, sozusagen ohne Resonanz zu lassen. Ist sowieso klar, dass Dorle davon ausgeht, jeder sei mit ihr einer Meinung.

Als ich das Wohnzimmer – von Mama stets nur *Salon* genannt – betrat, war mir sofort klar, was Papa in Panik versetzt hatte: Überall lagen Zettel mit *To-do*-Listen, so lang wie Kassenzettel vom Supermarkteinkauf, der riesige Christbaum stand im Plastiknetz bestrumpft und noch ungeschmückt in der Ecke. Ein großer Tisch, der ausgezogen nicht weniger als sechzehn Personen Platz bieten kann, nahm die Mitte des Raumes ein. Kisten mit Weihnachtsdekoration waren daneben gestapelt. Eines der »guten Services« war bereits hervorgeholt worden, versank jedoch fast vollständig in einem Tornado aus Geschenkpapier, Schleifen, Päckchen, Dekoration, Weihnachtspost. Vierzig Quadratmeter Christkindlland, ein Showroom von Käthe Wohlfarth aus Rothenburg ob der Tauber mitten in Schwabing. Tina hätte hustend nur »Waaahnsinn!« gerufen.

»Mama … kommst du klar?«, fragte ich zögernd, als ich mich fassungslos im Reich der Weihnachtswichtel umschaute. Man würde zwei Tage brauchen, überhaupt nur den Teppich wieder sichtfrei zu bekommen. Die Weihnachtswichtel würden Großeinsatz haben. *Feierabend gestrichen, liebe Zwerge. Wir machen durch!*

»Aber ja, Buberl … mach dir keine Gedanken! Du hast eine weihnachtserprobte Mama, weißt du!«

Buberl! Wenn ich eines hasse, dann diesen mütterlichen Kosenamen, der mit so viel Zärtlichkeit und Liebe ausgesprochen wird, dass ein Dominostein dagegen herb schmeckt. Aber gegen *Buberl!* bin ich machtlos. Längst habe ich jede Gegenwehr aufgegeben, seit Jahrzehnten schon. Ich würde immer das Buberl sein, der erstgeborene Sohn, auf den sich die mütterliche Liebe ungetrübt und hemmungslos richtet. Manchmal beneide ich Robert darum, sozusagen in meinem Windschatten aufgewachsen zu sein, mit irgendwie *normaler* Liebe und Zärtlichkeit, ohne diese übertriebene und übervorsichtige Fürsorge, die Erstgeborenen zuteilwird. Und erst recht die Mädels, die mehr in Papas als in Mamas Revier pubertierten. Als ob sie spürten, dass jeder Vergleich bei ihrer Mutter Konkurrenzgefühle hervorrufen würde. Nein, die Jungs waren Mamas Jungs, und die Mädels waren Papas Mädels, zumindest was Aufmerksamkeit und Nachsicht betraf.

Ich schaute mich um, aber es gelang mir nicht, im Tun und Vorhaben meiner »weihnachtserprobten« Mutter irgendeine Struktur oder einen sinnvollen Plan zu entdecken. In die Küche zu gehen, wagte ich erst gar nicht. Ich konnte nur hoffen, dass sich wenigstens das vorgesehene Weihnachtsmenü in irgendwie bewältigbaren Dimensionen bewegte. Trotzdem würde ich – das war mir jetzt schon klar – in den kommenden Tagen noch ein Dutzend Mal in den Supermarkt, auf den Elisabethmarkt oder in diverse Delikatessengeschäfte und Weinhandlungen gehen, um noch dieses und jenes zu besorgen. *Dieses und jenes* – ohne das Weihnachten eine einzige Katastrophe würde!

Während Mama wieder im Geschenkpapier untertauchte und von Papa nichts zu sehen war, schlich ich durch die gefühlte Neunhundert-Quadratmeter-Wohnung mit ihren vier Schlafzimmern, die jedoch genau dreihundertachtundzwanzig Quadratmeter umfasste und in den kommenden Tagen zum *Hotel Mama* werden würde. Freudig gestimmt öffnete ich die Tür zu meinem früheren Zimmer. Doch was sich da meinem Blick bot, ließ mich erstarren.

Nichts, was ich dort sah, hatte noch mit meinen wunderbaren Erinnerungen an Kinderglück und Jugendwahn zu tun.

In der Ecke standen drei große Kisten, in die man provisorisch wohl alles verstaut hatte, was einst meine ganze Seligkeit gewesen war – alles Spielzeug, alle Souvenirs, alle Bücher, die ich mit der Taschenlampe unter der Bettdecke gelesen hatte. Mein ganzes früheres Universum war geschrumpft auf diese drei vollgestopften Kisten. Und das Bild von Marc Chagall mit den

Liebenden, die über einem Blumenstrauß schwebten, war von der Wand verschwunden. Man hatte gründlich renoviert, alles neu gestrichen und ein gerahmtes Frauenbildnis von Alphonse Mucha aufgehängt. In der Ecke stand ein Bett von *Grange*, und auch das andere Mobiliar schien direkt dem Katalog dieser inzwischen nicht mehr bestehenden Firma entsprungen zu sein. Na, wunderbar, man hatte den Raum »eingerichtet«. *Mein Zimmer!* Es hatte sich über Nacht zum Sujet einer Homestory in *Homes & Gardens* verwandelt.

Zornentbrannt stürmte ich aus dem Zimmer und schlug sogar die Tür hinter mir zu. Doch meine Wut nahm auf dem Weg zum Salon mit jedem Schritt ab. Sozusagen zwangsläufig. Denn – das wusste ich nur zu gut – es hätte überhaupt keinen Sinn, meiner Mutter Vorhaltungen zu machen. Sie würde nichts, überhaupt nichts verstehen. »Aber, Buberl«, würde sie sagen, »irgendwann muss es doch mal raus, das Gelump!« Ich hätte noch so empört krächzen können: »Was braucht ihr bei dreihundertachtundzwanzig Quadratmetern ausgerechnet *mein* Zimmer?«, eine nennenswerte Auswirkung auf Mamas Gemütszustand wäre nicht festzustellen gewesen. Allenfalls hätte sie mir begütigend über den Kopf gestrichen. »Nun sei doch vernünftig! Du bist neununddreißig, wie lange willst du hier noch dein Kinderzimmer okkupieren?«

Und das würde eine Frau sagen, die nichts mehr hasst und fürchtet als die kleinste Veränderung. Die nichts

wegwerfen kann. Bei der alles wie am Schnürchen laufen, alles unter Kontrolle sein muss. Die ihr Leben damit zubringt, mittels unzähliger, täglich frisch erstellter
To-do-Listen die schmalen Pfade durch das Chaos zu erkennen, das sie selbst anrichtet. Ausgerechnet diese Frau
muss sich an *meinem Zimmer* vergreifen!

Ich starrte schicksalsergeben vor mich hin und wartete darauf, dass sich mein aufgeschäumtes Mütchen ab-
kühlte. Dann atmete ich einmal tief durch und öffnete
die Tür zum Salon.

»Äh … Mama … welches Zimmer hast du denn für
uns vorgesehen … ich meine … für Julie und mich?«

Sie blickte irritiert auf. »Was meinst du, Buberl?«

»Welches Zimmer bekommen *wir*?«

»Ach so … ja … das entscheiden wir später … ich
habe noch keinen Plan.«

Sie hatte noch keinen Plan!

»Und *mein* Zimmer?«

»Ach, das … na, das ist für Charlotte natürlich.«

»*Natürlich.*« Ich legte einen sarkastischen Unterton
in meine Stimme.

Also darum diese Demütigung, dieser ganze Auf-
wand! Weil Tante Charlotte kam. Zum ersten Mal
nach fünfzehn Jahren Funkstille zwischen den beiden
Schwestern, die nach einem Streit, dessen Anlass niemand mehr wusste, einander so gut es ging zu igno-
rieren versuchten. Der fünfundsechzigste Geburtstag
meiner Mutter sollte das große Werk der Versöhnung in

Gang setzen, der erste Schritt der Einladung war getan und – o Wunder – mit einer Zusage belohnt worden. Tante Charlotte würde, obwohl sie geschworen hatten, nie wieder einen ihrer zierlichen Füße über die Schwelle der Franz-Joseph-Straße zu setzen, sich huldvoll herablassen, der Weihnachts- und Geburtstagsfeier *beizuwohnen*, anders kann man es nicht sagen. Und sie würde in meinem Zimmer logieren, das eigens dafür renoviert und luxuriös eingerichtet worden war, um Ihre Hoheit Charlotte angemessen zu beherbergen.

»Was machst du denn für ein Gesicht, Buberl? Du bist doch nicht etwa böse mit mir wegen dem Zimmer?«

»Aber nein, wo denkst du hin, Mama. Das musste ja irgendwann mal raus, all das Gelump. Kann ja nicht mit neununddreißig noch ein Zimmer bei euch okkupieren. Sieht toll aus jetzt. *Grange*, nicht wahr? Passt wenigstens zum Rest der Wohnung.«

»Ich wusste, du würdest es verstehen.« Sie lächelte mich in ihrer unnachahmlichen Art an, tätschelte mir die Wange und zog mich dann neckisch am Ohrläppchen. »Ach, Johannes, bist du so lieb und begleitest mich auf den Weihnachtsmarkt? Wir brauchen noch was für die Krippe.«

»Was denn, um Himmels willen? Meine Güte, Mama, wir haben unsere Krippe seit vierzig Jahren. Was gibt es denn da noch zu besorgen?«

Sie blickte mich mit dem von mir so gefürchteten schelmischen Blick an. »Du wirst schon sehen.«

4

SO MUSS EINE BRATWURST
SCHMECKEN!

Also schlossen wir die Tür hinter dem Weihnachts-
zimmerchaos, Mama zog ihren feschen Mantel an,
sagte Papa kurz Bescheid und orderte einen Wagen. Als
der Taxifahrer – die Karikatur eines *italiano* – das Ziel
»Marienplatz« hörte, grinste er nur und tippte sich an
die Kappe. »Mariaplatze, gehte klar, Signora«, sagte er
zu Mama, die mit vollkommener Grazie im Wagen-
fond Platz genommen hatte und huldvoll nickte. »Iste
schönste Markt in ganze Stadt …«

Der Münchner Christkindlmarkt – Kulmination all
meiner traumseligen Kindheitserinnerungen – erstrahlte in vollem Glanz, als Mama aus dem Taxi stieg und
sich mit verzaubertem Blick, als sehe sie das alles zum
ersten Mal in ihrem Leben, bei mir unterhakte.

»Ach, ist das schön, Buberl … Schau nur!« Sie zeigte auf das Schild *Krippenmarkt* und zog mich aufgeregt
dorthin, wo es Dutzende von Ständen mit Krippen und
Figuren und Zubehör gab. Alles, was das Weihnachts-
herz begehrte. Aber ich konnte mir beim besten Willen

nicht vorstellen, was Mama hier suchte. Bis sie an einem Stand stehenblieb.

»Schau, Buberl, da sind sie …!«

Ich sah vor lauter Engeln und Krippenfiguren in allen Formen, Farben, Materialien und Preisklassen nicht, was sie meinte.

»Was denn, Mama?«

»Na, die Laternen … die Leuchtkörper … was weiß ich, wie die das hier nennen.«

Sie zeigte auf die mit winzigen Glühlampen ausgestatteten Sterne, Lagerfeuer, Stalllaternen. Die Feuerstellen waren besonders putzig, das Licht flackerte lustig unter einer roten Plastikkapuze, und es gab sogar einen kleinen Kupferkessel, in dem die Hirten wohl ihr Gulasch schmoren sollten.

»Entzückend! So was brauchen wir noch. Brockerhoffs haben das auch, es gibt der Krippe erst das richtige Flair, verstehst du?«

Ich zog ein gequältes Gesicht, was Mama sofort alarmierte. »Aber was ist denn, Buberl …?«

»Nenn mich nicht immer Buberl … bei den vielen Leuten hier! Das ist superpeinlich, wenn ich dir das mal sagen darf. Schließlich gehe ich nicht mehr mit dir am Händchen über den Weihnachtsmarkt.«

Sie klopfte mir begütigend auf den Unterarm.

»Ach, mein Großer! Johannes!« Sie sprach meinen Namen ironisch aus. »Aber findest du nicht, dass es an der Zeit ist, unsere Krippe elektrisch auszustatten?«

»Ich kann damit nicht so viel anfangen.«

»Was? Deine Eisenbahnanlage konnte doch nicht genug Lichter haben … Bahnhöfe, Bahnsteige, Dörfer, Kirchen, Häuser … alles musste doch beleuchtet sein.«

»Mama, das ist dreißig Jahre her!«

»Ach was, so was bleibt … die Freude am Elektrischen. Schau nur, wie niedlich diese kleine Lampe ist! Die kommt in den Stall!«

Sie hob mit spitzen Fingern ein Lämpchen hoch und ließ es vor meinen Augen baumeln. Bevor sie mich restlos hypnotisierte, gab ich – wie immer – meinen Widerstand auf. Er war einfach zwecklos. Oder anders gesagt: *Sie* war stärker als jedes Argument, jede Gegenwehr, jeder Zweifel. Mit ihrem Durchsetzungsvermögen hätte Mama es mühelos an die Spitze jedes DAX-notierten Konzerns geschafft.

Schon hatte sie eines der Einkaufskörbchen gegriffen und begonnen, sich mit dem Verkäufer, der von ihrer Begeisterung entzückt war und wohl das Geschäft des Tages witterte, über alle Finessen einer elektrischen Krippenillumination auszutauschen.

Und dann shoppte sie. Ein leuchtender Stern direkt im Krippenbogen. Ein Strahler, den man versteckt im Moos anbringen konnte, um die Heilige Familie ins richtige Licht zu setzen. Ein flackerndes Lagerfeuer unter einem Holzstapel, für die braven Hirten und ihre frierenden Schafe. Ein weiteres Feuer mit dem erwähnten Kupferkesselchen, ebenfalls flackernd. Eine Stalllaterne, die man in die Ecke zu Ochs und Esel stellen konnte. Zehn (!) Packungen frisches Moos. Ein Engel, der den Hirten auf dem Feld erscheinen sollte. Ein Hirtenhund, ein Neuzugang der Krippenfamilie. Noch ein Rauschgoldengel für die Christbaumspitze. Und was für einer! Mehr Rausch war nie an irgendeinem deutschen Tannenbaum.

»Das war's, gnädige Frau?«

»Ja, danke.«

»Einhundertachtundvierzig Euro, gnädige Frau.«

»Gerne, Herr Krippenmann.«

Herr Krippenmann! Für einhundertachtundvierzig Euro ernähre ich meine kleine Familie den ganzen Dezember. »Du übertreibst«, würde Julie sagen. Na, wennschon.

Mama strahlte mich an. »Papa wird begeistert sein.«

»Bestimmt.«

»Du könntest deine Eisenbahn wieder aufbauen und die Krippe da integrieren.«

»Bestimmt nicht.«

»Komm, wir essen eine Bratwurst.«

Auch dieser so harmlose Satz war nichts anderes als die Einladung zu einer Geduldsprobe. Signora Siebenschön speist schließlich nicht am nächstbesten Wurststand. Nein, erst muss verglichen werden. Nicht die Preise, die waren Mama ziemlich egal. Sondern die Zubereitung. Es kam selbstverständlich nur eine über Holzkohlenfeuer gebratene Wurst in Betracht. Was in

Fett schwamm, in der Pfanne zischte oder auf Grillstangen der Vertrocknung entgegenbriet, fand keine Gnade. Sie musste »nach Nürnberger Art« sein, mindestens, »schön durch«, vielleicht etwas aufgeplatzt, auf jeden Fall mit charakteristischen Grillstreifen. Es musste die perfekte Christkindlmarktwurst sein.

Wir waren dreimal über den ganzen Markt gegangen, da hatte Mama sich endlich entschieden. Nach etlichen »Den Glühwein hier kannst du nicht trinken!« und »Dampfnudeln bekomme ich nicht runter!« und »Die braten hier die Würste nicht, die ertränken sie in Fett!« und »Der Weihnachtspunsch an diesem Standl schmeckt pappsüß!« und »Die gebrannten Mandeln da hinten sahen frischer aus!«. Endlich wurde sie uns auf Papptellerchen gereicht, die Weihnachtsmarktwurst, die unseren Verzehr wert war. Mama lehnt die neumodisch-praktische Art, Bratwürste direkt in eine Semmel oder ein Minibaguette zu stecken, vehement ab – »Ich esse doch keine Hotdogs!«. Und sie mag auch nicht die neumodische Ein-Meter-Bratwurst (»So was ist pervers!«). Mit einem Klecks Senf, mit einer Semmel, wie es sich gehört. Und mit einem Pappstreifen.

Sie griff zu, biss herzhaft hinein und spreizte den kleinen Finger ab. Dann fächelte sie sich mit der anderen Hand Luft zu.

»Uiii, ist die heiß.«

»Sie wurde über dem Feuer gebraten, Mama. Noch bis vor fünfzehn Sekunden.«

»Uiii, ist die heiß.«

Dann war sie im siebten Himmel. Sie machte bei jedem Bissen »Hm!« und nickte mir zu. Bei jedem Bissen. Ich nickte auch, heftig sogar. Sonst hätte ich zehnmal hintereinander den Satz »*So* muss eine Bratwurst schmecken, weißt du?« gehört.

Dann begann es zu schneien, Flocken tanzten ein Ballett durch alle Lichter, und eine von ihnen, eine winzige, ließ sich mit unnachahmlicher Eleganz auf der Nasenspitze meiner Mutter nieder, als sei sie der schönste Ort der Welt.

5

ABER DARUM MUSST DU
DICH DOCH NICHT KÜMMERN!

An diesem Abend suchte ich Papas Gesellschaft. Nachdem Mama wieder in ihrem Weihnachts-Universum verschwunden war, wo vermutlich all ihre Einkäufe dazu beitrugen, das Chaos irreversibel zu machen, begab ich mich ins *Bureau*. Die Tür zu Papas Refugium ziert tatsächlich ein antikes Schild mit diesem alten französischen Wort, das eine Schwelle markiert, der seit jeher unbedingt Respekt gezollt wird. Dieses Zimmer am Ende des langen Flurs ist das Reich meines Vaters, und selbst Mama wagt keinen Schritt über die Schwelle. Ich habe sie nie in diesem Zimmer aufräumen, putzen, etwas richten oder hinstellen sehen. Sie klopft sogar an, bleibt in der Tür stehen, wenn sie das Wort an ihren Gemahl richtet. Das *Bureau* ist ein Sanktuarium, ein Flucht- und Rückzugsort, an dem sich mein Vater vor den Widrigkeiten des Lebens in Sicherheit bringt.

Auch ich hatte vorsichtig an die Tür geklopft. Es schien mir an der Zeit, ein paar Takte mit Papa zu reden, nachdem er mich so dringlich hergebeten hatte. Ich hörte sein sonores »Herein!« und öffnete die Tür. Er saß in seinem Ohrensessel, neben dem eine Bankerlampe mit grünem Schirm, wie man sie in den Lesesälen englischer Universitätsbibliotheken findet, ein genau abgezirkeltes Licht spendete.

Papa winkte mich herein, also schloss ich vorsichtig hinter mir die Tür und setzte mich ihm gegenüber in den zweiten Sessel.

»Lass mich noch eben den Artikel zu Ende lesen. Bin gleich fertig«, murmelte er.

»Aber ja, lies nur.«

Das gab mir Gelegenheit, wieder einmal den Blick durch dieses Refugium schweifen zu lassen. Ich war längere Zeit nicht mehr hier gewesen, sicherlich ein paar Jahre, doch es schien mir, dass sich nicht das Geringste verändert hatte. Dieser große Raum hatte vermutlich vor ein paar Dezennien seine definitive Form und Ausstattung gefunden, und Papa empfand anscheinend nicht die geringste Veranlassung, hier irgendetwas zu ändern. Wozu auch und für wen? Schließlich wird das *Bureau* nur von ihm benutzt, wenn es auch ganz und gar nichts von einem Büro hat. Eher hat man den Eindruck, sich auf einer Zeitreise in die Wende vom neunzehnten zum zwanzigsten Jahrhundert zu befinden, denn nichts, wirklich nichts erinnert hier daran, dass sein Bewohner im dritten Jahrzehnt des einundzwanzigsten Jahrhunderts lebt.

Hohe Regale aus dunklem Holz bedeckten die Wände, Schränke, hinter deren Glas antiquarische Schätze aus Silber und Porzellan funkelten. *Der Friedhof der verlorenen Dinge*, ging mir durch den Kopf, in Anlehnung an Carlos Ruiz Záfons großartigen Roman *Der Schatten des Windes*, mein Lieblingsbuch. Ein großer englischer Sekretär, über und über bedenkt mit Papieren. Beistelltische, vollgestellt mit Bilderrahmen aus Silber und Wurzelholz, Zigarrenkisten, Aschenbechern, Pfeifen, Büsten und Plastiken – vornehmlich halb oder ganz entkleideter griechischer Göttinnen – und schließlich einer Fülle von Memorabilien, deren Sinn und Bedeutung allein mein Vater kennt. Der Bibliothekscharakter des *Bureaus* lässt an den Wänden nur kleine Flächen frei, die mit Bildern vollgehängt sind. Weitere Bilder stehen auf dem Boden oder sind einfach vor den Bücherregalen aufgehängt worden.

Mitten in diesem unglaublich vollgerappelten Sammelsurium saß mein Vater, als sei er der Besitzer eines Antiquitätengeschäfts und warte auf noble Kundschaft. Schließlich legte er die Zeitung beiseite, nahm die Lesebrille ab und blickte mich aufmunternd an.

»Einen Cognac?«

Welche Ehre! Noch nie hatte mein Vater mir hier etwas Hochprozentiges angeboten, und da ich sicher war, dass der Cognac exquisit sein würde, nickte ich.

Nachdem er mir den generös gefüllten Cognacschwenker gereicht hatte, zündete er sich eine Zigarre

an, als stehe hier ein gemütliches Gespräch unter guten Freunden an. Ich entspannte mich und rückte mich
wohlig in dem Sessel zurecht.

»Wie war's auf dem Christkindlmarkt?«, fragte er und
erlaubte sich ein maliziöses Lächeln. »Seid ihr zu einer
akzeptablen Bratwurst vorgedrungen oder musstet ihr
mit einem minderwertigen Erzeugnis der heimischen
Fleischindustrie vorliebnehmen?«

»Du kennst Mama«, sagte ich nur. »Die Wurst war
perfekt und ließ nichts zu wünschen übrig.«

Papa nickte und zog energisch an der Zigarre, als
müsse er sich Energie zuführen für den weiteren Ver-
lauf des Gesprächs.

»Ich verstehe. Und ... war's erträglich?«

»Nachdem sie einen halben Monatsumsatz unseres
Verlages beim Krippenmann gelassen hatte ... ja, doch.«

Er lächelte erneut. Ich erzählte ihm von den aktuel-
len Zuwächsen des Krippeninventars und dass wir jetzt
das Zeitalter der Elektrifizierung erreicht hätten.

»Du meine Güte!«, stöhnte er. »Wo soll das noch hinführen? Mir ist völlig schleierhaft, wie sie aus dem voll-
gemüllten Salon noch ein respektables Zimmer zum
Feiern schaffen will.«

»Du weißt, dass sie es schaffen wird. Sie hat es immer
geschafft ...«

»Diesmal nicht«, sagte mein Vater düster. »Ich fürchte,
diesmal nicht ...«

»Wie meinst du das?«

»Sie hat mir verboten, ihr zu helfen. Ich kann nichts machen. Immer wenn ich mich im Wohnzimmer blicken lasse, scheucht sie mich hinaus, als sei ich der Vollstreckungsbeamte des Finanzamts. Es sind nur noch drei Tage bis zum Fest. Wie soll das gehen – die Weihnachtsdekoration, das Geburtstagsmenü, das Eindecken? Es ist noch nichts eingekauft, weißt du, noch gar nichts. Nicht mal Fleisch vorbestellt. Ich hab ihr angeboten, auf dem Elisabethmarkt Bestellungen aufzugeben, aber sie hat nur abgewunken. ›Aber nicht doch, Fritz‹ – Papa imitierte perfekt ihre Stimme – »›darum musst du dich doch nicht kümmern.‹«

»Vielleicht sollten wir mitten in der Nacht den großen Esstisch ausziehen und eindecken … Mama einfach vor vollendete Tatsachen stellen«, schlug ich vor. »Ein Service steht ja schon da …«

»Sinnlos, mein Junge, vollkommen sinnlos. Das ist alles nur vorläufig, glaub’s mir. Wir würden mit Sicherheit nicht das ›richtige‹ Service decken. Sie würde alles wieder abräumen. ›Doch nicht diese Blumenmotive, Fritz, wo denkst du hin. Wir nehmen natürlich das große goldene Geschirr, schließlich ist Weihnachten. Und mein Geburtstag.‹«

»Dann decken wir eben das goldene Service!«

»Aber welches? Wir haben bekanntlich zwei.«

»Wir haben *zwei*?«

»Ja, eins steht im Keller, gut verstaut in Kisten. Gut möglich, dass Betty daran denkt, ausgerechnet dieses

Service wieder aus dem Dornröschenschlaf zu erwecken. Wer weiß das schon?«

Er versank in Schweigen. Es hatte keinen Sinn, mit ihm über Mama zu debattieren, schließlich hatte er die mit Abstand meiste Lebenserfahrung mit ihr. Eine Zeitlang blickte Papa nur düster vor sich hin, paffte an der Zigarre, trank einen Schluck Cognac. Und setzte dann zu einer Erklärung an, während derer der Zigarillo, den ich mir angezündet hatte, ausging.

»Weißt du, Johannes, ich liebe meine Frau. Daran besteht überhaupt kein Zweifel. Ich liebe sie wirklich ...«

»Ach, Papa ...«, beschwichtigte ich, etwas peinlich berührt, da ich nicht wusste, wo das hinführen sollte.

»Doch, doch. Ich liebe sie«, beharrte er. »Aber sie macht es mir schwer, von Tag zu Tag schwerer, sie zu lieben, ja überhaupt zu mögen. Sie ist zum personifizierten Vorwurf mutiert, zur unzufriedenen Dauerstresserin. Sie gibt nicht nach, niemals ... keinen Millimeter. Trifft sie auf Widerstand oder Widerspruch, schaltet sie auf stur. Sie blickt durch dich hindurch, mit diesem seltsam abwesenden Blick, als seist du nur eine Stimme, die aus dem Radio in einem anderen Zimmer an ihr Ohr dringt und die sie nicht versteht. Vorgestern, als ich dich anrief ...«

Er machte eine Pause, als müsse er Kräfte sammeln für ein Geständnis.

Ich sagte vorsichtig: »Ja?«

»Vorgestern ... da nannte sie mich plötzlich nicht mehr Fritz, nicht einmal Friedrich ...«

»Sondern?«

»Sie sagte Francis zu mir.«

»Aber das ist doch Unfug, Papa. Du musst dich verhört haben.«

Er nickte grimmig. »Schön wär's. Es passierte insgesamt drei Mal. Sie nannte mich Francis, ich hab's ganz deutlich gehört. Und glaub mir … ich bin es nicht, an dessen Verstand hier gezweifelt werden muss. Ich nicht!«

»Wer ist Francis?«, fragte ich irritiert.

»Was weiß ich? Vielleicht erkennt sie mich schon nicht mehr. Vielleicht verwechselt sie mich mit jemand anderem. Vielleicht ist Francis ihr Liebhaber …«

»Papa!«

»Ja, warum denn nicht? Sie ist doch eine attraktive Frau, sie ist doch immer noch sehr schön, findest du nicht?«

Ich nickte nur.

»Warum sollte sie keinen Liebhaber haben? Vielleicht hat sie ihn ja letztes Frühjahr in Marienbad kennengelernt, als sie sechs Wochen mit Eleonore zur Kur war.«

Eleonore ist die beste Freundin meiner Mutter. Undenkbar, dass Mama sich einen Kurschatten angelacht hatte.

»Und selbst wenn«, warf ich aufsässig ein. »Es gibt ja wohl überhaupt keinen Grund, dich mit diesem … mit irgendeinem Francis zu verwechseln. Wer macht das denn?«

»Was weiß ich?«, sagte er wiederum hilflos. »Ich sage ja auch gar nicht, dass es diesen Francis wirklich gibt. Umso beunruhigender, findest du nicht – den eigenen Ehemann mit einem ausgedachten Namen anzusprechen.«

»Möglicherweise wollte sie nur witzig sein? Oder dich aus der Reserve locken? Dich auf die Palme bringen? Vielleicht denkt sie auch, Fritz heißt auf Englisch Francis, und wollte ein Wortspiel machen. So wie sie Robert manchmal Roberto nennt …«

»Witzig? Deine Mutter ist humorresistent, hast du das vergessen? Und ein Wortspiel war's ganz sicher nicht – sie hätte mich schelmisch von der Seite angesehen, um mitzukriegen, wie ich reagiere.«

»Kennst du überhaupt irgendjemanden, der Francis heißt?«, fragte ich.

Papa schüttelte den Kopf und zündete die Zigarre wieder an, die auch ihm ausgegangen war. Er seufzte.

»Wahrscheinlich dreht sie durch. Alzheimer, Schizophrenie, was weiß ich. Erst verwechselt sie die Personen, die ihr am nächsten stehen, dann hört sie womöglich Stimmen, und zum Schluss läuft sie im Nachthemd auf die Straße oder tanzt nachts in einem Brunnen. Das läuft hier alles aus dem Ruder, Johannes.« Er senkte verschwörerisch die Stimme. »Ich kann nur hoffen, dass sie bis zu ihrem Fünfundsechzigsten durchhält.« Er goss uns beiden noch einmal Cognac nach, als bedürfe diese düstere Befürchtung eines wirksamen Gegenmittels.

»Papa!«, rief ich empört. »Jetzt mach aber mal einen Punkt! Und phantasier dir nichts zusammen. Ich werde mich morgen einschalten, ich versprech's dir. Die Bestellungen und Besorgungen übernehme ich. Und zwar alle! Ich werde Mama zwingen, einen großen Einkaufszettel zu schreiben, und dann mache ich mich auf den Weg. Das wär doch gelacht, wenn wir das nicht alles noch auf die Reihe bekämen.«

Ich bemühte mich um einen optimistischen Gesichtsausdruck, der meine Skepsis Lügen strafen sollte. Es hatte gar keinen Sinn, sich mit Papa in Katastrophenszenarien zu ergehen und die dunklen Feuer der Panik zu schüren. Mein Vater war im Moment offensichtlich außerstande, das Ruder in die Hand zu nehmen. Doch auch ich wusste, dass der Kapitän des Traumschiffs Mama war. Und welche Rolle sie mir von der Kommandobrücke aus zuzugestehen bereit war – Erster Offizier, Steward, Küchenjunge oder vielleicht auch nur Hilfsmaschinist –, war keineswegs ausgemacht.

»Ich wünsche dir Glück, mein Junge … wirklich«, sagte Papa grimmig und hielt seinen bauchigen Cognacschwenker gegen das Kerzenlicht, als sei er eine Kugel, aus der sich die Zukunft lesen lasse. Aber es war nur die goldene Flüssigkeit, die im Kerzenschein schimmerte, und sie sagte uns nichts über die Zukunft, wohl aber schenkte sie ein Quäntchen Trost, das wir beide brauchen konnten.

6

ACH, IMMER MUSST DU ÜBERTREIBEN!

In dieser Nacht schlief ich nur wenig. Schließlich sank ich in einen langen, unendlichen Traum, und auch wenn ich immer wieder aufschreckte, setzte er sich doch fort, sobald ich die Augen wieder geschlossen hatte. Es war eine Art Endlosschleife, die mich durch die Nacht zog, und ich war gefangen in bizarren Phantasmagorien und wirren Bildern, absurden Szenen und völlig überdrehten Geschichten, in denen niemand vorkam oder eine Rolle spielte, den ich kannte. Der Traum hatte nichts mit Mama zu tun, nichts mit Papa und auch nichts mit Weihnachten, und weder Julie entfaltete ihre erotischen Talente noch Daniela di Sordi, die überaus attraktive Verlegerin der direkten Konkurrenz von Siebenschön. Keine Elfen und Feen bevölkerten mein Traumuniversum, sondern allein die Schemen einer womöglich überreizten Phantasie.

Um sieben Uhr hielt es mich nicht mehr im Bett. Ich stand auf, tastete mir im Dunkeln den Weg durch die

Wohnung bis zur Küche, wo ich Licht machte und Wasser aufsetzte. Mit einem starken Kaffee hoffte ich die Gespenster der Nacht vertreiben zu können. Ich drehte auch die Heizung auf, denn über Nacht war es empfindlich kühl in der Küche geworden, und mit einem Gurgeln und Glucksen und anderen undefinierbaren Geräuschen, die wie das Räuspern eines Berggeists klangen, erwachte der alte gusseiserne Heizkörper zum Leben und erinnerte mich daran, dass er schon einige Jahrzehnte zwar problemlos, jedoch keineswegs geräuschlos seinen Dienst versah. Der heiße Kaffee tat mir gut, ich trank ihn in kleinen Schlucken aus einer der großen Rosentassen, die ich noch aus meiner Kindheit kannte und die ebenfalls unverwüstlich waren. Ein Blick in den Kühlschrank überzeugte mich, dass von einem akuten Versorgungsnotstand keine Rede sein konnte. Doch Papa hatte recht – das Fest des Jahres war noch nicht einmal ansatzweise in Angriff genommen worden.

Es war noch niemandem in unserer Familie gelungen, jemals längere Zeit in der Küche sitzen zu können, ohne dass alsbald Mama auftauchte. Sie hatte einen siebten Sinn dafür, dass sich jemand in ihrem Reich aufhielt – und als solches betrachtete sie die Küche, obwohl sie alles andere als ein Heimchen am Herd war –, und völlig egal, ob es Fürsorge, Nähebedürfnis, Kontrollwahn oder was auch immer es war, das sie in die Küche trieb, sobald sie von dort Stuhlscharren oder Besteckgeklapper vernahm: Man konnte die Uhr danach stellen, dass es kaum mehr als zwei oder drei Minuten dauerte, dann tauchte sie in der Tür auf.

An diesem Morgen vergingen immerhin sieben Minuten, dafür betrat sie ihr Reich zwar im Bademantel, aber schon mit einer anbetungswürdigen Frisur, mit der sie auch auf eine Opernpremiere hätte gehen können. Sie flötete munter: »Guten Morgen, mein Großer!« – immerhin nicht Buberl, jedenfalls nicht so früh am Tag. »Hast du gut geschlafen in deinem Zimmer?« – In *meinem Zimmer*! Leidet die Frau unter Realitätsverlust? Doch sie erwartete keine Antwort, sondern setzte sie voraus. So dass ich auch nur stumm nickte und mich für die Aufgaben, die vor mir lagen, wappnete.

»Was kann ich für dich tun, Mama? Ich meine … wie kann ich dir helfen?«

»Aber nicht doch, Johannes, du musst dich doch um nichts kümmern. Du bist doch mein Gast!«

Das war zu erwarten gewesen. Doch ich ließ mir nicht den Wind aus den Segeln nehmen, jedenfalls nicht so leicht, und versuchte, es nicht so klingen zu lassen, als sei ich vom Helfersyndrom befallen oder als traute ich der Generalin die entscheidende Schlacht nicht zu.

»Das weiß ich, Mama«, sagte ich und tätschelte ihr beruhigend die Hand. »Du schaffst das schon, keine Frage. Aber schau mal, jetzt, wo ich schon hier bin, da will ich mich doch nicht langweilen. Soll ich den ganzen Tag durch die Theatiner- und die Maximilianstraße schlendern? Oder durch die Fünf Höfe?«

Die Erwähnung dieser Luxusshoppingmeilen ließ bei Mama erwartungsgemäß und prompt die Alarmglocken schrillen.

»Aber nicht doch. Da ruinierst du dich bloß. Wenn du unbedingt willst, kannst du ja für mich auf den Elisabethmarkt und in einige andere Geschäfte gehen, um noch ein paar kleine Dinge zu besorgen, die wir für's Fest brauchen.«

Ein paar kleine Dinge. Mir schwante einiges, das in Worte zu fassen ich mich noch nicht traute.

»Ich mache dir einen kleinen Zettel. Einverstanden?« Ich nickte heftig.

»Wunderbar. In ein paar Minuten bin ich damit fertig. Dann kannst du deinen kleinen Gang machen.«

»Perfekt, Mama.« Die vermehrte Verwendung des Wortes »klein« war nicht dazu angetan, mich zu beruhigen.

Ich kam mir bereits ganz klein vor. Sah mich im Geist schon als Zwerg mit roter Zipfelmütze, einem Körbchen und einem winzigen Zettelchen zwischen den Buden des Markts hin und her gehen und mich nach den Auslagen strecken.

Dann rauschte Mama aus der Küche, und ich machte mir zwei Semmeln, goss mir eine weitere Tasse Kaffee ein und vertiefte mich frühstückend in die *Süddeutsche Zeitung* und den *Münchner Merkur*, um zu erfahren, welche Katastrophen jenseits der Franz-Joseph-Straße noch passiert waren. Die Nachrichten, die ich las, waren weitaus beruhigender als alles, was sich an diesem Tag noch ereignen sollte.

Als Papa die Küche betrat, war ihm anzusehen, dass auch er in der Nacht mit Schatten und Gespenstern gekämpft hatte. Mürrisch nickte er mir zu und verschanzte sich mit einer Tasse Kaffee hinter dem Feuilleton. Er las immer zuerst das Feuilleton, in welcher Zeitung auch immer, als gebe es nichts Wichtigeres und Weltbewegenderes als die Theaterpremieren vom Wochenende, die aktuelle literarische Debatte oder die vernichtenden Rezensionen zu einem Romanautor, der sich mit seinem letzten Werk im Sinkflug direkt in die Niederungen dräuender Erfolglosigkeit begeben hatte. Und immer waren dann von dem klugen Kopf hinter dem Blatt Ausrufe zu hören, die man natürlich nicht einordnen konnte, da man nicht wusste, was der kluge Kopf gerade las: »Unglaublich!«, »Unfassbar!«, »Das darf ja wohl nicht wahr sein!« oder »Entsetzlich!«

Ich muss jedoch an dieser Stelle zugeben, dass ich diese Angewohnheit meines Vaters übernommen hatte, worauf mich kürzlich erst Julie beim Frühstück hingewiesen hatte, als sie just diese Ausdrücke imitierte, die ich wohl während der Lektüre von mir gegeben hatte. Allerdings fange ich nicht mit dem Feuilleton an, sondern arbeite mich brav von der Seite eins durch das Blatt, wobei ich Sport, Wirtschaft und den Lokalteil geflissentlich ungelesen beiseitelege. Für mich ist das

Feuilleton nicht der erste Gang, sondern das strahlende Finale des Zeitungsmenüs.

»Papa«, versuchte ich mich frohlockend dazwischen- zudrängen.

»Hm?«, brummte mein Vater.

»Ich gehe gleich einkaufen. Mama macht mir einen Zettel.«

Das veranlasste ihn doch, einen oberen Zipfel der Zeitung umzuknicken und mir über den Rand einen erstaunten Blick zuzuwerfen.

»A–ha«, sagte er nur, doch ich meinte, aus diesen bei- den Silben nicht nur Erstaunen, sondern auch einen Anflug von Anerkennung herauszuhören. Dann rich- tete sich der Zipfel wieder in seine ursprüngliche Posi- tion hoch.

»Und was hast du heute so vor?«, versuchte ich das Gespräch – wenn man das überhaupt so nennen konn- te – mit dem klugen Kopf hinter der Zeitung in Gang zu halten.

Doch Papa war alles andere als gesprächig und brummte nur: »Vielleicht nachher den Christbaum schmücken … ich weiß noch nicht.«

Oha. Damit war alles über seine Laune gesagt.

Es hätte mich stutzig machen sollen, dass der »kleine Einkaufszettel« nicht in längstens zwei, drei Minuten fertig wurde, sondern dass Mama sich eine geschlage- ne Stunde Zeit ließ. Entnervt vom Warten sprang ich schließlich auf und stürmte in den Salon, wo sie aber nicht war. Auch nicht im Schlafzimmer, auch nicht in einem der Gästezimmer, auch nicht im Wintergarten. Nachdem ich sämtliche Türen der Wohnung einmal aufgerissen und inspiziert hatte, ob sich hinter ihnen irgendein Leben regte, hielt ich einen Moment inne, bevor ich die Hand auf die Klinke zu jenem kleinen Zimmer legte, das Mama – so nostalgisch wie Papa sein *Bureau* – »mein *Boudoir*« nannte. Wie Frau Siebenschön ihren Mann in seinem Refugium in Frieden ließ, betrat Herr Siebenschön niemals das *Boudoir* seiner Frau. Und so befiel auch mich eine unerklärliche Scheu, das Zimmer ohne Anklopfen zu betreten.

Ich klopfte also an. Keine Reaktion. Dann drückte ich sachte die Klinke hinunter und öffnete die Tür gerade so weit, dass ich einen Blick hineinwerfen konnte. Niemand drin. Verflucht, wo steckte sie nur? Dann bemerkte ich, dass die Tür zum Balkon einen Spalt offen war und der kalte Wind die Vorhänge leicht bauschte. *Sie wird doch nicht bei der Eiseskälte auf dem Balkon sein und sich den Tod holen*, dachte ich.

»Mama«, rief ich mit der Stimme eines besorgten Kindes im Alter von fünf Jahren. Dann räusperte ich mich und setzte ein markigeres »Mama!« nach.

Da hörte ich ein Rascheln hinter dem Spiegeltisch. Mit einem Satz war ich im Zimmer. Und entdeckte meine Mutter. Sie kauerte auf dem Boden, Kochbücher wälzend, und kritzelte hektisch Papier voll.

»Meine Güte, Mama, hast du mich erschreckt. Was machst du da unten?«

»Ach, du bist's. Meine Güte, hast du mich erschreckt.«

Spielen wir jetzt das kindisch-nervige Spiel, in dem man immer das wiederholt, was der andere so von sich gibt?

Mit einem leichten Ächzen erhob sie sich. »Der Wind hat das Papier und den Stift runtergeweht«, sagte sie in einem Tonfall, als sei dies nicht nur eine Erklärung, sondern auch eine Entschuldigung.

»Und da musst du deine Notizen da unten fortsetzen?« Ich schüttelte halb ungläubig, halb unwillig den Kopf.

Sie zuckte mit den Schultern wie ein kleines Mädchen, das bei etwas ertappt worden war, was nicht ganz *comme il faut* war, dann lächelte sie halb und setzte ihren Rehblick auf.

»Hast du den Zettel fertig?«, fragte ich Bambi.

Bambi nickte eilfertig. »Gerade jetzt.«

»Klasse. Na, dann gib mal her und lass mich sehen.«

Ich kann nicht sagen, dass der Zettel sonderlich groß gewesen wäre, obwohl ich eine Einkaufsliste im A4-Format schon ziemlich ungewöhnlich fand. Bemerkenswerter erschien mir die winzige Schrift, mit welcher der Zettel bedeckt war, so klein, als hätte eine Elfe hier ihre gesamte Autobiografie aufgeschrieben. Ich konnte es kaum entziffern und maulte: »Mutter, ich bin neununddreißig Jahre alt. Und auch bei mir lässt die Sehkraft inzwischen zu wünschen übrig.«

»Ich hab's dir ganz genau aufgeschrieben. Laden für Laden, damit du nichts verwechselst und nicht durcheinanderkommst. Ist doch ein bisschen mehr geworden …«

»Ein bisschen? Das sind überschlägig drei Spalten, je vierzig Zeilen, also hundertzwanzig Positionen. Da bin ich ja drei Tage unterwegs. Und muss mir einen Kleintransporter mieten.«

»Ach, Buberl, immer musst du übertreiben«, entgegnete meine Mutter mit unwilligem Unterton. »Die paar Sachen …«

»Also schön, ich hab's dir ja angeboten. Aber dafür wirst du mir wohl einen Fünfhunderteuroschein mitgeben müssen.«

Der Blick, mit dem Mama mich bedachte, hätte verwunderter, unschuldiger, fassungsloser, bambimäßiger nicht sein können.

»Aber, Buberl, so viel Geld habe ich doch nicht hier. Da müsste ich erst zur Bank … Kannst du es mir nicht auslegen?«

Natürlich, *auslegen*. Was in meiner Familie immer und bei jedem gleichbedeutend war mit abdrücken, schenken, spenden und als Verlust abschreiben. Das wurde ja immer schöner: Jetzt konnte ich auch noch das Fest finanzieren. Ich verfluchte den unbedachten Augenblick, in dem der altruistische Sohn seinem schwachen Mütterlein seine Hilfe angeboten hatte. Ich hätte es wissen müssen: Das rächt sich immer!

Ich nickte resigniert vor mich hin. »Also schön, wenn's sein muss, leg ich's dir halt aus.«

»Ach, danke … du bist sooo lieb.« Sie tätschelte mir die Wange und schenkte mir ein Lächeln, das mein kaltes, hartes augenblicklich dahinschmelzen ließ wie ein Erdbeereis in der Waffel.

Ich hatte nicht vor, in jedem Geschäft diesen Einkaufszettel nah an meine Brille zu führen und mühsam zu entziffern, was zu besorgen mir aufgetragen war. Nein, ein Siebenschön geht generalstabsmäßig vor. Ich hockte mich an den Küchentisch und übertrug fein säuberlich – Laden für Laden – das dort zu Besorgende auf Karteikarten, für jedes Geschäft eine. *Ha! Es wäre doch gelacht, wenn ich das nicht in den Griff bekäme.*

Was mich jedoch fassungslos machte, ja zutiefst erschütterte, war der schiere Umfang dieser Liste. Stand ein wochen-, ja monatelanger Kälteeinbruch bevor? Ein Versorgungsengpass in der bayerischen Landeshauptstadt? War dies ein Hamsterkauf, sozusagen ein Großhamsterkauf? Wer sollte das alles, was auf diesen Karteikarten stand, konsumieren? Wie viele Gäste waren eigentlich geladen? Der Liste nach hätte dies ein rauschendes Fest im *Café Reitschule* in der nicht weit entfernten Königinstraße sein können.

Besonders irritierte mich »4 Kilo Butter« – hatte Mama etwa vor, eine von Omas einst berüchtigten Buttercremetorten zu backen, die sie vor Jahrzehnten schon aus guten Gründen vom Speiseplan gestrichen hatte, spätestens als sie meinte, auf den Hüften meines immer ranken und schlanken Vaters einige unbotmäßige Pölsterchen festgestellt zu haben? Was wohl nichts anderes als eine Projektion war, denn die sich allerliebst entwickelnden Rundungen waren auf *ihren* Hüften zu sehen gewesen, nicht auf denen Papas. Aber wie es immer war mit meiner Mutter: Sie steuerte sofort um, das gesamte Schiff, und wir alle mussten in Richtung Diät und gesunde Ernährung segeln. Kein zischendes Fett in der Pfanne, keine Butter mehr, schon gar keine Buttercremetorte, die ohnehin niemand mochte. Sondern nurmehr die frugalen Erzeugnisse heimischer Felder. »Wir essen jetzt nur noch, was wir auch auf unser Gesicht legen können«, wurde eine ihrer neuen Maximen. Sie meinte natürlich Obst, Salat und Gurken, wobei ich mir nicht vorzustellen vermochte, was die in meinem Gesicht zu suchen hatten. Und gab es nicht auch Menschen, die sich ein schönes Steak aufs Gesicht legen würden? Um den Teint frisch zu halten?

Mamas Pölsterchen schwanden im Nu und wagten sich auch niemals mehr hervor. Auch nicht, als »gute Butter« wieder auf den Tisch durfte. Mein Vater aber blieb seit damals ein Gefangener ehelicher Ernährungsdiktate aller Art, und er trug es – das muss ich zugeben – wie ein Mann. Er stellte sogar den Salzstreuer weg, wenn seine Frau ihn mit ihrem vorwurfsvollen Blick – »Denk an deinen Bluthochdruck« – anschaute, als habe er vorgehabt, mit drei Körnchen Salz seinem Leben noch in dieser Stunde ein Ende zu bereiten. Er fügte sich klaglos, wenn ich ihn auch im Verdacht hatte, von Zeit zu Zeit bayerische Wirtshäuser und Biergärten aufzusuchen, um sich dort servieren zu lassen, was ihm zu Hause verwehrt wurde.

»4 Kilo Butter« also.

In der Franz-Joseph-Straße, vermutlich in ganz Schwabing und Maxvorstadt gibt es ein Mantra, das heißt: »Du bekommst alles auf dem Elisabethmarkt.« Und das ich für maßlos übertrieben halte. Natürlich ist dieser kleine Budenmarkt ein Schmuckstück, mit all seinen putzigen Lädchen und der lässig-exklusiven Aura, die er ausstrahlt. Bäcker, Metzger, Gemüse-, Fisch-, Käse- und Geflügelhändler sowie die Spezialisten für italienische und spanische Produkte – in der Tat scheint es hier alles zu geben. Wer gut betucht ist, kann sich auf diesem Viktualienmarkt *en miniature* bestens eindecken. Bio ist sowieso fast alles hier.

Ja, auch ich würde einiges auf dem Elisabethmarkt bekommen. Für anderes aber müsste ich auch in einen gut sortierten Supermarkt, ja, sogar zu Dallmayr.

»2 große Truthähne.« Mir war völlig klar, warum es dieses Viech sein musste und nicht etwas anderes, sagen wir: Weihnachtlicheres. Der Truthahn gehört traditionell zum amerikanischen Thanksgiving, und es war einem von Mamas Lieblingsfilmen – *Hannah und ihre*

Schwestern von Woody Allen – zu verdanken, dass sich die Bilder verschiedener, immer mit *Turkey* beglückter Familienfeiern, die in diesem Film zelebriert wurden, in ihrer Vorstellung von einer großen, glücklich miteinander feiernden Familie festgesetzt hatten. Wie oft hatte sie mir von diesem Film vorgeschwärmt. Und nie vergessen, den Truthahn zu erwähnen, der goldbraun und knusprig aus dem Ofen gezogen und auf den Tisch gestellt wurde, wie das Goldene Kalb, das alle anbeten sollten. Es war ein Ritual, nichts weniger, und wie alle Rituale, selbst wenn sie einen gar nicht betrafen, entfaltete es seine archaische Kraft.

»2 große Truthähne«. *Oh mein Gott! Wo soll ich die jetzt noch herbekommen? So was muss man tage-, ja wochenlang vorbestellen.*

Ich sah mich im Geiste schon wie ein Torpedo über die Märkte flitzen, überall nur belustigte Blicke und bedauerndes Schulterzucken ernten. »Haben Sie vorbestellt? Nein? Oh, dann tut es uns leid.«

»2 große Truthähne.« Hatte Mama auch nur eine annähernde Vorstellung, wie groß diese Flatterfreunde waren, wie viel Fleisch das war? Davon konnten sich die vierzehn Gäste ihres Festes tagelang ernähren, so viel stand mal fest. Wie auch immer, ich wusste, Mama würde in Panik verfallen, wenn ich ihr statt mit den gewünschten mit – sagen wir – realistischeren Mengen unter die Augen trat. »Aber, Buberl, das reicht doch nie und nimmer!« Immerhin, das Bratrohr ihres gewaltigen *Oranier*-Ofens würde diese beiden *Turkeys* auf dem Blech schon in knusprige Form bringen.

Also, Johannes, sagte ich mir – es ist nicht dein Problem. Kauf sie ihr, die beiden Flatterkerle, sie wird schon sehen, was davon übrigbleibt.

Ich verbrachte Stunden, den ganzen Vor- und halben Nachmittag mit Einkäufen und Besorgungen. Die Truthähne erwiesen sich erwartungsgemäß als eine Herausforderung ganz besonderer Art. Natürlich waren sie im gewünschten XXL-Format nirgendwo mehr vorrätig, und ich wollte mir nicht bei verschiedenen Händlern verschiedene kleine Exemplare »zusammenkaufen«. Der Elisabethmarkt meldete wie erwartet Fehlanzeige und rief mir ein fröhlich-weihnachtliches »Ausverkauft!« entgegen.

Bei Dallmayr gab es Geflügel zu Preisen, die meinen geschwächten und wenig resistenten Körper mit heftigsten Schüttelfrösten überzogen. Also dorthin, wo das kulinarische Herz Münchens schlägt – zum Viktualienmarkt! Da gab es noch Fleisch und Geflügel, als fielen Weihnachten und Ostern auf einen Tag. Auch hier war fast alles vorbestellt, aber an einem der Stände holte mir der Händler zwei kolossale tiefgefrorene Truthähne aus dem Kühlraum und händigte sie mir aus, als seien sie seine eiserne Reserve und als sei ich sein bester, sein letzter Freund. Ich kutschierte sie standesgemäß mit dem Taxi nach Hause.

Der Supermarkt. Die Weinhandlung. Das Spezialgeschäft für dieses. Das Spezialgeschäft für jenes. Wie
eine Billardkugel rollte ich kreuz und quer über den
Münchner Einkaufsparcours, hierhin und dorthin. Immer wieder wurden die Taschen so schwer, dass ich sie
zwischenzeitlich nach Hause bringen und leeren musste. Ich nahm sogar den blauen Rollwagen, mit dem
mein Vater rentnermäßig seine Einkäufe zu erledigen
pflegte, und zog und schob nun die Fracht durch die
weihnachtlich umtriebige Residenzstadt, hin und her,
her und hin.

Und meine Mutter brachte es zwischendurch fertig,
mir bei einem dieser Zwischenstopps zuzurufen: »Meine Güte, wo soll denn das alles hin?!«

Ja, heiliges Glöckchen, das fragte ich mich auch. Aber
das überlegt man sich wohl vorher.

Ich schaffte heran, als sei ich der Cellerar eines der
großen Klöster Oberbayerns. Oder der Caterer einer
Sause in einer in dieser Bussi-Bussi-Stadt angesagten
Event-Location. War frischer Rosmarin hier nicht zu
bekommen, ging ich woanders hin. Und wenn ich
ihn dort nicht fand, dann eben noch mal woanders.
Der Stapel Karteikarten schmolz, wenn auch in kaum
wahrnehmbarer Geschwindigkeit. Immer mehr Artikel
strich ich von der Liste. Fünfhundert Euro? Es war ein
sehr euphemistischer Moment gewesen, als ich angenommen hatte, mit dieser Summe wohl auszukommen.
Allein die Truthähne mitsamt den Füllungen bewegten

sich deutlich im dreistelligen Bereich, und zwar nicht unten. Dazu der Wein, der Champagner und noch das eine oder andere Gesöff, mit dem man sich Weihnachten die Dröhnung zu geben pflegt. Südfrüchte kistenweise. Käse laibweise. Brot körbeweise, Baguette zum Aufbacken – eine Delikatesse des Käseladens auf dem Elisabethmarkt, der den beeindruckenden und keinesfalls übertriebenen Namen *Le chalet du fromage* trägt. Und Kräuter, Kräuter, Kräuter. Es duftete in meinem Korb wie im provenzalischen Garten von Peter Mayle. Und dann die weihnachtlichen Spezereien, keine Ahnung, wozu Mama die brauchte. Sie hatte ja wohl nicht vor, noch die Engelchen zur großen Weihnachtsbäckerei zusammenzutrommeln.

Doch, doch, sollte ich bald erfahren, sie hatte es vor …

Ich könnte einen voluminösen Roman à la Balzac oder Dumas damit füllen, diesen Einkaufsmarathon mit seinen unzähligen Vorhaben und Rückschlägen, mit seinen ganz speziellen Abenteuern und einem Thrill, der meine Stresshormone Tango tanzen ließ, zu schildern. Ersparen Sie es mir. Von Stunde zu Stunde wurde ich erschöpfter, verdrießlicher und genervter. Am Ende schließlich, als ich die letzte vollgepackte Einkaufstüte auf den Küchentisch wuchtete, zog meine Mutter ein unnachahmliches Resümee: »Was du hier alles anschleppst … unglaublich! Weißt du, weniger ist manchmal mehr.«

Mein inzwischen gänzlich überfordertes Gehirn schaffte es nicht mehr, meinem fassungslos offenstehenden Mund den Befehl zum Schließen zu übermitteln.

Irgendwann machte ich Kassensturz und rechnete alle Summen – auch den sündteuren Wein – auf den Quittungen zusammen. Eintausendsechshundertfünfundsiebzig Euro und dreiundvierzig Cent. Kraftlos schob ich Mama den Zettel hin.

Sie warf nur einen kurzen Blick darauf. »Ja?«, fragte sie, mäßig interessiert.

»Das bekomme ich von dir, Mama. Kannst es mir überweisen.«

»Johannes, also wirklich! Du musst mal eines kapieren in deinem Leben: Geld ist nicht alles! Hab ich dir das denn nicht beigebracht?«

7

FÜR UNSERE GÄSTE IST
DAS BESTE GERADE GUT GENUG

In meiner Kindheit gab es ein kleines Buch, das ich liebte wie kein anderes. Leider hatte es nur einmal im Jahr Saison, nämlich im Advent, aber durch diese Wunder ankündigenden Wochen begleitete es mich zuverlässig. *Die Himmelsküche*, gedichtet und illustriert von Ida Bohatta, gibt es vermutlich auch heute noch, wie *Die Häschenschule* ein unvergänglicher Klassiker.

Die Himmelsküche ist eines der putzigen Büchlein, in denen entzückende Engelchen Teig kneten und Plätzchen backen: »Die Kinder wüssten gar zu gern, was da die Englein backen. Ob es wohl groß ist oder klein? Ob es recht knusprig schmeckt und fein?« Das hätte ich auch nur zu gern gewusst, als meine Mutter mit den Spezereien, dem Mehl, den Eiern, den Spritz- und Ausstechformen sowie mit Zucker und Zimt die »Himmelsküche« am späteren Nachmittag in unserem trauten Heim nachstellte. Allerdings ging es bei ihr nicht so hübsch gesittet zu wie in Ida Bohattas kindlichem Kosmos. Sondern ganz *à la maman*. Also chaotisch.

Nun muss gerechterweise gesagt werden, dass Mama eine ganz vorzügliche Köchin ist. Einige der von ihr kreierten und zubereiteten Speisen sind unser aller Leibgerichte. Doch wie man sich zwischen Hunden und Katzen, Puppen und Bären zu entscheiden hat, so scheint es auch mit Kochen und Backen zu sein. Nur wenige Küchenartisten beherrschen beiderlei Handwerk. Und Mama, die exzellente Köchin, ist, so muss geklagt werden, keine exzellente Bäckerin. Irgendwie scheint sie dieses großflächige Arbeiten auf dem mehlbestäubten Tisch und den großen Backblechen zu überfordern. Vielleicht auch die unbedingt erforderliche Akkuratesse des Verzierens. So kunstvoll sie Rouladen füllen und rollen kann, so sehr versagt ihre Fingerfertigkeit vor der backhandwerklichen Fähigkeit, Puderzucker und Liebesperlen exakt zu applizieren.

Am schlimmsten, ja furchterregendsten sind ihre Weckmänner. Kein Advent ohne diese Kerle aus Hefeteig mit Augen und Knöpfen aus Rosinen! Es wurden stets die schauerlichsten Gebilde, wahre Missgeburten, die sich kein Teufel ausdenken könnte. Mama pflegte diese Backwerke sogar zu verschicken, in Luftpolsterfolie verpackt, doch sie kamen nie heil an. Was wir aus den Päckchen zerrten, waren immer Gliedmaßen aus Hefeteig, die man manchmal nicht einmal zu etwas Menschenähnlichem zusammensetzen konnte. Die Rosinenaugen kullerten uns entgegen, sie fielen aus dem Gesicht des Weckmanns wie die Glasperlen aus dem

Kopf eines alten, abgeliebten Teddybären. Aber die kleine weiße Tonpfeife war obligatorisch. Und wir konnten froh und dankbar sein, wenn wenigstens sie den Postweg unversehrt überstand. Im Mund oder auch nur im Gesicht des süßen Mannes aber befand sie sich nie.

Es war also an diesem, dem vorletzten Tag vor Weihnachten, als Mama auf die Idee verfiel, in all dem Durcheinander unserer bis dato ja nicht gerade unturbulenten Festvorbereitungen auch noch den Backofen anzuwerfen. Ich machte den schüchternen Vorschlag, dass man ja etwas Gebäck aus der Bäckerei besorgen könnte, wenn dieses pappsüße Zeug, an dem sich alle die ganze Adventszeit hindurch schon satt gegessen hatten, unbedingt noch auf den Weihnachtstisch musste. Doch Mama hatte dafür nur ein barsches »Papperlapapp!« übrig:

»Auf den Weihnachtstisch gehört selbst gebackenes Gebäck. Punktum. Das ist nun mal so. Und für unsere Gäste ist das Beste gerade gut genug, das lass dir gesagt sein. Du darfst mir aber helfen …«

Das Entsetzen stand mir ins Gesicht geschrieben. Es war augenblicklich aus den tiefsten Verliesen meiner geknechteten Seele gekrochen und hatte sich meiner Mimik bemächtigt, ohne dass ich etwas dagegen tun konnte. Es fiel sogar Mama auf, die sonst unempfindlich gegen jegliche Äußerung der Skepsis gegenüber ihren Vorschlägen und Aufforderungen ist.

»Was schaust du so? … Als hätte ich dir einen unsittlichen Antrag gemacht!« Sie kicherte, schamlos, wie mir schien. »Ein Angebot, das du nicht ablehnen kannst … selbstverständlich.«

Die Mafiamama hatte ihre Brut fest im Griff. Ich wand mich, ich stöhnte, ich gab klein bei. Die Titanin der Tiegel und Töpfe, die Heldin am Herd brauchte natürlich einen Gehilfen, den sie nach Lust und Laune schikanieren konnte. Immerhin standen keine Weckmänner mehr auf dem Programm, die hatten bereits zum ersten Advent ihren Weg nach Münster, Traunstein und in alle Welt gefunden – zerbröselnd, versteht sich. Dieses Jahr war der appetitliche Kerl völlig unkenntlich angekommen, und nicht einmal Professor Karl Friedrich Boerne aus dem Münsteraner *Tatort* hätte ihn auf dem Seziertisch seiner stahlblitzenden Pathologie identifizieren können. Vermutlich hätte er in dem Gebilde nicht einmal die Karikatur eines menschlichen Wesens erkannt. Er hätte sich nur über die kleine weiße Pfeife gewundert und sie an seine größenreduzierte Assistentin weitergegeben: »Alberich, diese Winzigkeit ist wohl etwas für Sie!«

Doch Zimtsterne, Vanillekipferl, Marzipannüsschen, Spritzgebäck und Spekulatius stellten keine geringere Herausforderung dar. Es wurden Unmengen an Teig geknetet und ausgerollt, und mein subordinärer Part bestand darin, Plätzchen auszustechen, während die apotheotische Tätigkeit des Verzierens natürlich wieder Mamas Hoheitsterrain war. Und natürlich war es ihr nicht recht, in welcher Größe und in welchem Krümmungsgrad ich die Vanillekipferl formte, da musste nachgebessert werden. Manches in Mamas Augen verunglückte Kipferl fand sich flugs in der Reparaturabteilung wieder.

»Meine Güte, Buberl! Das sieht ja aus wie eine Gurke. Die Kipferl müssen klein sein.«

Das Diminutiv der Gebäckbezeichnung war mir keineswegs entgangen. Wohlgemerkt, ich hatte nicht etwa »Kipf« gemacht, es ging hier nur um Millimeter. Also wurden die Kipferl wieder zu einem Teigklumpen degradiert und erneut in Form gebracht, diesmal strikt nach den Krümmungsvorschriften der Europäischen Union.

Dann war das erste Blech endlich gefüllt. In Reih und Glied lagen die Kipferl, als hätte sie der preußische Hofzuckerbäckermeister persönlich im Takt des Präsentiermarsches angeordnet. Nicht zu weit auseinander, nicht zu eng aneinander. Sie schmiegten sich in Exerzierform, die auch den russischen Präsidenten bei der Maiparade vor dem Kreml in Entzücken versetzt hätte. Mama ließ einen letzten prüfenden Blick über das Backblech wandern, dann sollten die Kipferl ihr weißes Kleidchen bekommen.

»Mama?«

»Ja, Buberl, was ist denn?«

»Kommt der Puderzucker nicht ganz zuletzt … ich meine … wenn die Kipferl fertig gebacken aus dem Ofen kommen?«

»Nein, nein, Schätzchen. Den backen wir in unserer Familie immer mit … das ist so Tradition, weißt du?«

Von dieser Tradition hatte ich noch nie gehört, geschweige, dass ich sie jemals geschmeckt hätte. Ich mochte mir nicht ausmalen, welche chemischen Reaktionen der Zucker mit dem Teig im Backofen eingehen würde. Ich brummte nur und unterließ jede weitere Diskussion, die ohnehin zu nichts führen würde.

Ein Pfund Puderzucker wurde in ein überdimensionales Sieb gefüllt, aber die exakte Zielführung war Mamas Sache nicht. Sie stäubte … *wupp, wupp, wupp* … den Puderzucker aus so großer Höhe und mit Schwung übers Blech, dass die Kipferl wohl den geringsten Teil des süßen Schnees abbekamen. Die beiden braven Bäckersleut dafür umso mehr. Und der Tisch. Und der Fußboden. So war es wohl Tradition.

Ich musste so prusten und lachen, dass die Sache dadurch noch um einiges schlimmer wurde. Mamas Haar war im Nu bestäubt und so weiß, wie es ihrem Alter entsprach. Nein, pfui! Das war eine böse Bemerkung. Streng fühlte ich durch die Zuckerwolke den Blick meiner Mutter auf mich gerichtet.

»Johannes … du bist wirklich noch ein Kind! So etwas Albernes!«

Sie schob das Blech in den Ofen, stellte die Temperatur und die Zeitschaltuhr ein – ich hoffte nur, richtig – und wandte sich dem zweiten Akt der Himmelsbäckerei zu.

Zimtsterne auszustechen bereitete mir keine Probleme und bot auch keinen Anlass zur Beanstandung, schließlich war die Form vorgegeben und nicht meiner Schusseligkeit ausgesetzt. Aber Mamas Applikation ließ doch erheblich zu wünschen übrig. Sie hatte einen Zuckerguss mit Zimtgewürz vorbereitet, der in der Konsistenz so zäh geraten war, dass er noch vor dem Auftragen sozusagen vor unseren Augen gerann. Der Backpinsel sträubte sich und kleckste, dass es eine wahre Freude war. Im Kindergarten hätte es nicht dilettantischer und lustiger zugehen können. Von einem gleichmäßigen Zuckergussauftrag konnte beim besten Willen keine Rede sein. Nun flucht meine Mutter nie, ihr graben sich nur die Falten tiefer in die Stirn, so konzentriert geht sie zu Werk. Und auch diesmal suchte sich ihre Zungenspitze vorwitzig den Weg durch die Lippen. Schließlich war der Zuckerguss so hart, dass an ein weiteres Auftragen nicht zu denken war. Allerdings hatte erst ein Drittel der Sternchen sein weißes Mützchen bekommen.

»Was machen wir nun?«, fragte ich, wobei ich mir scheinheilig das Lachen verkniff.

Mamas Pragmatismus ist legendär.

»Der Rest bekommt keinen Zuckerguss. Ist ganz gut so. Wir müssen ja alle auf die schlanke Linie achten, da ist zu viel Zucker nur Gift. Auch für dich«, schloss sie und klopfte mir auf den Bauch, der nun wirklich nicht der Rede wert war. Allerdings hatte sie vorher nicht den

Backpinsel beiseitegelegt und also flugs meine Schürze
– ja, ich trug eine solche! – mit Zuckerbröckchen über-
sät. Übermütig, wie sie war, stupste sie mir mit dem
Pinsel sogar noch auf die Nase.

»Hey, Mama, lass das! Was soll das denn?«

»Ach, du kleiner Weihnachtsmann, nun stell dich mal
nicht so an … Huch, das reimt sich sogar.«

»Aber es ist kein Gedicht … die Metrik stimmt
nicht.«

»Besserwisser!«

»Zimtzicke!« (Fand ich besonders witzig!)

»Nichtsnutz!«

»Angeberin!«

Sie drehte sich so heftig um, um nach mir zu schlagen – spielerisch, versteht sich –, dass das Backblech in
bedrohliche Schieflage geriet und beinahe vom Tisch
gestürzt wäre, hätte ich es nicht im letzten Augenblick
aufgefangen. Die Zimtsterne klebten zwar wie mit Uhu
befestigt auf dem Backpapier, doch das Papier war natürlich nur lose aufgelegt und begann so elegant vom
Blech zu rutschen, dass ich es nur mit einer irrwitzig
uneleganten Bewegung auffangen konnte. Doch nichts
Schlimmes geschah, im Bruchteil einer Sekunde war alles wieder in der Position, wie es sein sollte. Nur Mama
hatte einen gellenden Schrei ausgestoßen. Gottlob war
das Fenster zu, sonst hätten Brockerhoffs sicherlich
noch die Polizei gerufen. *Elisabeth Siebenschön wurde bei
dem Versuch verhaftet, ihren Sohn Johannes mit Zuckerguss*

zu erschlagen. Das Opfer wurde mit schwersten Prellungen ins Krankenhaus Barmherzige Brüder eingeliefert und kämpft auf der Intensivstation um sein Leben.

Wir aber kämpften weiter mit Blechen und Backmischungen. Mama zog die Vanillekipferl aus dem Rohr, gerade noch rechtzeitig, bevor sie so dunkel wurden, dass sie ungenießbar waren. Und schob das Blech mit den Zimtsternen in die glühende Hitze, wo sie so festbacken würden, dass die nicht minder festsitzenden Gebisse der Verwandten jeglichen Stresstest bestehen könnten.

Es war inzwischen in der Küche saharaheiß, auf Mamas Stirn glänzten Schweißperlen heller als die Perlen an ihren Ohrringen. Und auch ich schwitzte den großen Küchenblues wie in den Südstaaten. Mama, die *Southern Belle*, strahlte über das ganze Gesicht, die Wangen heftig gerötet, als hätten ihr die Vanillekipferl persönlich das schönste Kompliment gemacht.

»Oh, schau mal … sind die nicht herrlich geworden?«

»Mmh.«

»Magst du probieren?«

»Warum nicht?« Ich nahm eines der Kipferl mit eingebranntem Puderzucker vom Blech und stopfte es mir so schnell in den Mund, dass ich mir Finger- und Zungenspitze zugleich verbrannte. Es war lebensgefährlich in Mamas himmlischer Backstube. Warum hatte eigentlich die Firma *Heulen & Zähneklappern* ausgerechnet in unserer Küche eine Zweigstelle aufgemacht?

»Oah … uh … aargh …«

»Was ist denn?«

»Chie chind cho heich!«

»Was?«

»Chie chind heich … heich … heichß!«

»Na, sie kommen ja auch aus dem Ofen, Buberl!«

Was sie nicht sagte! Sie kommen aus dem Ofen! Damit hätte ich nie und nimmer rechnen können.

Immerhin verhinderte die Hitze des Gebäcks, dass
meine Gaumenknospen auch nur irgendeinen Geschmack feststellen konnten, so rasch schluckte ich es
hinunter. Das Kipferl zog seine feurige Spur durch Rachen und Hals und kam als Feuerball im Magen an,
wo sich sofort alle ätzenden Magensäfte zur Gegenwehr
versammelten. Darauf einen Underberg! Ich kippte das
Fläschchen und spürte die neutralisierende Wirkung
sofort. Und sie war nicht nur neutralisierend, so dass
ich nach einer Viertelstunde wieder einigermaßen verständlich sprechen konnte. Sondern auch animierend.
Ja, sie animierte zu weiteren Großtaten in Siebenschöns
Backstube, wo uns noch weitere wunderbare Kreatio-
nen gelingen sollten. Zum Beispiel Linzer Augen, die
man andernorts auch als Spitzbuben kennt und deren
glänzender Mittelpunkt Ribiselmarmelade respektive
Johannisbeerkonfitüre bildet. Zwar gelang mir das Aus-
stechen der Löcher für diese Füllung ganz passabel, oft
bildeten die Ausschnitte dabei ein Gesicht. Aber Mama
bestand auf den Augen und boxte in jedes der Plätzchen

einen Marmeladeklecks, der wie das blutunterlaufene Auge eines Herausforderers von Wladimir Klitschko nach einem K.o.-Sieg in der achtzehnten Runde aussah. Mit anderen Worten: Die Augen waren der pure Horror. Ich mochte gar nicht mehr hinsehen und hoffte inständig und insgeheim, dass die Hitze im Backofen ein Einsehen hätte und sie zuschmelzen ließ.

Dann jedoch fand meine Assistenz ein jähes Ende. Und zwar, als die Zimsterne aus dem Ofen gezogen wurden. Sie waren wider Erwarten und gegen alle Wahrscheinlichkeit wohl geraten und sonderten genau die Art von Weihnachtsduft ab, die allen die Tränen adventlicher Vorfreude in die Augen treibt. Wieder stellte meine Mutter das Backblech vor mich hin auf den Tisch.

Es war wie ein *Déjà-vu*.

Oder wie ein *Déjà-entendu*.

»Oh, schau mal … sind die nicht herrlich geworden?«

»Mmh.«

»Magst du probieren?«

»Warum nicht?«

Der Mensch lernt schwer, und ich hatte nichts kapiert. Nicht das Geringste. Diesmal steckte ich mir gleich zwei Plätzchen in den Mund.

Grundgütiger!

Was ist das für ein Zeug?

Mit diesem Flammenwerfer kann man getrocknete Farbe vom Highway lösen! Ich würde zwei Maß Bier brauchen, um das Feuer zu löschen.

Nun weiß jeder – spätestens seit dem Essen in irgendeinem indischen Restaurant –, dass man allzu Heißes und Scharfes nicht mit Flüssigem bekämpfen soll. Es macht alles nur noch schlimmer. Aber ich, der Unbelehrbarste von allen, stürzte wie von Sinnen zum Wasserhahn, ließ es laufen und laufen und hielt meinen Mund in das strömende Nass. Doch die Erleichterung blieb aus. Es wurde nur noch unerträglicher.

Mir war nicht klar, was ich außer Schmerzen hier noch schmecken könnte. Mein Rachen fühlte sich an, als hätte ich *Rohrfrei* geschluckt. Ich befühlte meine Wangen – was bahnte sich da an? Eine Gesichtslähmung? Die einsetzende Wirkung eines Aphrodisiakums? Man hätte mir eine Granate in den Mund stecken und den Bolzen ziehen können – ich würde nichts fühlen. Die Welt hörte sich wie ein großer rauschender Wasserfall an. Mein Hemd war voller Zimtsternreste. Wenigstens würden sie nicht erst bei der Autopsie erfahren, was mich getötet hat. Ich beschloss, das Atmen einzustellen, es war einfach zu schmerzvoll. Was soll's, ich bekam eh keinen Sauerstoff mehr. Sollte ich je wieder Luft brauchen, würde ich sie einfach durch dieses große Loch einsaugen.

8

MEINST DU,
MIR MACHT DAS SPASS?

Auch wenn ich geahnt hatte, dass sie kommen würde, Mamas ganz private Modenschau, überraschte
es mich diesmal doch, meine Mutter wenige Stunden
später so unschlüssig vor dem Kleiderschrank zu sehen.
»Was ziehe ich nur an? … Was ziehe ich nur an?« Es
passte nicht zu ihr, dass sie diesem Detail der immensen
Vorbereitungen zur größten Familienfeier aller Zeiten
bislang nur wenig Aufmerksamkeit gewidmet zu haben
schien. Sie überließ ja auch sonst wenig oder genauer:
gar nichts dem Zufall. Die Inszenierung musste perfekt
sein, und dazu gehörte zweifellos das Kleid. Das *richtige*
Kleid.

Sie erwischte uns im denkbar günstigsten Moment:
Da der Salon noch immer nicht begeh- und bewohnbar
war, hatten Papa und ich es uns am Abend im *Bureau* gemütlich gemacht, und auch wenn sie wie stets Zurück-
haltung walten ließ und es nicht betrat, öffnete Mama
einfach die Tür und funktionierte sie zur Bühne um.
Papa hatte sich hinter seine Zeitung verschanzt, doch er

würde ihren Fragen nicht entkommen, das wusste ich. Und auch ich würde zu jedem Auftritt, zu jedem Kleid meinen höchstpersönlichen Erstgeborenensenf dazugeben müssen. Nicht, dass es etwas ausgemacht hätte – Mama würde am Ende anziehen, was sie wollte, völlig gleich, was wir davon hielten und welche Meinung wir kundtaten. Mochten wir den Daumen heben oder senken – das würde völlig ohne Belang sein. Trotzdem – die Modenschau gehörte dazu. Und so fügten wir uns ergeben in das uns zugedachte Schicksal.

Mamas Kleiderschränke befanden sich nur wenige Schritte vom *Bureau* entfernt, strategisch günstig, um es mal so zu sagen. Daher wurden wir auch unfreiwillige Zeugen ihrer Selbstgespräche und Kommentare, mit denen sie den ihr zur Verfügung stehenden Fundus an Kleidern einer strengen Musterung unterzog. »Das passt nicht mehr« … »Meine Güte, *un-mög-lich*« … »Das könnte gehen« … »Oh mein Gott« … Hey, was haben wir denn da?« Bis hin zum Klassiker: »Ich hab einfach nichts anzuziehen. Das sage ich schon seit Jahren.«

Hab ihn nie verstanden, diesen Standardsatz, den auch Julie stets parat hat, wenn sie unschlüssig ist. Das Problem ist ja nicht das defizitäre Volumen der zur Verfügung stehenden Auswahl, sondern dass die Auswahl eben nicht getroffen wird. *Nicht getroffen werden kann.* Alles eine Frage der Entscheidung, sage ich mir immer in solchen Momenten. Frauen entscheiden eben nicht gern. Anders als Männer, die Entscheider schlechthin – obwohl es auch da etliche Gegenbeispiele gibt, was auf eine strikte »Kompetenzverteilung« in der Ehe oder Beziehung schließen lässt. Ist nämlich die Frau die Bestimmerin, die Herrscherin, die Entscheiderin, wird der Mann diese Rolle niemals beanspruchen oder sie sich aneignen. Er wird sich ihr immer fügen. Zu seinem Glück.

Mein Vater hatte seine Rolle ganz offensichtlich gefunden, in all den Ehejahren. Nach außen hin war er durchaus entscheidungsfreudig, aber *was* er zu entscheiden hatte oder meinte, musste immer erst durch eine Kontrollinstanz. Muss ich erwähnen, dass Mama am Grenzbaum aller Entscheidungen saß und prüfte, ob die Papiere in Ordnung waren? Da sie so offensichtlich die Regentin war und sich auch als solche fühlte – die Rolle beziehungsweise Position, die damit verbunden war, jedenfalls ganz selbstverständlich ausfüllte –, waren unsere Meinungen zwar gefragt, aber absolut sekundär. Sie fielen einfach nicht ins Gewicht.

Wir nahmen also, ob wir es wollten oder nicht, lebhaft Anteil an Mamas Entscheidungsfindung, das Kleid betreffend. Das erste, welches sie uns vorführte (angezogen, natürlich), war ein Traum in Weiß.

»Heiratest du?«, fragte Papa mürrisch.

»Fritz, sei kein Narr. Das ist aus Rom, weißt du nicht mehr? Es ist dieses hinreißende Grace-Kelly-Kleid, eines, mit dem man in den Brunnen steigen kann. Du hast es mir selbst gekauft und geschenkt.«

»Das war vor einem Vierteljahrhundert, meine Liebe. Ist verjährt. Und es war Anita Ekberg in dem Brunnen, nicht Grace Kelly. *Dolce vita*. Die Oberweite hast du nicht«, stellte er nüchtern fest, »gottlob.«

»Na schön … schauen wir weiter.« Und weg war sie. Nach dem Traum in Weiß, der von zeitloser Eleganz gewesen war, aber für den bevorstehenden Anlass möglicherweise doch etwas zu gewagt, kam sie in einem Traum in Rot an. Genauer: in einem Alptraum in Rot.

»Brennt es?«, fragte Papa. »Hast du die Feuerwehr gerufen?«

Diesmal schnaubte sie nur und hoffte sich die Bestätigung von mir zu holen. »Buberl, was meinst du?«

Buberl hätte jetzt unter gar keinen Umständen ehrlich sein dürfen. Und Buberl war auch nicht ehrlich. Buberl räusperte sich nur und blickte mit weit aufgerissenen Augen auf dieses Kleid, das einer Schützenkönigin von Bad Tölz würdig war, kaum jedoch einer Dame, die ihren fünfundsechzigsten Geburtstag im stillen Kreis ihrer Familie zu verbringen gedachte.

»Es ist … es ist … spektakulär.« Erleichtert atmete ich aus, froh darüber, dass mir ein solches Wort eingefallen war. Alles andere wäre dem Ereignis dieses Kleides vollkommen unangemessen gewesen. Hörte ich da womöglich ein Kichern hinter Papas Zeitung?

»Spektakulär … ach so. Also nicht so … geeignet?«

»Nicht ganz, Mama. Wenn du mich schon fragst. Ich meine, es sieht hinreißend aus …« Ich bekam einen

Fußtritt unter dem Beistelltischchen. »Aber vielleicht ist es etwas *overdressed* … wenn du weißt, was ich meine. Nur ein bisschen«, fügte ich entwaffnend hinzu.

»Ich verstehe. Es passt auch nicht ganz zum Heiligabend, wenn ich es mir recht überlege.«

»Genau, Mama. Das wollte ich sagen.«

Sie rauschte hinaus.

»Jetzt kommt Grün«, orakelte Papa. »Da gehe ich jede Wette ein.«

Ich hatte nicht den Mut, dagegenzuhalten.

Die Tür ging wieder auf.

»Und wie findet ihr *das*?«

Es war grün. Es war durchaus … akzeptabel. Nicht lang, nicht kurz. Aber es hatte eine Schleife. Eine Riesenschleife, um genau zu sein. Sie würde die gesamte Weihnachtsdekoration in den Schatten stellen. Opernball in Wien – perfekt. Geburtstag und Weihnachten an einem Tag – nicht ganz so perfekt. Um das Mindeste zu sagen.

Papa brachte es wieder auf den Punkt.

»Gehen wir zum Jägerball?«

Mama schnaubte verächtlich. »Fritz, du bist wirklich keine große Hilfe«, kritisierte sie ihren Mann. »Dir gefällt ja *gar nichts*. Meinst du, mir macht das Spaß, hier vor euch Ignoranten das Model zu spielen?«

Genau das meinten wir. Wenn wir ehrlich sein sollten. Doch Ehrlichkeit war hier nicht gefragt.

Sie blickte in unsere skeptischen Gesichter, auf denen Fragezeichen Walzer tanzten.

»Und warum nicht, wenn ich fragen darf?«

»Darfst du, darfst du«, gab Papa sich generös. »Dafür sind wir ja da.«

»Also?« Sie schaute uns herausfordernd an, als gebe es an unserer Reaktion irgendeine Schwachstelle, die es nur noch herauszufinden und zu benennen galt.

»Betty, wirklich …«, meinte Papa mit einem leicht enervierten Unterton, als sei es eine Zumutung, das auch noch zu begründen. »Dieses Kleid hast du zuletzt zur Hochzeit deiner erotisch etwas wahllosen Freundin Eleonore getragen. Ihre zweite, wenn ich mich recht erinnere. Ist ja inzwischen schon wieder geschieden. Hat also kein Glück gebracht.«

»Wenn du meinst.« Abgang Mama.

Diesmal dauerte es länger, bis sie zurückkehrte. Dafür hatte sie einen Trumpf am Körper, gegen den nur schwer etwas einzuwenden war. Das Kleid war blau – wie nicht anders zu erwarten –, es war tief ausgeschnitten, es sah – zugegeben – hinreißend aus. Romantisch. Umwerfend. Als sei es ihr direkt auf den Leib geschneidert worden. Es betonte ihre Figur, die noch immer tadellos war.

Und auch mein Vater konnte sich der Offenbarung dieser Erscheinung nicht entziehen – diesmal fiel ihm wirklich der Zigarillo aus dem Mund. Direkt ins Cognacglas, das er in der Hand hielt und eben an die Lippen zu führen gedachte.

»Oh«, sagte er nur.

»Da bist du hin und weg, nicht wahr?«, frohlock-te Mama. »Würdest mich glatt noch einmal heiraten, oder?«

Papa nickte.

Ich nickte auch, obwohl die Frage wohl kaum an mich gerichtet war.

»Es ist … sehr schön. Wirklich! Du siehst hinreißend aus.«

»Nicht wie Grace Kelly mit Blue Curaçao an der Bar«?, spielte sie auf Papas Farbenargumente an.

»Nein, nein … und doch …«

»Ja?« Ein bisschen drohend. Aber nur eine Nuance.

»Und doch … nicht ganz geeignet. Zu dem Anlass, meine ich. Du bist … du bist …«

»*Ja?*«. Eine kaum wahrnehmbare, aber doch unüber-hörbare Nuance der Marke »Pass auf, was du sagst!«

Prompt zog Papa den Kopf ein, als habe man einer Schildkröte gesagt, sie solle nicht so vorwitzig sein.

»Du bist … wunderschön in diesem Kleid. Aber, schau mal, die anderen Gäste … und wir, ich meine, Johannes und ich, nur als Beispiel … wir können da nicht mithalten. Da müssten wir mindestens Smoking tragen.«

»Mindestens«, sekundierte ich.

»Und alle Frauen würden sich falsch angezogen vor-kommen. Wie soll ich sagen … kritisiert. Sie würden sich unzulänglich fühlen. Und das wirst du nicht wollen, oder?« Nun gelang Papa ein leicht drohender Unterton.

Sie blickte uns an, unschlüssig, als sei sie sich über die Höhe des Strafmaßes noch nicht schlüssig. Doch dann nickte sie.

»Ihr habt recht. Keine Perlen vor die Säue.« Wir duckten uns. »Mitternachtsblau … das passt auch nicht zur Dekoration. Rot und grün … weihnachtlich, meine ich. Da sehe ich ja aus wie in *Baci*-Knisterpapier eingewickelt. Wie eine Frau, der nichts lieber wäre, als risse ihr jemand das Kleid vom Leib. Wie eine Ballkönigin … allerdings ohne Ball.«

»Wie eine Ballkönigin«, echoten wir.

Die Kleider wurden kürzer, Kostüme wurden vorgeführt, Kombinationen vorgeschlagen. Alles schön und gut, mehr oder weniger. Aber dann doch zu elegant, zu wenig weihnachtlich, zu jung, zu alt, zu protzig, zu unauffällig. Auch das kleine Schwarze fehlte nicht, das Nonplusultra an Understatement, das Papa – natürlich – zu der bissigen Bemerkung veranlasste: »Ist jemand gestorben?«

»Fritz, du hast aber auch überhaupt keine Ahnung. Muss ich dir jetzt mal sagen. Das ist der Klassiker schlechthin, damit kannst du nichts falsch machen. Das kannst du immer tragen.«

»Ich?«

»Nein, nicht du. Ich meinte das in übertragenem Sinn, das weißt du genau. Du musst mich hier nicht ostentativ missverstehen. Das kleine Schwarze. Von Chanel. Weißt du? Ach was, du weißt gar nichts. Du würdest es nicht einmal im Chanel-Schaufenster erkennen.«

»Na, hör mal«, protestierte mein Vater. »Ich hab nur einen Witz gemacht.«

»Hat jemand gelacht? Na, siehst du. Sprachwitz kannst du dir aufheben. Für deine Rede.«

»Rede? Was für eine Rede?«

Mama stemmte empört die Fäuste in die Hüften. »Also … du wirst doch auf meiner Geburtstagsfeier wohl eine Rede halten!«

»Eine Laudatio!«, feixte ich.

»Ja, genau, eine Laudatio.« Mama blickte ihren Mann herausfordernd an.

»Ist schon gut«, knickte der ein. »Ich werde ein paar witzige Worte für dich finden.«

»Keine witzigen Worte, Fritz. *Warme!*« Und dann übergangslos: »Schön, das kleine Schwarze also auch nicht. Hätte mich bei euch Banausen auch überrascht.«

Diesmal blieb sie lange weg, und die Blicke, die ich mit Papa tauschte, waren von der wachsenden Euphorie inspiriert, dass wir es womöglich überstanden hatten. Endlich.

Dann – *chapeau!* hurra! – kam er doch noch, der modische Volltreffer.

»Welche Farbe nun?«, hatte Papa noch gemurmelt, als wir wieder Schritte im Flur hörten, und mir war nicht klar, ob dies wirklich eine Frage war, die er an mich richtete, oder nur eine Vergewisserung des Unumgänglichen. So wie man sich in der Opernloge zurechtsetzt und sagt: »Und nun der vierte Akt.« Zur Selbstbestätigung, zur Vorfreude, das kann alles Mögliche bedeuten.

Dann stand sie da, ohne Trara, in der Tür, beide Hände am Rahmen. In einem perlgrauen Seidenkleid, das ihre Konturen nonchalant umschmeichelte, vorn hochgeschlossen und streng, hinten mit einem Ausschnitt festlich. Sie hatte sich eine Kette umgelegt, die mit dem silbernen Herzen, in das sich ein Brillant eingenistet hatte. Es schien sich in der Seide zu spiegeln. Die Haare hatte sie hochgesteckt, mit einer blauschimmernden Spange festgehalten. Die Königin der Nacht, nicht aufgetakelt, nicht übertrieben, aber anbetungswürdig. Einfach schön.

Sie sonnte sich in meinen bewundernden Blicken. Papa blieb stumm, aber auch ihm war anzusehen, dass sie diesmal ins Schwarze getroffen hatte.

»Ich hab's gewusst«, verkündete sie triumphierend. »Hatte es gleich als Erstes an. Man soll immer seiner ersten Wahl trauen, wisst ihr?«

»Oh nein.« Nur ich hörte Papas kleinen Seufzer. Ja, die ganze Modenschau war umsonst gewesen. Warum nicht gleich so, sagte der Blick, den er mir zuwarf. Dann stand er auf, umarmte sein Eheweib, drückte ihr einen Kuss auf die Wange, die sie ihm generös hinhielt. »Das ist es«, sagte er nur. »Perfekt.«

»Ich weiß«, sagte sie.

9

STELL DICH NICHT SO AN!

Ich gebe zu, es gab in diesen Tagen vor dem Fest aller Feste nicht nur *einen* Augenblick der dräuenden Furcht. Einer jedoch stellte sich ein, als ich Julie am späten Abend in einem langen Telefonat von meinem anstrengenden Tag berichtete, von all dem, was mein Leben hier so spannend machte. Mit ihrem unerschütterlichen Optimismus hatte Julie auf meine zugegeben wohl etwas witzig zugespitzten Erzählungen mit einem leicht dahingeworfenen »Ach, isch freu mich trotzdem auf euch … auf Weihnachten … auf dich« geantwortet. Und es war wohl meine Befürchtung, diese Vorfreude meiner Liebsten schließlich enttäuscht sehen zu müssen, die mich in den Orkus der Mut- und Hoffnungslosigkeit hinabzog. Denn alles, was wir hier bislang erlebt hatten, würde – das wusste ich wohl – nichts sein gegen das Inferno der *Réunion familiale*, gegen das Gewitter, das sich stets über uns zusammenbraute, sobald sich ein paar von unserer Sippe zusammenfanden.

Ja, ich muss zugeben, dass all die Geschichtchen, die ich Julie erzählte, mich zunehmend pessimistisch stimmten. Ich sah zum Heiligabend schon Gewitter aufziehen. Dabei hatte es noch nicht einmal gedonnert. Nur ein Wetterleuchten war am Horizont zu sehen gewesen.

Papa hatte kapituliert, als er mich angerufen hatte. Wie stets versuchte er sich in Ironie zu flüchten und in Sarkasmus zu retten, gegen die Mama wie stets allergisch reagierte. Diesmal hatte er sich aus dem Gefecht gezogen, den Rückzug angetreten, wohl darauf vertrauend, dass es sein ältester Sprössling schon richten würde, das mit Mama und mit Weihnachten und allem Drum und Dran. Er war ein begnadeter Delegierer oder – wie man heute gern sagt – ein Wegmoderierer. Nicht geschaffen für Disharmonie und Dominanz, Ehrgeiz und Effizienz. Wann und wo immer er ein Donnergrollen hörte, brachte er sich in Sicherheit. Und überließ mir das Terrain, wo ich mit Drachen und Dämonen kämpfen sollte und er meine Kämpfe aus der Distanz mitverfolgen konnte.

Während mich also, wenn ich an das bevorstehende Fest dachte, düstere Ahnungen beschlichen, versuchte ich meinen Eltern auch am nächsten Tag hilfreich zur Seite zu stehen. Ich räumte auf, putzte, bezog die Betten. Ich brachte den Müll runter, alle paar Stunden. Meine Mutter verfolgte meine Anstrengungen mit einer Mischung aus Dankbarkeit und Widerborstigkeit. Sie fand nicht den richtigen Ton, wenn sie mich zurechtwies oder kritisierte oder wenn ich etwas nicht so gemacht hatte, wie sie es sich vorgestellt hatte oder wie es in ihren Augen sein musste. Vielleicht war ihr bewusst, dass sie ohne mich verloren war, dass sie es nie und nimmer allein schaffen würde. Doch das Gefühl der Hilflosigkeit oder Unzulänglichkeit löste bei meiner Mutter nicht das erleichternde Eingeständnis von verzeihlicher Schwäche aus, sondern eine gewisse Kratzbürstigkeit. In diesen Tagen vor Weihnachten wurde ich wieder zu dem acht-, zehn-, zwölfjährigen Buben, der vielleicht nicht ganz so war, dass man auf ihn stolz sein konnte. Das *Buberl* eben. Ich schluckte schwer daran.

Mama war auf einem ganz unberechenbaren Trip: Sie hatte an dieses Weihnachts- und Geburtstagsfest so viele Erwartungen und Hoffnungen geknüpft, dass mir ganz bange wurde. Ich merkte es an vielen Details: ihre stets latente Unruhe, ihre Unkonzentriertheit – bei gleichzeitigem Perfektionswahn, versteht sich –, ihre Gereiztheit, die sich gegen Papa und mich in kleinen Spitzen entlud. Wir beide schienen ihr irgendwie nicht richtig in der Spur, waren uns womöglich der Bedeutung des Ereignisses nicht bewusst. Vielleicht bin ich jetzt ungerecht, aber dieses Gefühl ließ sich einfach nicht abschütteln: Letztlich genügten wir ihr nicht. Was sie uns immer wieder spüren ließ.

Am Nachmittag dieses Tages begann Papa tatsächlich damit, den Christbaum aufzustellen und zu schmücken.

Dass er mittendrin war, entnahm ich den unterdrückten Flüchen, die in zunächst unregelmäßigen, schließlich jedoch regelmäßigen Abständen durch die verschlossene Tür aus dem Weihnachtszimmer drangen. Es war nicht so, dass Papa die Tür abgeschlossen hätte, er machte sie nur hinter sich zu. »Ich kann keine Zuschauer gebrauchen«, erklärte er immer kategorisch, mit einer Entschiedenheit, mit der einst wohl auch Michelangelo seinen Auftraggeber, Papst Julius, aus der Sixtinischen Kapelle hinauskomplimentiert hatte. Und so wie der Pontifex es nicht lassen konnte, dort immer wieder nach dem Rechten zu sehen – und sei es nur, um den störrischen Maler unter Druck zu setzen und anzutreiben –, so öffnete auch Mama immer wieder die Tür, steckte den Kopf herein, fragte: »Brauchst du Hilfe, Schatz?« oder »Kommst du zurecht, Liebling?« Was Papa immer nur noch mehr erboste, je öfter sie das machte. Und kein noch so entnervtes »Nein!« oder gebrülltes »Am besten ohne dich!« hielt Mama davon ab, alle paar Minuten die Tür erneut zu öffnen, eine ihrer unsinnigen Fragen zu stellen, dann brüsk abgefertigt zu werden und mehr oder weniger beleidigt die Tür wieder zu schließen.

»Dein Vater baut den Christbaum auf!«, verkündete sie dann mit verschwörerischer Miene, als sei dies nicht jedermann klar, der noch im hintersten Winkel der Wohnung Zeuge der lautstarken Flüche und Schimpftiraden meines Vaters wurde. Ich war feige genug, die Tür nicht zu öffnen, sondern so fasziniert durchs Schlüsselloch zu linsen, als entledige sich in dem winzigen Blickfeld, das sich mir auftat, die hübsche Studentin aus der Wohngemeinschaft im Haus gegenüber ihrer überflüssigen Kleidung. Lächerlich, ich gebe es zu, und feige obendrein. Aber ich wusste nur zu gut, dass mein Vater sich nie und nimmer helfen lassen würde, auch nicht von mir. Es war seine ureigene Domäne, seit Jahrzehnten, der Christbaum ist immer nur von ihm aufgebaut und geschmückt worden, von ihm allein. Und nur er nahm dann am Heiligabend mit unübertroffen selbstgefälliger Miene die Huldigungen der Familie entgegen, wenn der Baum in voller Pracht erstrahlte und tatsächlich kaum anders als ein Meisterwerk altdeutscher Baumdekorationskunst genannt werden konnte.

An diesem Tag nun ging diese hausherrliche Pflicht keineswegs ohne Geräusche ab; Tempo, Frequenz und Lautstärke der Unmutsbekundungen wuchsen proportional mit den wohl offensichtlichen Fortschritten in der Behängung mit all dem Tand und Tinneff, Flitter und Firlefanz, der sich über die Jahrzehnte in den »Weihnachtskisten« angesammelt hatte und Jahr für Jahr wieder hervorgekramt wurde. Irgendwann hatte sich die oberste Familienleitung darauf festgelegt, den Baum »traditionell« und »nostalgisch« zu schmücken, also nicht den jährlich wechselnden Moden zu folgen, sondern sich an das Bewährte und Vertraute zu halten. Folglich gab es bei uns keine rosa oder lilafarbenen

Bäume mit überdimensionalen Kugeln und Glasperlenschnüren, die man unverändert auch zum *Christopher's Street Day* hätte mitführen können. Und auch keinen Traum in Weiß mit Watte oder künstlichem Schnee und alles weiß, weiß, weiß – als gelte es, den Baum in der Firmenzentrale eines Waschmittelproduzenten zu schmücken.

»Der Baum«, wie er bei uns einfach und respektgebietend genannt wurde, war vielmehr seit jeher, das muss ich zugeben, ein das Herz rührendes, Glanz in Kinderaugen zauberndes, pures Wohlgefühl verströmendes Gesamtkunstwerk, von der funkelnden Spitze über den Rauschgoldengel, das Holzspielzeug, die alten roten Kugeln, die goldenen Kerzenhalter über luftig im Grün wirbelnde Engel bis zu mit dem Schlitten das Tannengrün durchkreuzenden Weihnachtsmännern. Kein Lametta, kein Flitter, keine modischen Accessoires. Unser Baum ist von sattem Grün mit roten und goldenen Farbtupfern, bevölkert von unzähligen Figürchen und Emblemen. Und roten Schleifen, die – das gibt sogar der ansonsten kitschresistente Robert zu – das Tüpfelchen auf diesem riesigen i sind. Die Dekoration des Baumes besteht aus gefühlten zweitausendfünfhundert Einzelteilen, was fraglos übertrieben ist. Doch würde sich jemand die Mühe der Zählung machen – zwei- bis dreihundert Einzelteile sind es sicherlich, die mein Vater allweihnachtlich in mühevoller Kleinarbeit und mit strengem Sinn für Proportion und Harmonie wie ein Magier an den Baum zaubert. Zum Schluss werden nicht weniger als fünfzig rote Kerzen verteilt, die in stiller Andacht angezündet werden, bis »der Baum« dann in vollem Lichterglanz erstrahlt. Und mein Vater das Riesenzündholz früher von seiner Jüngsten, der kleinen Dorle, ausblasen ließ – was diese anfangs nie schaffte, mochte sie sich beim Pusten auch noch so sehr anstrengen.

Angesichts der unüberhörbaren Geräuschkulisse aus dem Salon wurde Mama unruhig, doch nach der letzten Abfuhr wagte sie es nun nicht noch einmal, die Tür zum Weihnachtszimmer auch nur einen Spalt weit zu öffnen. »Schau du doch mal nach«, forderte sie mich auf.

»Meinst du, ich bin lebensmüde?«

»Stell dich nicht so an, Buberl. Du wirst doch deinem Vater mal helfen können.«

»Mutter, begreif es doch endlich: Er will keine Hilfe. Von dir nicht, von mir nicht … von niemandem.«

So leicht ließ sich meine Mutter nicht beschwichtigen. Sie hatte immer noch einen letzten, perfiden Pfeil im Köcher:

»Mag sein, dass er sich nicht helfen lassen *will*. Aber er *braucht* Hilfe, das ist doch keine Frage.«

»Der Baum ist wirklich riesig dieses Jahr«, sagte ich, als wollte ich einlenken.

»Der größte Baum, den wir je hatten«, stellte Mama stolz fest. »Er geht bis zur Decke.« Und die Decke war im Salon drei Meter fünfzig hoch. »Auf dem Petersplatz in Rom haben sie auch keinen schöneren Baum.«

»Vor allem keinen so schön dekorierten.«

»Ach, das ist ein Witz. Auch auf dem Marienplatz … ich bitte dich … ein riesiges Trumm aus Tirol, an dem verloren ein paar Girlanden mit Glühlampen baumeln. Ein Trauerspiel!«

Dann wieder ein Fluch, der irgendwie nach »Herrgottssakramentnocheinmalwasfüreinhundserbärmlicher …« klang – die letzten Silben müssen aus Schicklichkeitsgründen entfallen. Vielleicht lesen hier Minderjährige mit.

Dazu muss man sagen, dass mein Vater, so ausgeglichen er wirkt und so bedächtig und nicht aus der Ruhe zu bringen er zu sein scheint, zum Berserker wird, sobald er mit etwas kämpft, das sich seinen Intentionen nicht fügen will. »Ich hasse es, wenn sich mir Materie widersetzt«, erklärt er dann ein ums andere Mal, wenn es ihm wieder einmal nicht gelingt, die festen Knoten aus den Schnürsenkeln aufzulösen, einen Nagel in eine Betonwand einzuschlagen, die Folie um ein Buch zu entfernen oder überhaupt eine Verpackung aufzubekommen. Oder eben den Weihnachtsbaum einzustielen. In meinem ganzen Leben habe ich nur drei oder vier Mal erlebt, wie mein Vater komplett die Beherrschung verlor, und nie waren es Menschen, über die er sich »sakrisch« aufregte, sondern immer waren es unzugängliche beziehungsweise sich ihm widersetzende

Gegenstände und widerspenstige Dinge, gegen die sich sein ungehemmter Zorn richtete.

So dachte ich mir zunächst nichts bei dem permanenten akustischen Gegrummel und Gemurre, das aus dem Weihnachtszimmer drang. *The same procedure as every year.* Er plagt sich wieder einmal ab, sagte ich mir, und nichts geht so einfach von der Hand, wie er es sich nun einmal vorstellt, dass es gehen müsste. Doch was ich dann hörte, war im wahrsten Sinne des Wortes unerhört. Denn der nicht enden wollende Fluch ging in einem Getöse unter, dessen Hauptdezibel auf das Konto einer umkippenden Leiter, eines zu Boden krachenden Körpers und weiterer nicht näher zu definierender Kalamitäten gingen.

Mama fuhr auf wie von der Tarantel gestochen. Doch es gelang mir, sie zurückzuhalten. Möglicherweise, so schoss es mir durch den Kopf, war etwas geschehen, das zu sehen meinem Vater eher peinlich war. Ich lief zum Wohnzimmer, öffnete die Tür und sah Papa ächzend und stöhnend auf dem Boden liegen. Und auf ihm drauf lag die Tanne. Noch ungeschmückt. Sogar noch verschnürt.

»Papa … um Himmels willen … was machst du denn für Sachen?«, rief ich und eilte auf ihn zu, um den Baum von ihm wegzuschieben.

»Für Sachen … für Sachen …«, echote er, als hätte ich ihm damit eine Steilvorlage für neue Schimpftiraden gegeben. »Das siehst du doch, oder? Dieser … die-

ser … vermaledeite Baum … dieses Riesentrumm …
er konnte ja nicht groß genug sein … deine Mutter …
ich …« Der Rest ging in einem erneuten Ächzen unter.

Das Malheur erschloss sich bereits auf den ersten
Blick, und es war mir schleierhaft, dass mein Vater es
nicht bemerkt hatte: Der Ständer war viel zu klein, viel
zu schwach, um den mächtigen Stamm festzukrallen und
zu halten. Darauf hätten sich sogar Stevie Wonder und
Andrea Bocelli gegenseitig aufmerksam machen können. Nie und nimmer würde dieser wackelige Ständer
mit seinen vier verstellbaren kleinen Krallen den Baum
in der Vertikalen halten können. Papa musste es immer
wieder versucht haben. Immer wieder vergeblich.

Ich verkniff es mir, ihn darauf hinzuweisen. Ich rollte
den Baum von ihm weg und half meinem Vater auf, der
sich umständlich und unter undefinierbarem Gestöhne
zu erheben versuchte. Die Leiter, auf der er gestanden
hatte, um den Baum sozusagen von oben in die auf-
rechte Position zu dirigieren, hatte beim Wegschlittern
auf dem Parkettboden eine Schleifspur hinterlassen.
Dem Baum war natürlich nichts passiert – diese Hun-
dertfünfzig-Euro-Tanne mit dichtem, griffigem Nadel-
werk hätte man ein Dutzend Mal umkippen können,
außer dass sie mehr Blessuren davongetragen hätte als
zwei oder drei umgeknickte Nadelchen. Ein Prachtexemplar, wahrlich einer Siebenschön-Weihnacht würdig.

»Dieses verfluchte Miststück …«, begann mein Vater
wieder, als er sich den imaginären Staub aus der Klei-

dung klopfte. Aber er brach unvermittelt ab, als er sah, dass Mama im Türrahmen stand und die Hände rang, als sei sie auf der Bühne einer Boulevardkomödie.

»Fritz, ach Fritz … ja, sag nur …«

»Ja, ich sag dir nur …«

»Was denn, Fritz, was denn?«

»Ach, der Baum, den du dir da ausgesucht hast …«

»Den wir *zusammen* ausgesucht haben …«, korrigierte meine Mutter.

Papa warf ihr einen vernichtenden Blick zu, als sei es unfassbar, dass die Delinquentin sich nicht zu ihrer frevelhaften Tat bekannte. Er schnaubte nur verächtlich, was wiederum meine Mutter auf die Palme brachte.

»Also wirklich, Fritz … wenn du es nicht allein schaffst, diesen Baum aufzustellen, dann müsst ihr es eben zu zweit machen …« Damit rauschte sie hinaus, nicht ohne mir einen finsteren Blick zuzuwerfen, als träfe mich eine gehörige Mitschuld an diesem Desaster.

Papas Zorn jedenfalls war mit einem Mal verraucht. Er holte einmal tief Luft und entließ sie mit einem weiteren Schnauben.

»Was meinst du, Johannes?«, fragte er mit einem unsicheren Blick.

»Wird schon, Papa«, sagte ich nur. »Wir werden den schon senkrecht kriegen. Aber wir brauchen einen anderen Baumständer, das steht mal fest.«

»Der hat doch jahrzehntelang funktioniert«, wandte Papa kleinlaut ein.

»Aber nicht bei einem Baum dieser Größe«, sagte ich und wies auf die Riesentanne, die in diagonaler Position quer durch das gesamte Wohnzimmer lag. Wie durch ein Wunder hatte sie nichts mit zu Boden gerissen, sondern war gleichsam strategisch günstig gefallen. Eine intelligente Weihnachtstanne.

»Wo sollen wir denn jetzt noch einen neuen Ständer herbekommen?«

»Kaufen ... vielleicht ... für Geld?« Ich flüchtete in Sarkasmus. »Wir müssen investieren, Papa«, fügte ich hinzu und zitierte damit einen seiner Lieblingssprüche, unser Familienunternehmen betreffend, in dem auch immer etwas »investiert« werden musste, bevor man die Früchte des Erfolgs genießen konnte.

Er warf mir ein schiefes Grinsen zu, die Anspielung hatte er verstanden. Der alte Unternehmergeist regte sich in ihm. Er schlug sogar die Hände zusammen und rieb sie sich energisch, wie er es immer tat, wenn es sich aufzuraffen galt, um große Taten zu vollbringen.

»Genau!«, rief er. »Wir brauchen einen neuen Ständer. Jetzt. Sofort. Das ist mal das Allererste.« Dann blickte er die Tanne an wie Käpt'n Ahab Moby Dick: »Und du ... du stellst dich da hin«, er wies in die Ecke, »und stehst wie eine Eins, hast du verstanden?«

Niemand erwartete, dass der Baum eingeschüchtert mit dem Wipfel nickte ... obwohl: Überrascht hätte es mich nicht. Mein Vater war schon in den Flur gestürmt, hatte den Mantel angezogen, Schal, Handschuhe und

griff sich den dunkelgrauen Filzhut, den er sich vor Ur-
zeiten einmal in Oberstdorf gekauft hatte, in seligen
Zeiten, als er mit Mama noch das Fellhorn hinabgeflitzt
war. Ich hatte keine Ahnung gehabt, dass dieses Relikt
noch in aktiven Diensten war.

Er setzte sich den Hut auf, strich die Krempe glatt,
rückte ihn dann auf dem silbernen Haarschopf in die
richtige Position, ein bisschen schief, ein wenig verwe-
gen. Oberförster Siebenschön im Forsthaus Falkenau,
der in der hereinbrechenden Dunkelheit des Spätnach-
mittags mit seinem Hilfsförster Johannes aufbrach, um
den Wald zu retten.

10

DAS HABT IHR GANZ PRIMA GEMACHT, JUNGS!

Um es kurz zu machen: Weihnachten war ausverkauft. Natürlich nicht der neumodische Krimskrams, den irgendwelche Trendsetter als den letzten Schrei ausgerufen hatten – der lag stapelweise und kämpfte um den Titel »Ladenhüter des Jahres«. Es gab auch noch Christbaumschmuck, Girlanden, Lichterketten und anderes aus der Abteilung »Turbodekoration in Massen«. Doch ein halbwegs qualifizierter Baumständer, der einem nicht »Stirb langsam!« entgegenröchelte, war nicht aufzutreiben. Nirgends. Verdrossen stapften wir durch das Schneetreiben, zunächst über den Weihnachtsmarkt, dann von Kaufhaus zu Kaufhaus, aber überall gab es – wenn überhaupt – nur noch diese kleinen putzigen Halterchen in der Saisonfarbe Grün. Ein großes gusseisernes Exemplar, geeignet, den Baum aller Bäume in festen Griff zu nehmen, sahen wir nirgendwo.

Resigniert blickten wir uns an. Mein Vater hob die Schultern und lotste mich dann wieder zurück auf den Marienplatz. Wir stärkten uns an einem der Weihnachtsmarktstände mit Punsch, erst Kirsche, dann sogar Eier-likör. Dann ein Glühwein, dann ein Jagertee, dann ein Enzian. Mir wurde warm und weihnachtlich ums Herz, und Papas Augen begannen zu schwimmen, als seien sie des weißen Hais ansichtig geworden. Und seine Stimme wurde … wie soll ich es sagen? … geschmeidiger.

»Weissu«, sagte er schließlich und lehnte sich schwer an meinen Arm, »wenn alle Schricke reißen, dann ta-ckern wir das Ding anner Wand fest.«

»Wie meinsse denn das?« Meine Stimme bemühte sich um Festigkeit wie die Martin Luthers: »Hier stehe ich und kann nicht anders.« Aber ich musste rülpsen und strafte meine Unbescholtenheit Lügen.

»Na, wiessollichsmeinen?« Papa schwenkte sein Al-koholfähnlein vor meiner Nase, als gelte es, meine Be-denken olfaktorisch niederzuringen. »Wir hau'n paar Dübel inne Wand, n'paar Schlaufen rechtsunlinks, zur-ren das fest, das wirft dannichmal Bruno um.«

Bruno ist Roberts Hund, ein putziger, aber überaus quirliger Jack Russell, dafür berüchtigt, alles, was man nicht bei Drei festhält, umzuwerfen, umzustoßen, um-zurennen. Ein Nachmittag mit Bruno, und du kannst deine Wohnung renovieren.

»Nichmal Bruno«, wiederholte ich und bestellte zwei neue Enzian, die in Windeseile vor uns hingestellt wur-den, als seien wir die einzigen zahlungskräftigen Kun-den an diesem Marktstand. »Aaaber …?«

»Aaaber …?«, echote Papa.

»Isses … isses auch klug?«, radebrechte ich, bevor meine Stimme brach. Der Enzian brannte wie Höllenfeuer im Rachen. Ich war das nicht gewohnt … ganz und gar nicht gewohnt.

»Kluch nich … schön nich … aber wirksam«, stellte Papa fest. Er hatte den Enzian mit einer einzigen knappen Handbewegung versenkt. Erstaunlich, der alte Herr.

»Da musses donoch annere Möglichkeiten geben«, beharrte ich, wobei mir das Wort »Möglichkeiten« nicht unfallfrei über die Lippen wollte.

»Aber wo … aber wie?« Mein Vater bestellte mit einem V-Zeichen zwei weitere Schnäpse. Mit andächtigem Blick sah er zu, wie der Standwirt, der mit seinem zotteligen Vollbart aussah wie ein Alphirte, schwungvoll unsere zwei Gläser füllte. »Wohl bekomm's«, sagte er.

»Wohlekomms«, sagte mein Vater und nickte ihm zu. »Wollnse auch einen?«

Der Alphirte schüttelte den Kopf. »Im Dienst … leider.«

Papa nickte. »Na dann«, sagte er und stieß mit seinem Glas an meines. »Nich schlappmachn, Kleiner.«

»Papa!«, protestierte ich und warf dem Alphirten einen entschuldigenden Blick zu. Doch der nickte nur verständnisvoll.

Der Enzian ging den Weg alles Irdischen. Und es schien, als habe er zwei Synapsen im Gehirn meines Vaters wieder aneinandergeschlossen, denn mit einem Ruck riss Papa sich den Filzhut vom Kopf.

»Ich happ's!«

»Was hassu?«

»Ich happ's!«, wiederholte er nur, schob einen Schein über den Tresen und zog mich weg. »Wirsschosehn.«

Er stapfte durch den Schnee, absolut trittsicher. Was auch immer der Allohol bei ihm anrichtete, mein Vater stolperte nicht, schlitterte nicht, sondern lief zielstrebig mit großen Schritten los. Ich schlurfte hinter ihm her wie ein Kind, das Papa vom Spielplatz abholt.

»Mit dem neumodischen Kram kommwa nich weiter«, dozierte er. »Es is wie imma im Leben: Das Bewährte zählt.«

»Wo willsu denn hin?« Ich konnte kaum mit ihm Schritt halten.

»Zum Mailberger!«

Die Idee war genial, das musste ich zugeben. Mailberger ist ein großes Antiquitätengeschäft, das sich, wie ich wusste, jedes Jahr in der Adventszeit auf alten Weihnachtsschmuck spezialisiert. Und im selben Augenblick wusste ich, dass wir ihn dort finden würden: den XXL-Christbaumständer aus Gusseisen, von einer substanziellen Wertbeständigkeit, Formschönheit und Nachhaltigkeit, die *Manufaktum*-Kunden Tränen der Freude in die Augen zaubern würde.

Und so war es auch: Mailberger hatte ein Exemplar, das eine dreihundertjährige Eiche in Grund und Boden fixieren würde. Mein Vater war mit einem Schlag wieder nüchtern, als er dieses Prachtteil sah. Und den Preis vernahm, mit dem man ein ganzes Waisenhaus hätte weihnachtlich beschenken können.

»Das meinst du nicht ernst, Felix«, sagte er zu seinem Freund und wies auf das Preisschild.

»Fritz, ich bitte dich«, meinte Mailberger. »Der ist aus dem frühen Biedermeier, über zweihundert Jahre alt. Hat sogar das Brandzeichen einer Eisenhütte, siehst du?«

»Und wenn schon! Willst du mich ruinieren? Mich, deinen alten Freund?«

»Komm mir nicht so«, wiegelte Mailberger ab. »Gute Ware hat ihren Preis. Niemand weiß das besser als du!«

»Papa, nimm ihn!«, drängte ich.

Mein Vater fixierte den Ständer von allen Seiten, beugte sich hinab und examinierte ihn mit einer Sorgfalt, als sei er von der Bundesprüfstelle. Dann richtete er sich wieder auf und nannte den halben Preis.

»Keine Chance, Fritz«, reklamierte Mailberger prompt. »Ich verkaufe nichts unter Wert. Nicht einmal dir.«

»Papa«, drängelte ich. »Wir sind nicht auf dem Basar. Gib ihm das Geld!«

»Intelligenter Junge«, lobte Mailberger und lächelte sardonisch.

Papa nannte den Dreiviertelpreis.

Mailberger stöhnte auf. »Na schön, weil Weihnachten ist. Fünfzig Euro weniger, und er gehört dir. Für alle Zeit.« Er hielt ihm die Hand hin.

»Na schön … wegen der alten Zeiten«, sagte Papa schließlich und schlug ein.

»Wegen der alten Zeiten!«, bestätigte Mailberger. »Soll ich ihn als Geschenk einpacken?« Sein Grinsen erschien mir arglistig, doch ich schöpfte keinerlei Verdacht, was ihn so erheitern mochte.

»Wir nehmen ihn gleich so«, beeilte ich mich, wie um Papa zuvorzukommen, dass er es sich nicht noch anders überlegte. Aber mein Vater wickelte das Geschäft schon ab, zählte Mailberger die Scheine hin wie ein Consigliere dem Mafiaboss die Abendkasse eines zweifelhaften Etablissements.

Doch dann geschah es.

Ich bückte mich, wollte den Ständer nehmen, schwungvoll, wie es meine Art ist, und verlor prompt das Gleichgewicht. Trotz des Schwungs hatte sich das Eisenteil nicht einen Millimeter bewegt. Dafür hatte ich mich bewegt, mehr als mir lieb war sogar, und mich auf den Allerwertesten gesetzt.

»Johannes, also wirklich«, gluckste Mailberger. »Du musst dich mir nicht aus Dankbarkeit zu Füßen legen!«

»Blödsinn, Dankbarkeit«, sagte mein Vater und griff mit beiden Händen zu, als wolle er mir beibringen, wie man mit solchen Qualitätserzeugnissen aus uralten Zeiten umging. Doch auch ihm gelang es nicht, den Ständer zu bewegen, geschweige denn ihn hochzuheben.

»Herrje, Felix … hast du den am Boden festgedübelt?«

»Wo denkst du hin, Fritz … er ist nur … ein bisschen schwer.«

»Ein bisschen schwer.« Papa schnaubte grimmig. »Na, dann heb du ihn doch mal hoch!«, forderte er seinen Freund auf, als sei dies sozusagen in der Garantie inbegriffen.

»*Ich* krieg den nicht da weg«, sagte Mailberger, der keinerlei Anstalten machte, uns zu helfen. »Bandscheibe, du verstehst.«

»Was soll das heißen … du kriegst ihn nicht da weg? Wirst ihn ja wohl dahin gestellt haben.«

»Er wurde gebracht … ich hab ihn bezahlt … dann hat man ihn mir dahin gestellt. Und da steht er nun … seitdem.« Er hüstelte.

»Na schön … dann zu dritt!«, befahl Papa. Mailberger zuckte die Schultern, ich straffte mich, und sechs Hände griffen sich den Baumständer, als gelte es, einen Rekord im Triple-Gewichtheben aufzustellen.

Der Ständer bewegte sich. Tatsächlich, er bewegte sich. Um ziemlich genau einen Zentimeter. In die Höhe bekamen wir ihn nicht, nicht einmal einen Millimeter.

»Und wie sollen wir ihn jetzt nach Hause bekommen?«, fragte ich. »Ins Taxi? Die Treppen hoch?«

»Keine Ahnung«, sagte Mailberger.

Trotz der ernüchternden Kaufverhandlungen war die beflügelnde Wirkung des Enzians und anderer massiver Alkoholika keineswegs verrauscht. Nachdem mein Vater in die Hocke gegangen war und seine Neuerwerbung eine Zeitlang fixiert hatte, als wolle er ihr ein Geheimnis entreißen, richtete er sich auf.

»Es ist wie im Geschäftsleben«, verkündete er sibyllinisch. »Wir brauchen einen Hebel.«

Eine seiner Weisheiten: *Für alles, was du nicht selber richten kannst, brauchst du einen Hebel.*

»Komm, Johannes«, sagte er und wandte sich zur Tür.

Ich stieß die Luft aus, die ich wohl eine Zeitlang angehalten haben musste, und folgte ihm hinaus in den Schnee, der so dicht aus dem Abendhimmel auf die Straße fiel, als wollte er mit großer Geste über alles den Schleier des Vergessens ziehen.

Mit ausladenden Schritten ging mein Vater fürbass – ich liebe dieses Wort! Er hatte den Hut tief ins Gesicht gezogen und trotzte den Schneeflocken, die über uns hinwegflüsterten und im Licht der Straßenlaternen wirbelnde Tänze aufführten. Es war nicht weit, nur zwei, drei Ecken, dann war er da, wo er hinwollte: am Taxistand. Zehn Wagen standen in einer Reihe und warteten auf Kundschaft, die Motoren waren an, damit den Fahrern keine Eiszapfen an die Nase froren.

Es ist ein ungeschriebenes Gesetz an Münchner Taxiständen, dass Fahrgäste sich in den ersten Wagen der Reihe setzen. Jede Zuwiderhandlung hat ein Gehupe und Geschreie zufolge, dass einem angst und bange werden kann. Ich habe schon Pöbeleien und Rempeleien unter den Taxifahrern erlebt, die sich ihrer natürlichen Rechte beraubt sahen. Vielleicht ist das in anderen Städten anders, und es herrscht mehr Toleranz und Nachsicht, in München muss man auf alles gefasst sein.

Noch bevor mein Vater den Taxistand erreicht hatte, wusste ich, was er vorhatte. Er würde sich den kräftigsten aller Fahrer heraussuchen und dessen Wagen nehmen. Leider wollte es der Zufall nicht, dass es gleich der erste Wagen der Reihe war. Wäre auch zu schön gewesen. Mein Vater schritt die Phalanx ab wie ein römischer Feldherr und lugte in jeden Wagen. Und aus jedem Fenster blickte ihm ein verfrorenes Gesicht entgegen.

Der Ärger war also vorprogrammiert, als er ein Prachtexemplar von Taxifahrer – was Statur und Gewicht anging – im achten Wagen entdeckte. Was bedeutete, dass die sieben Wagen vor ihm das Nachsehen hatten. Noch waren die Taxler nur misstrauisch, als der Fahrer im achten Wagen das Fenster herunterkurbelte – es konnte ja sein, dass der Oberförster nur nach dem Weg fragte. Doch sie waren auf der Hut, und zwei von ihnen stiegen vorsichtshalber schon mal aus und schlugen ihre Mantelkragen hoch. *Showdown!*

Dann das Signal zum Angriff. Mein Vater winkte mir zu und bedeutete mir, dass es dieser Wagen sein sollte. Als ich mich in Bewegung setzte, stiegen zwei weitere Taxifahrer aus. Mir war augenblicklich klar, worauf das hinauslaufen würde, und ich beeilte mich einzusteigen. Vorne. Hinten im Fond hatte Papa Platz genommen und mit einem Schwung die Tür zugeworfen.

»Grüß Gott«, sagte ich artig zu dem Fahrer.

»Wenn ich ihn treffe«, parierte der Fahrer mit einem alten, müden Witz, der auch nach Jahrzehnten im Koma nicht mehr wiederbelebt werden konnte. Ich schaute mir den Taxler genau an. Und hätte – wenn ich einen aufgehabt hätte – den Hut vor Papas Einschätzung gezogen. Er war genau der Richtige. Wenn es einer schaffen konnte, dann er. Ein Riese von Mann, sein Kopf stieß an die Wagendecke, sein Bauch von der Größe eines Zehn-Liter-Fässchens klemmte das Lenkrad fest, seine Arme waren dick wie Baumstämme in einem Märchenwald, die Hände Schaufeln, mit denen man in null Komma Josef die größte Sandburg von Norderney hätte bauen können. Und dazu das Outfit – *très chic*. Ein rotkariertes Schottenhemd in einer Jacke, Cordhosen, Trekkingschuhe. Der Mann war perfekt, in jeder Hinsicht.

»Wo soll's denn hingehen?«, raunzte Zweihundert-Kilo-Schottenhemd. Aber noch bevor Papa oder ich ihm eine Antwort geben konnte, wurde mächtig aufs Dach geklopft.

»Hey, Kollege, mal was von Reihe gehört?« Die vier Taxifahrer schienen sich einen Anführer gewählt zu haben, der eine Stimme wie Schmirgelpapier hatte und Zweihundert-Kilo-Schottenhemd durch eine Handbewegung bedeutete, das Fenster herunterzudrehen.

»Mach dich vom Gehöft«, antwortete dieser mit aufreizender Lethargie.

»Ne, ne … so kommsse hier nich davon.«

»*Was iss*?« Es gelang dem wunderbar Übergewichtigen, zwischen dem »W« und dem »s« ein Crescendo anschwellen zu lassen, so dass man den Eindruck bekam, ein Tornado rolle heran. Und er ließ es sich nicht nehmen, die Tür aufzumachen, mit einer Behändigkeit, die niemand ihm zugetraut hätte, vom Sitz zu schwenken und sich zu voller Größe aufzurichten. Und wenn ich Größe sage, dann meine ich Größe. Zweihundert-Kilo-Schottenhemd überragte den schon stattlich gebauten Beschwerdeführer um mehr als einen ganzen Kopf.

Die Geschwindigkeit, mit der sich der Riese entfaltet hatte, imponierte auch den anderen Taxifahrern. Sie wichen sogar einen Schritt zurück, als müssten sie befürchten, dass Bud Spencer sie gleich mit ein paar seiner gefürchteten Kopfnüsse zu Boden streckte.

»Is Reihe hier«, winselte der Sprecher und machte eine entschuldigende Handbewegung, mit welcher er auf die Wagen vor uns wies.

»Is klar … Reihe …«, entgegnete der Bär nun erstaunlich friedfertig. »Weiß ich doch.« Er tätschelte dem Sprecher auf die Schulter. Vermutlich würde dieser gleich zum Chiropraktiker gehen müssen, um sie sich wieder einrenken zu lassen. »Is aber Notfall, verstehste. Die beiden Herren brauchen mich. Mit *dir*« – er tippte dem anderen vor die Brust, und fast erwartete ich, dass

Blut hervorsprudeln würde – »können sie nichts an-fangen. Brauchen Kuchen, keine Krümel, verstehste?«

»Schwere Lasten, was?«

»Genau. Superschwer.« Und damit wuchtete sich Zweihundert-Kilo-Schottenhemd wieder hinters Lenk-rad, drehte den Anlasser und scherte den Mercedes mit einer kleinen, aber genau bemessenen Bewegung aus dem Handgelenk aus der Reihe und nahm Kurs auf Mailberger. Ich drehte mich um. Im Rückfenster sah ich die Taxifahrer schreien und gestikulieren. Leider be-kam ich das Ende des Gemetzels nicht mit. Unser Wa-gen nahm Fahrt auf.

Ungelogen: Zweihundert-Kilo-Schottenhemd passte nicht durch Mailbergers antike Tür. Er betrat den La-den leicht seitlich gedreht. Und er war panisch darauf bedacht, mit seinem Volumen nichts in diesem vollge-rümpelten Kuriositätenkabinett an- oder umzustoßen. Doch seine Navigationskünste waren bewundernswert. Es gelang ihm, durch den Laden zu tippeln wie ein leichtfüßiger Tanzbär. Als er das Objekt unserer Begier-de sah, grunzte er nur.

»Das da?«, fragte er ungläubig, ja abschätzig.

Mailberger nickte.

Papa nickte.

Ich nickte.

Zweihundert-Kilo-Schottenhemd zuckte nur die Schultern und schüttelte mitleidig den Kopf. Dann bückte er sich, nahm den Ständer mit einer Hand hoch, drehte sich um und ging zurück zum Taxi. Und das Einzige, was er in Erschütterung brachte, war der Mohr am Eingang, auf dem Mailberger seine Visitenkarten deponiert hatte. Eine der Karten wirbelte hoch und segelte zu Boden. Papa hob sie auf und drückte sie Mailberger in die Hand.

»Ein Hebel«, sagte er nur.

Den gusseisernen Ständer über das Hochparterre und die gewundene Holztreppe in den ersten Stock des Siebenschön-Domizils zu befördern, bereitete Zweihundert-Kilo-Schottenhemd ebenfalls keine Mühe; grazil und ohne erkennbare Anstrengung schaffte er ihn nach oben. Er trug ihn wie Kate Moss ihr *Prada*-Täschchen, schwenkte ihn sogar kokett, um uns winselnden Schwächlingen zu zeigen, dass das nun wahrlich kein Kraftakt für einen richtigen Mann sei.

Mama empfing ihn an der Wohnungstür mit einem bewundernden Blick, zu dem nur Frauen angesichts männlicher Kraft und Herrlichkeit fähig sind. Sie klatschte in die Hände, rief immer nur »Wunderbar! Wunderbar!« und wies dem Transporteur den exakten Platz im Salon an, wo er den Ständer absetzte. Und wo wir ihn vermutlich für den Rest unseres Lebens stehenlassen mussten. Fast hatte ich den Eindruck, der Ständer würde zu Boden schweben, so behutsam stellte Mr Big ihn ab.

»War mir ein Vergnügen, gnädige Frau!« Er rieb sich die Hände.

Mama rieb sich die Hände.

Papa rieb sich die Hände.

Ich rieb mir nicht die Hände. Ich zückte mein Portemonnaie und entlohnte den Titanen fürstlich. Er konnte nicht wechseln. Warum auch? Also nickte Papa großherzig. »Stimmt schon«, sagte er. Wieder einmal legte er ein bewunderungswürdiges Beispiel für die Großzügigkeit ab, die in meiner Familie bezüglich des Geldes anderer Leute herrschte.

»Na dann«, sagte der Titan nur und steckte ein halbes Monatsgehalt ein. »Schönen Dank auch.«

»Wir danken Ihnen, Herr Ständermann«, sagte meine Mutter und tätschelte Zweihundert-Kilo-Schottenhemd vertraulich am Ärmel.

»*Merry Christmas, Ma'am.* Und hier …« Er reichte ihr eine abgegriffene Visitenkarte. »Wenn mal wieder was zu transportieren ist. Was Schweres, meine ich.« Grinste dieser Kraftprotz etwa anzüglich?

»Oh … vielen Dank. Fröhliche Weihnachten auch Ihnen!«

Mama schloss die Tür hinter ihm und wandte sich uns zu.

»Das habt ihr ganz prima gemacht, Jungs«, sagte sie. Mein Vater winkte verlegen ab. Ich platzte vor Stolz.

»Ganz prima … ja.«

Mit unseren vereinten schwachen Kräften gelang es uns, die Edeltanne aufzurichten und einzustielen. *Klack … klack … klack … klack …* Die Zangen schnappten freudig zu. Nie hatte ich ein hübscheres, satteres Geräusch gehört. Der Baum stand felsenfest. Nicht einmal Bruno würde ihn zum Schwanken bringen. Nicht einmal zehn Brunos, die sich gleichzeitig in ihm festkrallen. Er stand so felsenfest und unerschütterlich, wie man es von einer deutschen Weihnachtstanne erwarten konnte.

Der Rest war ein Kinderspiel. Wie kinderleicht es war, wurde ich allerdings nicht mehr gewahr, denn mein Vater scheuchte uns aus dem Zimmer. Er wollte keine Zeugen für sein großes schmückendes Werk. Nur für das Finish ließ er meine Mutter in den Salon – sie durfte dem Patriarchen dann noch den einen oder anderen Änderungsvorschlag unterbreiten.

11

BITTE ... NICHT IN DIESEM TON!

Ich folgte Mama in die Küche. Es wurde Zeit für das ultimative Hilfsangebot. Damit das Weihnachtsprojekt endlich einen richtigen Schritt nach vorn kam.

»Mama ... was hältst du von folgender Idee?«

Meine Mutter blickte mich skeptisch an. Jahrzehntelange Erfahrung hatte sie gelehrt, den Ideen der Männer ihrer Familie prinzipiell nicht zu trauen. »Welche Idee denn, Buberl?«, fragte sie lauernd.

»Nun ja ... was hältst du davon, wenn wir den Salon heute Abend schon fertig herrichten? Sobald Papa mit dem Weihnachtsbaum fertig ist natürlich.«

»Herrichten? Wie meinst du das?«

»Nun ja ...« – Ich musste es mir wirklich abgewöhnen, dieses ständige *Nun ja.* – »Ich meine ... wir könnten den Tisch abräumen, die Geschenke alle in eine Ecke, weißt du ...«

Ich hörte mich schon an wie Mama. »Und dann legen wir eine deiner schönen Tischdecken auf und decken schon einmal ein. Welches Geschirr hast du dir denn für das Souper ausgesucht?«

Das Wort *Souper* schien meiner Mutter zu gefallen, ja, zu schmeicheln. *Ein Weihnachtssouper,* das klang wie der dritte Akt einer französischen Oper.

»Eine goldene Tischdecke natürlich. Was sonst?«

Ja, was sonst?

»Welche goldene Tischdecke? Seit wann haben wir eine goldene Tischdecke?«

Ich kannte nur den Traum in Rot und Grün, der jedes Jahr den weihnachtlichen Tisch zierte. Bestickt mit putzigen Rehlein und Rentieren und schneebedeckten Tannen unterm sternenübersäten Himmelszelt. Ein Familienerbstück, das seit Jahrzehnten unser aller Auge und Herz erfreute.

»Wir haben keine, Buberl. Noch nicht.«

»Und wo sollen wir die herbekommen?«

»Aber Johannes, nun sei nicht so schwer von Begriff. Wir kaufen eine.«

»Mama, morgen ist Heiligabend. Wo willst du denn jetzt noch eine goldene Tischdecke herbekommen?«

»Das wird sich schon finden. Immer machst du alles so kompliziert, Johannes, wirklich …«

»Und welches Geschirr?« Ich hoffte inständig, dass das nicht auch noch gekauft werden musste.

»Das goldene natürlich.«

»Das goldene … ah … ja.« Ich nickte, als sei es das Selbstverständlichste von der Welt, und als könne nun wirklich kein anderes infrage kommen. »Und wo ist dieses Geschirr?«

»Na, im Keller natürlich. Meinst du, wir hätten nicht das passende Geschirr für unser Fest?«

Ich schüttelte beflissen den Kopf. Das goldene Geschirr. Immerhin war das nun klar. Immerhin etwas.

»Bist du so lieb und holst es nach oben?«

»Aber ja … gern.«

»Schön. Es ist im Keller, gleich links von der Tür, drei dunkelrote Kisten …«

Warum an diesem Abend im Keller das Licht nicht ging, entzieht sich meiner Kenntnis. Ich knipste den Schalter, wieder und wieder. Es blieb finster. Fluchend bahnte ich mir den Weg die Treppenstufen hinunter, tastete mich die Wand entlang, hielt mich am Geländer fest. Schritt für Schritt. Ein zur Straße gelegenes Kellerfenster ließ eine fragile Dosis Helligkeit herein, von den alten, milchiges Licht verströmenden Straßenlaternen. Immerhin konnte ich so meiner Ahnung, wo unser Keller lag, nachgehen. Hatte ich den Schlüssel für das antike Vorhängeschloss, mit dem die Siebenschöns ihren Krempel sicherten, mitgenommen? Nein, hatte ich nicht. Also wieder zurück, die Treppe hoch, in den ersten Stock. Nun war auch im Treppenhaus das Licht ausgefallen. Mir fehlte die Energie, um der Sache auf den Grund zu gehen, den Sicherungskasten zu suchen und zu fahnden, welche Sicherung da den Geist aufgegeben hatte. Sollten sich andere Hausbewohner damit abplagen.

Ich holte den Schlüssel und ging den Weg zurück. Es war so dunkel wie zuvor. Hatte ich eine Taschenlampe mitgenommen? Hatte ich nicht. Mein Fluchen wurde lauter, etwas unweihnachtlicher. Wütend rammte ich eine Faust in die Hosentasche. Und stieß ... o Glück! ... auf eine Schachtel Streichhölzer. *Na, wer sagt's denn.*

Ich rüttelte an unserer Kellertür. Sie sprang einfach auf, als hätte ich Zauberkräfte. Mama hatte vergessen, sie abzuschließen. Ich fluchte noch einmal, dass ich den Weg zurückgegangen war, um den Schlüssel zu holen.

Ich ratschte eines der Zündhölzer an. Wir alle wissen, wie lange ein kleines Zündhölzchen brennt, bevor es die Fingerkuppen versengt und erlischt. Es war von deprimierender Kürze. Ich zündete ein neues an und schwenkte es hin und her, so dass es sogleich seinen Geist aufgab. Ein drittes ... ein viertes ... dann hatte ich die Kisten gesehen. Sie waren natürlich nicht dunkelrot, wie meine Mutter gesagt hatte, sondern hatten eigentlich überhaupt keine definierbare Farbe. Egal. Ich ließ das Zündhölzchen zu Boden fallen und schnappte mir die erste der drei Kisten. Sie war so schwer wie eine mittlere Vitrine, egal. Ich wuchtete alle drei Kisten in den Gang und trug die erste in völliger Dunkelheit die Kellertreppe hoch. Muss ich erwähnen, wie oft ich mich an der Wand und am Geländer stieß? Aufbaukurs Fluchen. Für Fortgeschrittene.

Warum hatte dieses alte Haus keinen Aufzug? Da fiel mir ein, dass der Stromausfall hier unten und im Treppenhaus sicher auch den Aufzug lahmgelegt hätte. Nein, es half nichts, die Kisten mussten mit übermenschlicher Anstrengung nach oben gewuchtet werden, eine nach der anderen. Als ich die erste vor der Wohnungstür abstellte, klingelte ich nicht. Nein, erst die beiden anderen hochholen. Dann hatte ich es hinter mich gebracht.

Ich schnaufte, ich fluchte, ich ächzte, ich fluchte, ich keuchte, ich fluchte, ich griff mir ans Herz. *Einen Tag vor Weihnachten erlag Johannes Siebenschön seiner Atemnot und seinen Verletzungen. Er verblutete an seinen wunden Händen.*

Die dritte Kiste war die schwerste. Vermutlich waren darin die großen Suppenschüsseln und ähnliches Geschirr. Meine Güte, ich hatte keine Ahnung gehabt, wie schwer Porzellan sein konnte! Und die Kisten waren aus Holz, zwar Sperrholz nur, aber immerhin. Mein Puls jagte, mein Atem flog. Ich brach vor der Wohnungstür zusammen, ließ mich zu Boden gleiten. Hatte nur noch die Kraft, die Türklingel zu betätigen. Irgendwer würde schon kommen, mir öffnen und den Notarzt rufen.

Die Tür ging auf. Das rettende Licht der heimischen Wohnung umfloss meinen Vater, als sei er ein Engel.

»Was machst du denn da unten?«

»Ich … ich …« Ich war zu keiner Antwort fähig, wies nur auf die drei übereinandergestapelten Kisten.

»Das Geschirr?«

Ich nickte.

»Na, dann herein damit«, sagte Papa aufmunternd und ging voraus, als wüsste ich den Weg in die Wohnung nicht. Ich erhob mich mit einem überirdischen Seufzer und trug die Kisten die paar Meter in den Salon, wo ich sie mit übertriebener Vorsicht abstellte.

Mama saß auf einem Stuhl und hatte Papa beim Finale der Weihnachtsbaumschmückung zugeschaut. Vermutlich hatte sie ihn angefeuert wie einen umjubelten Stierkämpfer in der Arena von Valencia. War ja auch eine herkulische Großtat, gegen die das Hochwuchten der Kisten kaum einen Blick, geschweige denn der Rede wert war.

Doch sie schenkte mir einen zweiten Blick. Der blieb länger auf mir haften. In ihm wuchs das Entsetzen, ich konnte es deutlich sehen.

»Aber, Buberl!«

»Ja, Mama?«, fragte ich ächzend.

»Was sind denn das für Kisten?«

»Was soll das heißen, was sind denn das für Kisten …« Ich holte Luft, so tief ich nur konnte, um meiner Stimme Festigkeit und Lautstärke zu geben.

»Das sind nicht unsere Kisten«, befand Mama kurz und bündig und schüttelte verständnislos den Kopf.

»Nicht unsere Kisten …«, echote ich und ließ mich in einen Sessel sinken. »Was soll das heißen …«, wiederholte ich meine Worte.

»Nun, was ich gesagt habe. Es sind nicht unsere Kisten. Wo hast du die denn her?«

»Na, aus unserem Keller selbstverständlich. Die Kisten, die direkt am Eingang stehen.«

»Die sind nicht aus unserem Keller, verstehst du?«
Auch Mama hatte nun die Stimme etwas gehoben.

»Lass mal schauen«, sagte Papa, löste einen kleinen Nagel und hob den Deckel eine der Kisten an. »Das ist nicht von uns … wo immer du das herhast … nicht von uns.«

Ich erhob mich und warf einen Blick in die Kiste. Es war kein goldenes Geschirr darin, überhaupt kein Porzellan. Sondern alte Schallplatten. Cole-Porter-Songs, Satchmo's *What a Wonderful World*, *Take Five* von Dave Brubeck, *Take-the-»A«-Train* von Duke Ellington, sogar *The Köln Concert* von Keith Jarrett. Jazzantiquitäten vom Feinsten.

»Johannes, also wirklich!«, rief meine Mutter. »Diese Kisten sind aus Brockerhoffs Verschlag. Der, wie du wissen solltest, sich gleich neben unserem Keller befindet. Wie kommst du in Brockerhoffs Keller? Hattest du dir nicht unseren Schlüssel geholt?«

»Hatte ich, ja … Aber das Schloss war auf.«

»Unser Kellerschloss ist nie auf!«, entrüstete sich Mama, als hätte ich sie eines unverzeihlichen Vergehens bezichtigt.

»Warum hast du nicht wenigstens einen Blick in die Kisten geworfen, bevor du sie nach oben bugsierst?«, fragte mein Vater verständnislos.

Ja, warum hatte ich nicht? Weil es im Keller stockfinster ist, so dunkel wie im Arsch des Weihnachtsmanns, hätte ich sagen sollen. Ich sagte es nicht. Ich sagte gar nichts mehr.

Der titanenhaften Anstrengung, die drei Kisten wieder in völliger Umnachtung in den Keller und die drei sicherlich nicht weniger schweren Siebenschön-Geschirrkisten nach oben zu schleppen, fühlte ich mich nicht mehr gewachsen.

Mein Schutzengel war nicht schlafen gegangen. Er war hellwach und gab mir eine Idee ein, die ich für genial hielt.

Ich sprang auf. »Wo ist sie …?«

»Wo ist was?«

»Na, die Karte … die Visitenkarte von Zweihundert-Kilo-Schottenhemd?«

»Von wem?« Mamas Engel schien nicht so wach zu sein wie meiner.

»Himmelsakra«, schrie ich. »Von dem Kerl, der unseren Baumständer geschleppt hat.«

»Ach, die«, sagte Mama gedehnt. Ein Anflug von Schuldbewusstsein schlich über ihr Gesicht. »Die … die habe ich weggeworfen. Was sollen wir damit?«

»*Was sollen wir damit?*«, schrie ich.

»Johannes, bitte … nicht in diesem Ton!«

»*Wo … ist … diese … Karte?*«

»Herrje, nun veranstalte hier nicht so einen Affentanz. Im Mülleimer, wo sonst?«

Ja, wo sonst? Da gehören Visitenkarten ja auch hin.

Ich stürzte in die Küche. Der Mülleimer war voll, bis oben hin. Ich würgte. Ich sprach meiner rechten Hand Mut zu, als sie sich einen Weg durch glitschige Eierschalen, halbvolle *Crème fraîche*-Becher, einen Rest Gulasch bahnte – zumindest hoffte ich, dass es Gulasch war. Wann immer sie Papier zu greifen bekam, zog ich sie wieder heraus. Eine Verpackung von Instant-Kaffee, ein überdimensionales Preisschild, eine Ansichtskarte von Brockerhoffs Städtereise nach Rothenburg ob der Tauber, eine Visitenkarte … jedoch von einem Feinkostenladen.

Dann … endlich … die Karte. Ich zog sie heraus, blickte sie an wie den Heiligen Gral, wischte sie ab. *Sebastian Neureuther, Taxi & Transporte aller Art*, las ich. Und eine Telefonnummer.

Ich stürzte mit der Karte in den Flur und wählte mit bebenden Fingern die Mobilnummer von Mr Big. Es klingelte … tidelitatü … tidelitatü … tidelitatü … Dann hob er ab.

»Neureuther!«, dröhnte es aus dem Hörer. Wenn es ein Weihnachtswunder gab, dann war es dieses.

»Herr Neureuther!«, rief ich erleichtert. »Wie schön, dass ich Sie antreffe. Hier ist Johannes Siebenschön aus der Franz-Joseph-Straße … Sie haben uns vorhin den Baumständer transportiert.«

»Jaaa?«, sagte er gedehnt, als erwartete er eine Beschwerde.

»Herr Neureuther … ich brauche Ihre Hilfe … Noch einmal … Könnten Sie vorbeikommen … jetzt gleich?«

»Bin gerade am Taxistand Elisabethplatz. Kein Problem, Herr Siebenschön. Bin gleich bei Ihnen. Passt er nicht?«

»Passt wer nicht?«

»Der Baumständer. Wollen … müssen Sie ihn umtauschen?«

»Nein … nein. Es geht um Kisten … superschwere Kisten, wissen Sie. Ach, kommen Sie einfach vorbei … Und …«

»Ja?«

»Danke.« Ich atmete erleichtert aus.

Ein Hebel. Mein Vater hatte recht. Wie immer. Man braucht einen Hebel.

Es bedarf keiner eingehenden Schilderung, mit welcher Grazie es Mr Big, dem brummigen Weihnachtsbären, gelang, drei Kisten nach unten und drei Kisten nach oben zu schleppen. Er schaffte es sogar, den kleinen Stromausfall, der wirklich nicht der Rede wert war, zu beheben und den Sicherungshebel nach oben zu drücken. Die Lampen gingen an und tauchten die ganze Welt in ein überirdisch schönes Licht. Zumindest kam es mir so vor. Es war heller, einfach irgendwie heller. Die Verliese der vergessenen Dinge lagen in gleißendem Schein vor uns und verloren alles Kellerartige. Brockerhoffs Keller war offen, wie immer. Siebenschöns Keller war abgeschlossen, wie immer. Mamas Kisten waren dunkelrot, natürlich. Ich war ein Idiot, natürlich.

Und zum Schluss wurde der Zweihundert-Kilo-Schottentitan zum Weihnachtsmann. Als ich erneut mein Portemonnaie zückte, um ihn zu entlohnen, winkte Neureuther generös ab. Er zwinkerte mir verschwörerisch zu.

»Da nicht für. Bin ja nicht gefahren. Und ist ja auch bald Weihnachten. Teuer genug, nicht wahr? Wenn Sie noch mal was Leichtes zu tragen haben«, er grinste anzüglich, »dann wissen Sie, wie Sie mich erreichen können. *Merry Christmas, Mister!*«

Er tippte an eine imaginäre Mütze und ging tänzelnden Schrittes durchs Treppenhaus nach unten. Ein Mann von anbetungswürdiger Eleganz, das stand mal fest. Wenn dies nicht der Beginn einer wunderbaren Freundschaft war …

Ich sollte mich nicht täuschen. Dies war keineswegs das letzte Mal, dass ich den starken Herrn Neureuther vor Weihnachten sah.

12

ALSO, ICH BIN SPRACHLOS ...!

Der weitere Abend verlief in ungewohnt trauter Eintracht. Kein böses Wort, keine bissige Bemerkung fiel. Der Weihnachtsbaum war geschmückt und wurde von meinem Vater mit stolz geschwellter Brust präsentiert, und ich darf vermelden, dass niemals ein schöneres Exemplar dieses innigen alten Brauchtums in irgendeinem Wohnzimmer gestanden hat. Er war geradezu von kathedralen Ausmaßen – nun, in der ganzen Pracht, in Rot und Gold, mit den Hunderten von Figürchen, Kerzen, Kugeln, all dem Flitter und Firlefanz, der unser Gemüt stets so weihnachtlich ergreift, sah er noch imposanter aus als in grünem Naturzustand. Das Wunder geschah, als Vater die Verschnürung, die der Baum des besseren Transports wegen wie ein Korsett getragen hatte, aufschnitt und die Edeltanne sich innerhalb von zwei oder drei Sekunden raschelnd entfaltete und eine Wucht und Buschigkeit gewann, die man nicht anders als überwältigend nennen konnte.

Die Tanne aller Tannen. Dieses Jahr bei Siebenschöns in München.

Wie sehr die Schmückung Mamas Vorstellungen entsprach, ihre Träume widerspiegelte, war daran zu erkennen, dass sie keinen einzigen ihrer berüchtigten »Änderungsvorschläge« unterbreitet hatte. Sie war – o wie selten war das! – einfach nur einverstanden. Hatte beifällig genickt, und das Leuchten in ihren Augen sprach Bände. *Das* war ein Baum nach ihrem Geschmack. »Also, ich bin sprachlos …«, sagte sie. Wohl zum ersten Mal in ihrem Leben.

In die Ecke des Salons schoben wir den Couchtisch und packten die Geschenke darauf. Alles schon eingewickelt in buntes, glitzerndes Papier, alles mit Schleifen und Bändern verziert und mit Kärtchen gekennzeichnet. Hier war bereits ganze Arbeit geleistet worden, so dass ich mich darauf beschränken konnte, alles möglichst hübsch zu drapieren: die großen Pakete nach unten, die kleineren Päckchen nach oben. Eine monumentale Geschenkepyramide. Ich nahm sogar für einen Moment mein mir zugedachtes Geschenk in die Hand, es rappelte dumpf, und es war nicht zu identifizieren. Noch nicht. Wie jedes Jahr seit Kindertagen würde ich mit dem Päckchen noch manches Mal rappeln, um in Erfahrung zu bringen, womit man mich zu überraschen gedachte. Es war mir nie gelungen, das Rätsel zu lösen, und doch ließ ich es nicht bleiben, wie ein ungeduldiger Bub an dem Päckchen zu rütteln. Es war eine Sache der Ehre, *vor* der heiligabendlichen Bescherung herausfinden zu wollen, welche Gabe einen erwartete. Nie verließ mich die Zuversicht, dieses Jahr würde es klappen.

Mein Päckchen war ziemlich klein, also verschwand es mitten in der Pyramide. Für einen Augenblick beschlich mich die Befürchtung, es würde sich in Luft auflösen. Vor meinem geistigen Auge öffnete sich die Szene von dreizehn glücklichen Geschenkeauspackern, die Schleifen aufnestelten, Tesafilm entfernten, Schmuckpapier aufrissen und sich dann an dem weideten, was die Siebenschön-Senioren ihnen Hübsches ausgesucht hatten. *Und der kleine Johannes stand mit leeren Händen abseits und weinte bitterlich.*

Mit vereinten Kräften vergrößerten Papa und ich den Esstisch. Wir schoben zwei Verbindungsplatten ein, wodurch der Tisch ins Unermessliche wuchs. Er wurde wahrhaft großbürgerlich. Und bot nun Platz für vierzehn Personen. Die goldene Tischdecke allerdings fehlte noch, die würde ich morgen besorgen, wie mir aufgetragen war. Ich schickte Gebete zum Himmel, dass sich irgendwo in der Weihnachtsstadt München eine Tischdecke auftreiben ließ, die irgendwie golden war und irgendwie über fünf Meter lang.

In der Ecke stand der Sack. Es war mitnichten der härene Sack, wie ihn Sankt Nikolaus oder Santa Claus trug und aus dem die Geschenke nur so hervorquollen. Es war ein blauer Müllsack aus Plastik, und er war bis zum Bersten gefüllt mit Abfall: Verpackungsmaterial, Füllmaterial, Restmaterial. Mit dem, was bei uns von all dem Verzieren und Verschnüren übrigblieb, hätten in einem europäischen Kleinstaat sämtliche Weihnachts-geschenke eingepackt werden können. Den Sack zu entsorgen, wurde mir aufgetragen, schließlich hatte ich mich mit den Geschirrkisten bewährt. Immerhin war er bei Weitem nicht so schwer, nur unhandlich, als ich ihn *rumpel rumpel* wie Christopher seinen Winnie-the-Pooh das Treppenhaus herunterzerrte und ihn zu sei-nen Freunden, den anderen Müllsäcken stellte, die ihn schon frierend im Keller erwarteten.

Bei dieser Gelegenheit durfte ich dann gleich die Krippenkisten nach oben tragen. Und auch diese wa-ren nicht schwer, sondern von engelhafter Leichtig-keit. Etwas unhandlicher war allein der große Stall aus dunklem Holz und mit strohgedecktem Dach – natür-lich nicht so eine heruntergekommene, aus Sperrholz zusammengezimmerte Baracke, sondern ein Stallpalast mit Nebenräumen und Dachboden und sogar einer geheimen Kammer mit einer winzigen Tür, in die ein Herz geschnitzt war. »Die Speisekammer«, hatte Mama sie genannt. Bei mir hieß sie nur die »Hirtentoilette«.

So genau es Mama mit ihren Weihnachtsvorberei-tungen und Papa mit seiner Baumdekoration nahmen – um die Krippe kümmerten sie sich nicht. Die ist seit jeher mein Metier. Meine Domain, sozusagen. *www.jo-hannesstelltdiekrippeauf.de*

Meine Eltern gingen zu Bett. Nun war Ruhe, nun war Zeit für meinen bescheidenen Beitrag zum Fest.

Und ich bemühte mich wie früher jedes Jahr um Abwechslung, um gewisse Variationen. Natürlich legten der Stall und die Figuren das Ensemble fest, und so mutig, das Christkind mal auf den Dachboden zu verbannen und Maria und Josef eine Stalllaterne anbeten zu lassen, war ich nicht.

Mir fehlte, was Weihnachten betraf, jegliches rebellische Element. Hier war ich so spießig, wie ich nur sein konnte und vermutlich in den tiefsten Schichten meines Selbst auch war. Schon in meiner Kindheit hatte ich keine Abwechslung, keinerlei Abweichen vom heiligabendlichen Drehbuch geduldet. Es musste immer gleich ablaufen. Immer das gleiche Prozedere, immer dieselben Lieder. Auch Robert, Laura und Dorle bestanden darauf, dass die Inszenierung so blieb, wie sie seit uralten Zeiten war. Sie war für uns wie eine Bastion, ein Fels in der Brandung der modernen Welt, die sich im Takt der Globalisierung jeden Tag, jede Stunde änderte. Nur Weihnachten sollte so bleiben, wie es immer war und seit jeher Tradition. Wie wir es bei den Großeltern und auch bei den Eltern Jahr für Jahr erlebt hatten.

Ich steckte den goldenen Stern im Krippendach fest – die Navigation für die himmlischen Heerscharen, all die Engel, welche die unteren Regionen des Christbaums bevölkerten. Der Stall selbst stand nicht direkt auf dem Boden unter der Tanne, sondern auf einem Podest, so dass man das gesamte Geschehen gut überblicken konnte, ohne wie die Hirten auf die Knie zu fallen. Das Podest war mit Moos bedeckt, und so ließ sich eine hügelige Landschaft bauen.

Jetzt war ich Mama dankbar, dass sie auf dem Weihnachtsmarkt an das frische Moos gedacht hatte, denn die Bestände vom vorletzten und letzten Jahr waren nicht mehr grün, sondern grau und braun und von muffigem Geruch. Ein erdiger, würziger Duft entströmte jedoch dem frischen Moos und verband sich mit dem Tannenduft des Weihnachtsbaums zu einem den ganzen Raum erfüllenden Ambrosia.

Die kleine Holzkrippe kam wie stets in die Mitte des Stalls, Maria und Josef daneben. Maria war nicht mit betenden Händen dargestellt, sondern mit ausgebreiteten Armen. Josef war etwas gebeugt und stützte sich auf einen Stock; in seiner Linken hielt er eine Laterne.

Es waren schöne Figuren, mit schönen Gesichtern und schönen Kleidern aus Filz und Stoff und goldenen Gürteln. Ich legte etwas echtes Stroh in die Krippe, das Christkind selbst würde hier erst am Heiligabend Aufnahme finden. Ochs und Esel waren aber schon da, auch die Hirten und die Schafe auf dem Feld. Und von ganz hinten, aus der Ferne näherten sich bereits die Heiligen Drei Könige auf ihren Kamelen. Aber sie waren noch weit weg …

Der Schwund beziehungsweise der Krankenstand war dieses Jahr minimal. Kein Bein war abgebrochen, keine Nase angeschlagen, kein Engel hatte einen seiner

Flügel verloren. Alle waren gut beisammen und hatten das Jahr in der Kiste heil überstanden. Der versehrte Hirte, der vor Jahren schon einen Fuß eingebüßt hatte, wurde so aufgestellt, dass das Malheur nicht sichtbar war. Er wurde auch dieses Jahr wieder in ein besonders dickes Stück Moos gesteckt, in das er bis zu den Knien versank und in dem er so Halt fand.

Meine Lieblingsfiguren sind seit jeher die Schafe. Sie sind entzückend, ja bezaubernd. Sie stehen, knien, liegen dekorativ im Moos und im Stroh, eines wird sogar von einem Hirten über der Schulter getragen. Sie haben erwartungsfrohe Gesichter, irgendwie intelligent, gar nicht schafmäßig. Es gibt insgesamt fünfzehn von ihnen, manche haben es sich in den Nebenräumen des Stalls bequem gemacht, und ein besonders vorwitziges lugt aus der Dachluke. Es gibt sogar einen Hund, der sie alle bewacht und den ich diesmal hinter einem Stein hervorschauen ließ.

Bislang hatte die Beleuchtung der Krippe aus Kerzen bestanden, die strategisch günstig und so, dass sie indirektes Licht gaben, aufgestellt wurden. Dieses Jahr hatte Mama für die Elektrifizierung gesorgt, und ich stand zum ersten Mal vor der Aufgabe, all die Trafos so anzubringen, dass man sie nicht entdecken konnte. Und all die Drähte und Schnüre so zu verstecken, dass sie unsichtbar blieben. Es musste die perfekte Illumination sein; die verschiedenen Lichter wurden so platziert, dass jede Teilszenerie angemessen beleuchtet war. Vom Dachboden baumelte die große Laterne, die hellen Schein auf die Heilige Familie warf. Im Nebengebäude war ein Licht abgestellt, draußen vor der Krippe gab es ein flackerndes Lagerfeuer, um das sich die Hirten scharten, und »auf dem Feld« ein rotes Feuer, über dem ein Kessel aufgehängt war. In diesen Kessel, hatte ich überlegt, würde ich kleine Hütchen Weihrauch oder Tannen- beziehungsweise Weihnachtsduft stecken, wie man sie für Räuchermännchen verwendet. Ich gedachte, das Hütchen in Brand zu setzen, so dass es aus dem Kessel rauchte und duftete. Tja, das Kind im Manne stirbt nie.

Stundenlang war ich in dieser andächtigen Arbeit versunken. Aus dem elterlichen Schlafzimmer drang lautes Schnarchen, da war ich immer noch damit beschäftigt, das Intervall einzustellen, mit dem die roten und gelben Lichter zuckten und flackerten, dass es eine Freude war. Ich lag mit erhitztem Kopf auf dem Boden wie weiland bei der ersten Spielzeugeisenbahn. Ja, die Freude am Elektrischen, sie verging tatsächlich nicht. Mama hatte schon recht.

The Night before Christmas – das ist in angelsächsischen Ländern eine unheimliche Nacht. Mich jedoch erfüllte eine wachsende Vorfreude, als ich die Lichter im Salon löschte und ins Bett kroch. Die Einkäufe waren getan und die Geschenke verpackt, der Weihnachtsbaum war geschmückt, die Krippe aufgebaut, der Salon hergerichtet. *Was soll jetzt noch passieren*, dachte ich, we-

nige Sekunden vor dem Einschlafen. Was soll noch passieren? Kein Alptraum, den ich jemals geträumt hatte,
hat mir einen Vorgeschmack auf das geboten, was mich,
was uns alle erwartete.

13

EINMAL IM LEBEN MÖCHTE ICH
MAL BEDIENT WERDEN

Heiligabend begann am Morgen mit einem Klingeln. Wir saßen friedlich und nichts ahnend in der Küche und schlürften den ersten Kaffee. Mein Vater – noch in seinem dunkelroten Hausmantel – warf einen entnervten Blick auf die alte Kaminuhr, die auf der Anrichte stand und gerade in dieser Sekunde mit glockenhellem, feinem Klang die Viertelstunde schlug. Viertel nach acht.

»So früh? Wer um Himmels willen kann das denn sein?«

»Sicher die Post. Die tragen jetzt rund um die Uhr Pakete aus.«

»Wer soll *uns* denn ein Paket schicken?«, grummelte Papa, einen Zigarillo zwischen den Zähnen, den er zu dieser frühen Stunde noch nicht anzuzünden gewagt hatte, während Mama sich kurz entschlossen erhob und zur Wohnungstür eilte. »*Ich* hab nichts bestellt!«, trompetete er ihr hinterher.

Sie hatte die Küchentür hinter sich zugemacht, daher war außer Gemurmel, Parkettknarren und einem signifikanten Husten nichts zu hören. *Meine Güte, wer beehrt uns denn zu dieser noch nachtschlafenen Zeit und hustet uns schon am frühen Morgen die Hütte voll,* dachte ich. Aber es war eher ein Räuspern als ein Husten, allerdings ein rhythmisches, was so oder so auf angegriffene Stimmbänder schließen ließ.

Flüstern im Flur. Es dauerte eine ganze Weile, bis der Gast wohl abgelegt hatte und präsentabel war. Dann ging endlich die Tür auf – und herein kam Papa.

Nun, es war natürlich nicht Papa. Es war sozusagen sein ausgemergelter Zwillingsbruder. Papa nach sechs Wochen Basenfasten. Runderneuert, schlank, drahtig. Und ein paar schicke Jährchen jünger, würde ich sagen.

Die Ähnlichkeit war frappant. Und noch frappierender war, als Mama den Gast vorstellte, der schüchtern mit dem Kopf in die Runde nickte.

»Fritz … Johannes … das ist – Francis.«

Papa fiel der Zigarillo aus dem Mund, das schien ihm zur Gewohnheit zu werden. Er fluchte, bis er merkte, dass er ihn noch gar nicht angezündet hatte und seinen Hausmantel nicht durch einen Brandfleck verunstaltet haben konnte. Und dann hustete er. Vielmehr: Er rettete sich in den Husten. Und auch ich hustete.

»Francis … ah … ja«, sagte mein Vater und setzte eine Miene auf, die vollkommenes Unverständnis ausdrückte.

»Ja«, sagte meine Mutter, als sei dies das Selbstverständlichste auf Gottes schöner Erde und als müsste alle

Welt, also auch wir, den Gast kennen. Sie machte eine einladende Handbewegung. »Kommen Sie doch herein, Francis.«

Und Francis betrat die Küche, als sei er ein Eindringling, den man nötigte, sich der Polizei vorzustellen. Er blickte jedoch keineswegs schuldbewusst drein, eher neugierig, wie ein Handwerker, der den Gasherd reparieren sollte, und als müsse er sich mit dem Ungetüm vertraut machen, das in der Ecke auf seine Fertigkeiten wartete. Doch schon seine Kleidung ließ erkennen, dass Francis kein Handwerker war. Er trug einen Dreiteiler mit einer grauen Weste, ein weißes Hemd und eine Fliege. Sein Haar war kurzgeschnitten, seine Bewegungen waren geschmeidig. Und er hatte formvollendete Manieren, als er auf meinen Vater zutrat und ihm die Hand reichte. Und dann meine ergriff und schüttelte. »Sie erlauben … Francis Fairlie, zu Ihren Diensten, Mr Siebenschön.« Ein britischer Akzent, unverkennbar. Er verbeugte sich, was ich ebenfalls mit einer Verbeugung quittierte, allerdings einer ironischen.

»Sehr erfreut, Mr Fairlie«, sagte ich. »Was verschafft uns das Vergnügen?«

»Das möchte ich auch gerne wissen«, brummte mein Vater, allerdings kaum verständlich.

Mama holte zu einer großräumigen Handbewegung aus, als sei damit alles zu erklären. »Francis wird uns … wie er schon sagte … *zu Diensten sein*«, tirilierte sie. Weder Papa noch mir entging, dass sie mit Mr Fairlie auf vertrautem Fuß zu stehen schien, da sie ihn schon mit Vornamen ansprach.

»Was für Dienste könnten das sein, am Heiligabend?«, fragte mein Vater, jetzt wirklich gespannt auf weitere Erklärungen.

»Nun, Francis wird uns bedienen … heute Abend … nicht wahr?« Sie blickte Mr Fairlie mit glänzenden Augen an. Der deutete erneut eine Verbeugung an und gönnte uns die Andeutung eines Lächelns.

»Bedienen?«, kam es aus Papas und meinem Mund.

»Ja, ich habe Francis für heute Abend engagiert«, sprudelte Mama hervor. »Er ist unser Butler.«

»*Unser Butler?*«, kam es aus Papas und meinem Mund. War dies eine Komödie, wie sie im Theater des *Bayerischen Hofs* gespielt wird?

»Ja, unser Butler«, sagte Mama, nun schon etwas unwilliger, als müsse sie sich für unsere Begriffsstutzigkeit entschuldigen. »Er ist vom *Perfect Service*, einer sehr renommierten Institution in der Brienner Straße, wo ich ihn … gecastet habe.«

Sie sagte tatsächlich *gecastet*. Kommt gleich das Team von der *Versteckten Kamera* um die Ecke? Oder Heidi Klum? War dies etwa *Germanys Next Top-Butler*?

Mein Vater unterdrückte ein Stöhnen, das er sozusagen in letzter Sekunde in ein erneutes Husten münden ließ. Auch Mr Fairlie räusperte sich wieder, was er, wie wir bald feststellen durften, so ziemlich vor jeder Äußerung oder Bewegung zu tun pflegte.

»Aber … aber … Betty … seit wann brauchen wir denn einen Butler?«

»Nur heute Abend, Fritz, nur heute Abend. Es ist Heiligabend, es ist mein fünfundsechzigster Geburtstag, wir erwarten Gäste … Soll ich etwa selber herumgehen und die Suppe austeilen?«

»Nein … nein, natürlich nicht«, stammelte Papa.

»Ja, einmal im Leben möchte *ich* mal bedient werden. Von einem echten Butler. Der weiße Handschuhe trägt. Und der formvollendete Manieren hat. Sie werden unserem kleinen Fest einen würdigen Rahmen geben, nicht wahr, Francis?«

Mr Fairlie antwortete mit einem Räuspern, einer Verbeugung und einer winzigen, nicht sehr aussagekräftigen Handbewegung. Ein englischer Butler. Der englischste aller Butler, direkt von *Downton Abbey*. Wenn nicht gar aus dem Buckingham Palace. Immerhin vom *Perfect Service*. Was immer das war.

Wie perfekt der Service war, sollte sich noch herausstellen.

Ich hatte einen Vorwand, um mich der bevorstehenden detailgenauen Instruktion des Butlers zu entziehen: die goldene Tischdecke. Sie musste noch her, und dazu musste ich in die Innenstadt. Die großen Kaufhäuser konnte ich links liegen lassen, da würde ich nur Dutzendware finden, mit der ich Mama nicht unter die Augen treten konnte. Aber es gab zwischen Odeonsplatz und Sendlinger Tor, zwischen Stachus und Isartor durchaus einige große Haushalts-, Dekorations- und Einrichtungsgeschäfte, in denen ich fündig zu werden hoffte. Es ist nur eine Frage der Zeit, flüsterte mir ein Engelchen ins rechte Ohr, dann nennst du *die* goldene Decke dein Eigen. Schließlich war nicht nur *unser* Esstisch ein Monstrum und nicht nur *unsere* diesjährige Tischfarbe Gold. Obwohl die Auswahl am letzten Tag vor Weihnachten schon deutlich dezimiert sein wird, flüsterte mir ein Teufelchen ins linke Ohr.

Innerhalb der folgenden drei Stunden absolvierte ich einen Schnellkurs in Tischdekoration und avancierte schließlich zum Experten für weihnachtliche Tischkultur, dem niemand ein X für ein U vormachen konnte. Ich fachsimpelte mit Verkäuferinnen – die schon entspannt – oder genauer: abgespannt – waren, schließlich würde die diesjährige Saison in wenigen Stunden enden –, mit Abteilungsleitern, mit Geschäftsführern. Ich schaute mir Dutzende, wenn nicht gefühlte Hunderte von Tischdecken in allen nur erdenklichen Formen und Formaten und Farben an. Was für eine Überflussgesellschaft, dachte ich, halb entrückt, halb empört, die sich derart in Stoffen und Staffagen ergehen kann. Doch das Teufelchen sollte recht behalten: Entweder hatte die Tischdecke die richtige Größe, war aber nicht goldfarben, oder sie war irgendwie golden, aber zu klein. Alles Runde und Ovale schied von vornherein aus, auch die so beliebten Tischläufer kamen nicht in Frage. Mamas

Instruktion war eindeutig gewesen und ließ für un-konventionelle Ideen keinerlei Spielraum. Dann end-lich – im achten oder neunten Geschäft – breitete der Verkäufer mit sichtlichem Stolz eine goldene Tisch-decke aus, die sogar leicht gefüttert und mit weihnacht-lichen Figuren bestickt war. Himmel noch mal, war die schön! Oder hübsch-hässlich, wie Heinz Rühmann sa-gen würde.

Der Verkäufer – ein Schild an seinem Revers wies ihn als »Hier bedient Sie Herr Friedrich« aus – entfalte-te die Tischdecke mit weit ausholenden Armbewegun-gen, und sie nahm tatsächlich imponierende Ausmaße an. Sie sah aus wie der Krönungsmantel einer mittel-alterlichen Königin. Mit vielsagendem Blick zauberte *Hier bedient Sie Herr Friedrich* ein Zentimetermaß her-vor, das er flugs an dem ausgebreiteten Stoff ausrichtete.

»Sehen Sie … perfekt! Genau fünf Meter.«

Ich musste den Herrn über Glanz und Glitzer ent-täuschen. Und seufzte einmal tief. »Leider nicht … lei-der, leider nicht!«

»Wieso? Sie wollten doch eine Länge von fünf Me-tern.«

»Der Tisch ist fünf Meter lang. Und die Tischdecke kann ja nicht einfach so abschließen, sie muss an jeder der beiden Seiten noch mindestens dreißig Zentimeter überhängen. Verstehen Sie?«

Herr Friedrich verstand. Er nickte bedauernd. »Ich hatte Sie so verstanden, dass Sie fünf Meter Stofflänge

brauchen. Bei vier Meter fünfzig Tischlänge zum Beispiel.«

Mir kam eine Idee.

»Haben Sie nicht zwei Decken dieser Art? Dann
könnten wir sie wenigstens in der Mitte übereinander
legen.«

Herrn Friedrichs Bedauern kannte keine Grenzen.
Nun nickte er nicht mehr, sondern hob mehrmals die
Schultern, und das Nicken ging in Kopfschütteln über.
Was ihm das Aussehen eines zutiefst bekümmerten Ted-
dybären gab, dessen Kopf sich leicht gelockert hatte.

»Nein … diese Decke ist die letzte. Was anderes in
Gold haben wir nicht mehr auf Lager. Alles ausverkauft.
Kann es nicht vielleicht doch eine andere schöne weihnachtliche Farbe sein? In tiefdunklem Rot hätten wir
noch … mit Goldstickerei … immerhin.«

Nun war es an mir, den Kopf zu schütteln. Verflucht
… so nahe dran! Ich verabschiedete mich in tiefer
Kümmernis, aber gleichwohl herzlich von *Hier bedient
Sie Herr Friedrich*, der die Tür seines Geschäfts mit einem Seufzer hinter mir schloss.

Im neunten Geschäft gab es – endlich! – eine sechs
Meter lange Golddecke, aber sie war aus Polyester und
roch nach billigem Kunststoff, der die Festgesellschaft
unweigerlich in eine Massenmigräne stürzen würde. Im
Geschäft darauf wollte man mich zur Trendfarbe Rosa
überreden, und im übernächsten gedachte man mir die
Ladenhüter vom vergangenen Jahr anzudrehen – Rosa

war ausverkauft und »Gold können Sie heuer wirklich nicht auflegen!«. Einen Laden weiter beantwortete man mir mein Begehr mit einem maliziös-mitleidigen Lächeln und machte sich erst gar nicht die Mühe, mir etwas anderes aufschwatzen zu wollen.

Dann platzte mir der Kragen, wenn auch nur innerlich. Ich verfluchte das Fest. Ich verfluchte alle runden, ovalen, kleinen Weihnachtstische. Ich verfluchte alles Gold dieser Erde. Ich verfluchte die Stoffindustrie, die Farbindustrie, die gesamte Weihnachtsindustrie. Ich verfluchte Mama. Nein, ich verfluchte Mama natürlich nicht. Ich verfluchte mich selbst, voller Selbstmitleid, dass es mir nicht gelang, diese vermaledeite Golddecke aufzutreiben.

Fieberhaft trieb ich mein Gehirn an, einen Ausweg zu finden. *Denk nach, Johannes, denk nach!* Mehrere kleinere Golddecken aneinanderlegen? Wie sah das denn aus! Doch Tischläufer? Mama mochte keine Tischläufer: »Die sehen aus wie gewollt und nicht gekonnt!« Eine andere Farbe? Dann passte das Geschirr nicht. Und die Vorstellung, diese ganze Geschirrkistenarie noch einmal zu singen, versetzte mich augenblicklich in Panik.

Frustriert ging ich durch die Theatinerstraße Richtung Odeonsplatz. Auch die Fünf Höfe ließ ich nicht aus, unternahm hier und dort noch einen Versuch, mit niederschmetterndem Ergebnis. Dann stapfte ich durch den Schnee zurück, Richtung Schwabing, den Kopf eingezogen wie ein Schüler, der sich mit seiner Fünf im Schulranzen nicht nach Hause traut.

Und dann … endlich … hatte mein Schutzengel wieder ein Einsehen. *Wo warst du so lange, Engelchen?* Er zauberte mir ein Schaufenster vor Augen, besser: Er ließ mich einen Blick durch das Schaufenster ins Innere eines großen Geschäfts mit nah- und fernöstlicher, irgendwie orientalischer oder exotischer Einrichtung tun. Der Laden hieß *Karawanserei* oder *Marrakesch* oder so ähnlich, und ich dachte noch »Die haben's gut … kein Weihnachten!« Als ich die güldene Decke von geradezu Taj-Mahal-haften Ausmaßen gewahrte, die mitnichten auf einem Tisch lag, sondern vielmehr an der Wand hing wie ein Teppich aus Tausendundeiner Nacht.

Die Decke war ein Traum. Sie war von einem dunklen, durchwirkten Gold, bestickt mit Mustern aus Hellgold, Rot und Blau. Unzählige winzige eingenähte Spiegel schufen die Illusion eines Sternenzelts. Sie war riesig, bestimmt – inzwischen waren meine Augen geübt – zwei mal sechs Meter groß. Und sie hing hinter dem Schreib- oder Kassentisch. Als ultimativer, magnetisierender Blickfang, der jeden, der ihn von draußen erblickte, unwiderstehlich in den Laden zog. An der Eingangstür war ein kleines Schild angebracht: *Inhaber Sindar Salamander*. Mit den Öffnungszeiten.

Eine orientalische Glocke ertönte, als ich die Tür öffnete. Sindar Salamander ließ nicht auf sich warten, sondern kam direkt auf mich zu. Vermutlich verirrten sich zur Weihnachtszeit nicht viele Kunden in sein Geschäft. Der Inhaber war klein, hatte kurzgeschnittenes

tiefschwarzes Haar, glutvolle Augen. Er war exquisit ge-
kleidet und äußerst gepflegt. An seinen feingliedrigen
Händen funkelten zwei dezente Ringe. In den Knoten seiner Krawatte hatte er – wie altmodisch war das
denn! – eine Perle gesteckt. Die einzige Nachlässigkeit,
die er sich gegönnt hatte, war ein in die Brusttasche
seines Sakkos gewuscheltes Einstecktuch, das vorwitzig
herauslugte.

»Guten Tag, mein Herr«, sagte er in perfektem
Deutsch mit ganz leicht französischem Akzent und mit
einem wohlwollenden, distinguierten Lächeln. »Womit
kann ich Ihnen dienen?«

»Hmm … ja …«

»Suchen Sie vielleicht noch ein schönes Weihnachts-
geschenk? Für Ihre Frau Gemahlin?«

»Hmm … nein …«

»Oder für Ihre Frau *Maman*?« Er hatte das französische Wort für Mama gewählt, wohl um seine kosmo-
politische Einstellung zwischen Orient und Okzident
zu demonstrieren. »Wir haben, wie Sie sehen, eine sehr
große Auswahl.«

»Das sehe ich … ja, wirklich … eine sehr schöne
Auswahl.« Meine Blicke schweiften anerkennend um-
her. Teppiche, Stoffe, Kleinmöbel, Kissen, Laternen, Po-
samenterien. Sindbads Wunderhöhle.

Salamanders Lächeln wurde breiter. »Schauen Sie
sich ruhig um … Und wenn Sie Fragen haben, wenden
Sie sich vertrauensvoll an mich.«

Ich beschloss, gleich aufs Ganze zu gehen.

»Ja … wenn ich ehrlich sein soll … eine Frage habe ich.«

Sindar Salamander hob erwartungsfroh die Augenbrauen. Dann zog er das Einstecktuch hervor, tupfte sich damit symbolisch die Stirn und steckte es wieder ein. Diese Geste sollte ich noch öfter sehen. Er machte eine auffordernde Handbewegung. Ich machte eine hinweisende Kopfbewegung.

»Ich bin an dieser Decke dort interessiert.«

»Oh, Monsieur … die ist wirklich wunderbar, nicht wahr? Aber … so leid es mir tut … sie ist unverkäuflich … sozusagen.«

»Sozusagen?« Ich klammerte mich an dieses Wort, als hinge mein Leben davon ab.

»Ja, sozusagen«, bekräftigte er. »Wissen Sie … sie gehört zum Inventar, zur Einrichtung, zur Dekoration … zur Inszenierung dieses bescheidenen Basars. Ich fürchte, die kann ich Ihnen beim besten Willen nicht überlassen.«

»Aber … aber …« Ich fand keine Worte, um meiner Enttäuschung, so kurz vor der Himmelspforte abgewiesen zu werden, Ausdruck zu verleihen. »Sie können nicht ermessen, was es für mich bedeuten würde, wenn ich diese Decke … jetzt … sozusagen …«

Monsieur Salamander hob mit unendlichem Bedauern die Schultern. Seine Augenbrauen verzogen sich schmerzlich. Zusammen mit dem Lächeln, das er unerschütterlich beibehielt, war dieser Gentleman eine einzige Demonstration des Mitgefühls ob der Enttäuschung und des Schmerzes, die er mir notgedrungen bereiten musste. Auch sein Einstecktuch kam erneut zum Einsatz.

Ich straffte mich, reckte sogar das Kinn. Irgendwie feilschten doch alle diese Orientalen gern, war das nicht allgemein bekannt? Irgendwie gab es doch immer einen Weg. Irgendwie musste ich einfach einen Zugang finden ... einen Zugang zu seinen merkantilen Gefühlen.

»Schauen Sie, Monsieur«, setzte ich an, mich auf seine Frankophilie einlassend, »es ist Weihnachten. Und wissen Sie, was der größte Wunsch meiner *Maman* ist, die heute Abend zudem ihren fünfundsechzigsten Geburtstag feiert?«

Obwohl Salamander es ahnte, hob er wieder, Nichtwissen vortäuschend, die Schultern.

»Eine ... goldene ... Decke«, sagte ich mit allem Nachdruck, dessen ich fähig war. »Eine große, eine prächtige, eine überwältigende Tischdecke. Und jetzt, nach Stunden des Umherirrens in diesem hübschen Städtchen, nach nicht weniger als zwölf Geschäften, die ich ebenso hoffnungsvoll aufsuchte, wie ich sie hoffnungslos wieder verließ, sehe ich dieses Wunderwerk der Webkunst in Ihrem Etablissement. Sind Sie nicht mit mir einer Meinung, dass dies ein Wink des Himmels ist? Dass mich die Sterne des Schicksals zu Ihnen geführt haben?«

Sindar Salamander hatte mir aufmerksam zugehört. Noch immer ließ er mit keiner Miene, keiner Bewegung erkennen, dass dieses Gespräch irgendeinen Sinn hatte. Er nickte nur mehrmals, wie zur Bestätigung, dass alle Welt ausgerechnet seine Decke wolle und dass er schon Dutzende von interessierten Kunden abgewiesen habe, und blickte ergeben nach oben. Dann nickte er wiederum so freundlich, dass ich einfach weitersprach, nur um zu verhindern, dass dieses Nicken irgendwann in ein Kopfschütteln überging.

»Aber«, unterbrach er mich dann unerschütterlich freundlich, »dies ist gar keine Weihnachtsdecke. Ja, nicht einmal eine Tischdecke, verstehen Sie?«

»Ich verstehe vollkommen. Darauf kommt es auch gar nicht an. Worauf es ankommt ... ich meine ... was nicht von der Hand zu weisen ist: Diese Decke würde meine *Maman* unendlich erfreuen. Ich könnte ihr damit die größte Freude auf Erden machen ...«

»Sie übertreiben, Monsieur«, wehrte Sindar Salamander bescheiden ab.

»Nein, nein ... ich übertreibe nicht. Keineswegs. Es ist *Mamans* Herzenswunsch ... und ich ... ich ... ich kehre jetzt nach Hause zurück, mit leeren Händen ... mit nichts als einem Taschentuch, um ihre Tränen zu trocknen.«

Dann ... endlich ... erbarmte sich mein Engel des Händlers. Er musste ihn mit einem Flügel berührt haben, so sacht, dass der Geschäftsmann es nicht einmal bemerkte. Nur ich hatte es gespürt, dieses winzige Schmelzen des Widerstands, diese plötzlich aufblitzende Nachgiebigkeit. Monsieur Salamander nickte wieder, er seufzte, einmal kurz, dann tief, als müsse er einen heftigen Trennungsschmerz durchleiden.

»Bitte!«, sagte ich. Und schenkte ihm meinen schönsten Häschenblick. Der hatte unzählige Frauen betört, wie ich irrtümlich annahm, er würde auch diesmal seine Wirkung nicht verfehlen. Dabei setzte ich ihn nicht einmal bewusst, sondern ganz unwillkürlich ein.

Als Sindar Salamander den Blick von mir wandte, schöpfte ich Hoffnung. Und ich wusste gleichzeitig, dass diese Investition in *Mamans* Weihnachts- und Geburtstagsglück mich ruinieren würde. Was mir vollkommen gleichgültig war, zumindest in diesem seligen Augenblick, als ich Salamanders definitiven Seufzer vernahm, der bereits sein wohlwollendes Einlenken verriet.

»Also schön … in Allahs des Allmächtigen Namen. Im Namen der Freundschaft unserer Völker, des Friedens auf der Welt, was weiß ich … Sie können die *Decke*, wie Sie es nennen, haben.«

Ich jubelte innerlich auf.

»Danke!«, sagte ich so innig, wie es mir möglich war.

»Aber …«

Jetzt kommt's, dachte ich.

»Sie hat ihren Preis … leider … ich meine, natürlich.«

»Natürlich«, sagte ich und wappnete mich der horrenden Summe, die er mir abverlangen würde.

»Zweitausendfünfhundert … Euro, bitte.«

Ich schluckte, und in den zwei Sekunden, die das Schlucken brauchte, legte ich mir eine Strategie zurecht. Natürlich musste gefeilscht werden, das lag sozusagen in der Natur der Sache. Wenn er zweitausendfünfhundert sagte, dann könnte ich ihn vielleicht, wenn es gut ging, um eintausend herunterhandeln. Und eintausendfünfhundert … das war immer noch der helle Wahnsinn. Alles über fünfhundert war der helle Wahnsinn.

»Ich verstehe, Monsieur«, sagte ich. »Aber Sie werden sicherlich auch verstehen, dass dies sehr viel Geld ist für eine … für eine Tischdecke.«

»Es ist keine Tischdecke. Wie ich schon sagte.«

Ich nickte wieder. Erster Versuch. »Wie wäre es mit … fünfhundert?«

Sindar Salamanders Mitleid kannte keine Grenzen. Er blieb unerschütterlich höflich. Seine Stimme klang vielleicht eine Spur reservierter, aber höflich blieb sie.

»Monsieur, das ist eine Antiquität. Persien, spätes achtzehntes Jahrhundert. Ein historisches Stück, dessen Patina Geschichte atmet. Perfekt erhalten, wie Sie sehen. Mit hineingewebten Fäden aus *echtem* Gold. Nicht so ein orientalischer Fetzen, den man Ihnen in irgendeinem Einrichtungshaus oder anderswo andreht, aus irgendeiner obskuren indischen Werkstatt, wo man jeden Tag fünf davon anfertigt. Eine absolute Rarität. Sie ist fünftausend wert … und ich überlasse sie Ihnen für zweitausendfünfhundert. Weil Weihnachten ist.«

Er hatte sich nicht einen Millimeter bewegt. Nicht um hundert Euro. Nicht um zehn Euro. Um gar nichts.

Ich begann zu transpirieren. Das würde eine Herausforderung werden, das war mir in diesem Moment klar. Wer immer das Gerücht in die Welt gesetzt hatte, dass alle Orientalen gern handeln und feilschen – Sindar Salamander strafte ihn Lügen.

Ich könnte nicht einmal behaupten, dass es dem Herrn der kostbarsten und schönsten Decke, die je unter dem Halbmond von feinfingrigen Mädchen mit rosigem Teint gewebt und bestickt worden war, ein sonderliches Vergnügen bereitete, mich in die Enge zu treiben, bis zu jenem *Point of no return*, wo es schließlich nur noch *Take it or leave it* heißt. Ich glaubte ihm sogar, dass die Decke den von ihm angegebenen Wert hatte – das echte Gold war unübersehbar, es funkelte irisierend. Und womöglich einen Wert, der den genannten Preis noch überstieg.

Meine Strategie verfing nicht, sie schmolz dahin wie eine Schneeflocke in einem Glühweinglas. Ich hatte keinerlei Trümpfe in der Hand. Ich sagte bittend siebenhundert, flehentlich neunhundert, verzweifelt eintausend. Ich kämpfte mich unter unsäglichem Weh bis zu eintausendzweihundertfünfzig vor. Die Antwort war jedes Mal gleich: ein stets höfliches, nachsichtiges, um Verständnis werbendes Kopfschütteln. Irgendwie lief das hier ganz und gar nicht wie auf einem Basar in Isfahan oder Istanbul. Nein, ganz und gar nicht. Irgendwie lief das völlig schief.

Mit heiserer, brüchiger Stimme sagte ich schließlich: »Eintausendfünfhundert!« Mein Herz schlug so heftig, dass ich es im Hals spüren konnte.

Es war nichts zu machen.

Sindar Salamander blieb bei zweitausendfünfhundert.

Ich schob ihm meine Kreditkarte hin.

Er nahm sie. Er nahm all mein Geld. Er nahm meinen Stolz, meine Ehre, meine Würde. Zusammen mit einem dienstbaren Verkaufsgehilfen holte er die Decke von der Wand, faltete sie zusammen, schlug sie in schönes, knisterndes Papier ein, band noch eine goldene Schleife drumherum. Er reichte sie mir mit einem wehmütigen Blick, als hätte ich ihn des Schönsten beraubt, was er je besessen.

Ich sagte tief berührt: »Danke! Vielen, vielen Dank!«

Und dann geschah, was geschehen musste. Das Paket war ziemlich schwer, allein die Hunderte von kleinen Spiegeln mussten ein paar Kilos wiegen, vom schweren Stoff ganz zu schweigen. Nein, das Ding würde ich jetzt nicht nach Hause schleppen. Ich würde mir den Luxus meines bewährten Kleintransporters gönnen. Der Herr der Lasten musste wieder her. Mein treuer Freund Sebastian.

Ich zog Neureuthers Karte aus der Brieftasche, dankte meinem Engel, dass ich sie eingesteckt hatte. Ich zückte mein Mobiltelefon, rief den Titanen an. Natürlich war er in der Nähe, am Taxistand Odeonsplatz. Natürlich kam er sofort angefahren. Natürlich trug er mir die Decke nach oben in die Wohnung, er balancierte das Paket auf fünf Fingern wie ein Kellner ein Silbertablett. Diesmal rechnete er den Taxameter ab, nicht mehr und nicht weniger. Ein wahrer Freund, wie gesagt.

Ich war unendlich erleichtert. Als ich das Paket vor *Mamans* Augen öffnete und die Decke auf dem Tisch ausbreitete und all das Funkeln und Glitzern unsere bescheidene Stube erfüllte, stockte meiner Mutter der Atem. Sie strich mit beiden Händen über den schweren, mit echtem Gold durchwirkten Stoff, überwältigt von dem Wunder, das sich ihren Blicken darbot. Sie war so glücklich, dass ich für jeden einzelnen ihrer Freudenschreie und Bewunderungsrufe zweitausendfünfhundert Euro hingeblättert hätte. Ohne mit der Wimper zu zucken.

Sie ist meine Mutter … ist das denn *so* schwer zu verstehen?

14

KANNST DU MIR DAS VIELLEICHT VERRATEN?

An diesem Vormittag, während ich auf der Jagd nach der goldenen Decke war, hatten meine Eltern zusammen mit Mr Fairlie die letzten Vorbereitungen im Weihnachtssalon getroffen. Und schließlich war auch der Tisch eingedeckt, die goldene Decke prangte wie ein Himmelszelt, die Gläser funkelten, das Besteck blinkte. Es gab sogar kleine Namenskärtchen auf jedem Platz. Mama würde nichts dem Zufall überlassen … gar nichts. Der Salon sah aus, als kämen gleich die Fotografen von *Elle Decoration*. Das ganze Zimmer atmete Weihnachten.

Über die beiden Truthähne, wahre Prachtexemplare ihrer Spezies, hatte sich meine Mutter ausnahmsweise vollkommen zufrieden gezeigt. Vierundzwanzig Stunden hatten sie ein erquickendes Bad in einer Kräutermarinade genommen. Mama hatte in der Küche schon alles vorbereitet für die Füllungen und die Cranberrysauce, und machte sich sogleich an die Arbeit. Der Backofen wurde vorgeheizt, dann wurden die beiden fiedrigen Gesellen, allerdings ihres Gefieders beraubt, ins Rohr geschoben. Dort würden sie die nächsten Stunden in komfortabler Hitze zubringen, bevor sie dann goldgelb auf den Tisch getragen wurden, wo mein Vater sie fachgerecht tranchieren würde.

»Ich muss noch mal weg …«, zwitscherte Mama.

»Wohin denn, Betty? Es ist alles geschlossen«, sagte mein Vater.

»Ich gehe rasch zu Eleonore, ihr frohe Weihnachten wünschen. Sie hat ja sonst niemanden …«

»Sie hat sonst niemanden …«, sagte Papa, mit leiser Verachtung in der Stimme. Er hatte für die etwas überdrehte Freundin seiner Frau nicht sehr viel übrig, das war offensichtlich.

»Ich spiele ein bisschen Weihnachtsengel«, kündigte meine Mutter an. »Und überrasche sie … mit einem Geschenk.«

»Na, dann … viel Vergnügen. Frohe Weihnachten auch von mir«, brummte mein Vater und wandte sich wieder seiner geliebten *Frankfurter Allgemeinen Zeitung* zu. Zwei Stunden würde jetzt Ruhe sein, das war nicht zu verachten. Er würde sich in sein *Bureau* zurückziehen und gemütlich eine Zigarre rauchen.

Die Wohnungstür ging, und Mama war verschwunden. Mich überkam plötzlich eine ungeheure Müdigkeit. Jetzt, wo es nichts mehr zu tun gab, wo alles doch noch geklappt hatte, übten sich meine Nerven in der Kunst des Loslassens. Augenblicklich wurden alle meine Glieder schwer. Mama bei ihrer Freundin, Papa in seinem *Bureau* … auch ich konnte mir jetzt wohl einen erquickenden Nachmittagsschlummer erlauben. Bevor in ein paar Stunden die Gäste eintrafen …

Ich zog mich in mein Zimmer zurück, las noch ein paar Seiten in einem Buch, das mich nicht sonderlich fesselte, und überließ mich dann der Schwerkraft wirbelnder Träume, die sich meiner bemächtigten und mich ins Reich der Sorglosigkeit führten, das alle Tore weit für mich geöffnet hatte …

Wie lange ich geschlafen hatte, vermochte ich nicht zu sagen, als mich ein seltsam scharfer und keineswegs angenehmer Geruch weckte. Mein Zimmer lag nahe der Küche. Und mit einem einzigen Sprung war ich aus dem Bett und auf den Beinen …

Der Rauch war so mächtig, so durchdringend, dass bei offenem Küchenfenster sicherlich die Nachbarn die Feuerwehr alarmiert hätten. Er quoll aus dem Backofen, schob sich in Wolken durch die Küche und durch sämtliche Ritzen auch in den Flur und hüllte alles mit seinem beißenden Geruch ein. Atemberaubend, in des Wortes wahrster Bedeutung.

Mit einem Satz war ich beim Herd, hatte die Topfhandschuhe übergestreift und die Ofentür geöffnet. Vor meinen Augen zerfielen die Mumien von Echnaton und Nofretete zu Asche. Was sich meinem entsetzten

Blick darbot ... sagen wir es so: Dem Bühnenbildner eines Katastrophenfilms über einen Vulkanausbruch, der eine ganze Region in Schutt und Staub legt, hätte sich nichts Dramatischeres einfallen können. Was dort auf fatal eingestellter höchster Stufe, in Unter- und Oberhitze samt heißer Umluft fröhlich dem Heiligabend entgegengeschmort hatte, lag nun nur noch als etwas Nichtidentifizierbares auf dem großen Blech. Zwei zerfallene, verkohlte Torsi, zwei Gerippe, eines schauerlicher als das andere. Alles andere war grau, grau, grau ... ich muss zugeben, nie in meinem Leben eine so beeindruckende Palette an Grautönen gesehen zu haben.

Das war's mit *Hannah und ihren Schwestern*. Mit dem knusprigen, goldgelben Festtagstruthahn von amerikanischen Dimensionen. Unsere lieben *Turkeys* waren von uns gegangen, definitiv. Friede ihrer Asche!

Die Katastrophe war perfekt.

Die Wohnungstür ging. Meine Mutter kam hustend herein.

»Was ... was ist denn hier los?!«

Als sie die Küche betrat und mich vor dem offenen Ofenrohr sah, mit vor Rauch geröteten Augen, trat sie auf mich zu, legte einen Arm um mich und versank wie ich in den sprach- und fassungslosen Anblick des Desasters.

»Das glaube ich nicht!«, flüsterte sie. Sie war so entsetzt, dass sie glatt vergaß, gleich nach dem Schuldigen zu rufen und ihn nach Strich und Faden auszuschimpfen. Oder sich, was angemessener gewesen wäre, selbst anzuklagen.

»Was ist das?«, fragte sie.

»Hannahs Truthahn«, sagte ich.

»Und was … was … was sollen wir jetzt auftischen?« Sie schaute auf ihre Armbanduhr. »In nicht mal fünf Stunden?«

Ich zuckte mit den Schultern.

»Kannst du mir das vielleicht verraten?«, fügte sie hinzu und wandte sich kopfschüttelnd ab.

Ich streifte die Topfhandschuhe ab. Langsam, um Zeit zu gewinnen. Zeit, die ich nicht hatte. Nicht nur die Frage, die ganze Aufgabe, einen Ausweg aus dem Schlamassel zu finden, war an mich gestellt worden. Einfach so. Ich … ich … war der Schuldige. Ich hatte nicht einmal auf einen Truthahn im Backrohr achtgeben können.

Die Tür ging auf und Papa steckte den Kopf herein. Der Rauch, der durch die Wohnung zog, musste schließlich auch sein *Bureau* erreicht haben. Es war alles so offensichtlich, dass er keine weitere Frage stellte oder irgendeine Bemerkung machte, sondern nur ganz leise die Tür hinter sich schloss. Hier gab es nichts für ihn zu tun. Sein Vertrauen in seinen Erstgeborenen war grenzenlos.

Mama hatte sich an den Küchentisch gesetzt und ihr Kinn auf beide Handflächen gestützt. Die personifizier te Ratlosigkeit. Ratloser war nie eine Frau. Fassungslos schüttelte sie den Kopf. Immer wieder.

Ich riss mich von dem Anblick des verkohlten Getiers los und straffte mich. Jetzt war Krisenmanagement gefragt. Die höchste Kunst desselben, unter verschärften Bedingungen. Die Uhr lief. Unerbittlich. *Countdown to Christmas*. Es war Heiligabend, kurz vor fünfzehn Uhr. Alle Geschäfte hatten geschlossen, München fiel in seinen Weihnachtstraum. Schnee rieselte vom Himmel und überzog alles noch einmal mit Puderzucker. Es würde eine Bilderbuchweihnacht geben.

Mit belegten Broten auf Mamas Geburtstagsfest.

Nein!

Da sah ich, dass meiner Mutter Tränen über die Wangen liefen. Sie verzog nicht schmerzvoll oder dramatisch das Gesicht, sie blieb vollkommen bewegungslos. Nur die Tränen liefen. Sie machte sich nicht die Mühe, sie wegzuwischen. Es war ein so lautloses, so wehevolles Weinen, dass es mir das Herz zerriss.

»Ach, Mama ...«, sagte ich. Ich fand kein tröstendes Wort.

»Was machen wir jetzt?«, fragte sie tonlos und so leise, dass ich sie kaum verstand.

»Jetzt muss Plan B her«, sagte ich und strich ihr übers Haar.

Sie blickte mich an, mit tränenüberströmtem Blick. Bambi im Todeskampf hätte mich nicht stärker rühren können.

»Was ist denn Plan B, Buberl?«

»Keine Ahnung, Mama. Keine Ahnung. Noch nicht. Gib mir fünf … zehn Minuten. Ich muss nachdenken.«

Die Minuten tropften aus der Zeit, im Salon, unter dem Weihnachtsbaum, in dessen Nähe ich mich in den Ohrensessel gesetzt hatte, als könnte ich mir von diesem kommoden Möbelstück Hoffnung und Inspiration erwarten. Es klingelte. Bestimmt war es Francis, der Butler. Mein Blick schweifte über die festlich gedeckte Tafel, über das weißgoldene Porzellan, die Tischdekoration in Grün und Rot, über die liebevollen Platzkärtchen und die Menükarten. In wenigen Stunden würden hier vierzehn erwartungsfrohe Festgäste Platz nehmen. Francis würde das *Amuse bouche* servieren, den Wein einschenken, die Suppe auftischen. Mit weißen Handschuhen. Schließlich hätte der Truthahn seinen Auftritt gehabt, unter dem Beifall der Festgesellschaft. *Würde … hätte …* Weihnachten im Konjunktiv.

Morgen, Kinder, wird's was geben. Aber wir verraten nicht, was.

Ich schaute wieder auf den Weihnachtsbaum. Und dann fiel mein Blick plötzlich auf die kleine, bemalte Tonfigur des Münchner Kindls, die meine Eltern mal von einem Diner bei *Käfer* mitgebracht hatten und die Papa für würdig erachtet hatte, unserem Christbaum eine nostalgisch-bajuwarische Note zu verleihen. *München …*

München … Na, es wäre doch gelacht, wenn in dieser Metropole der Genüsse kein Weihnachtsmenü aufzutreiben wäre!

Augenblicklich war ich auf den Beinen. Mit wenigen Schritten im Flur, wo ich Mr Fairlie flüchtig zuwinkte. Mit dem Telefon und meinem Handy zurück im Salon. Ein Weihnachtsessen … das kann doch kein Problem sein, in einer Stadt, in der alle Restaurantküchen ständig unter Volldampf stehen! Ganz München war an diesem Abend voll mit Weihnachtsessen. Und etwas davon würde ja wohl den Weg in die Franz-Joseph-Straße finden können, in diesen Salon.

Hastig flogen meine Finger, durchscrollten die einschlägigen Webportale … *Restaurants München* … da! Oh, unendliche Listen mit Einträgen, manche sogar schön geordnet nach allen nur denkbaren Ländern und Regionen, die München mit ihren typischen Speisen bekochten. Truthahn … Truthahn … nun, ein amerikanisches Restaurant fand ich nicht. Aber das musste auch gar nicht sein. Irgendeines, das für sein Geflügel berühmt war … hier … oder da … ich verlor den Überblick.

Ach was, bayerische Küche. Das war nie verkehrt. Ich wählte die Nummer der *Goldenen Gans*.

»Restaurant *Goldene Gans*. Mein Name ist Guido Wackernagel. Was kann ich für Sie tun?«

Sie können eine Menge für mich tun, dachte ich.

»Oh … ganz viel, hoffe ich … Wir haben hier einen Notfall! Unser Truthahn hat entschieden, sich unserem

Verzehr zu entziehen und sich in Asche aufzulösen, verstehen Sie? Wir brauchen für heute Abend ein Essen für vierzehn Personen … Was können Sie denn da liefern?«

»Wir können gar nichts liefern … tut mir leid. Außerdem haben wir heute Abend eine geschlossene Gesellschaft.«

»Oh.«

»Ja. Wollen Sie vielleicht für morgen oder übermorgen reservieren?«

»Das dürfte zu spät sein … Trotzdem, vielen Dank!«

Ich will es kurz machen, sonst wird dieses Buch ein Siebenhundert-Seiten-Wälzer. Ich versuchte es mit bayerischen Restaurants, gutbürgerlicher Küche, Lieferservices – die außer Pizza, Chicken McNuggets und Chop Suey aber nichts lieferten, jedenfalls nichts, was auch nur ansatzweise für unser Weihnachtsmenü in Frage gekommen wäre –, Cateringfirmen – die kurzfristig überhaupt keine Aufträge übernahmen und normalerweise auch höchstens das so beliebte *Fingerfood* zu bieten hatten –, italienischen, spanischen, französischen, österreichischen, ungarischen, sogar jugoslawischen Restaurants – wusste gar nicht, dass es die überhaupt noch gab. Orientalische und asiatische Küche schien mir überhaupt nicht passend zu sein, doch in meiner Not fragte ich auch in solchen Gaststätten und sagte mein Sprüchlein auf, das von Mal zu Mal drängender und verzweifelter klang. Doch all mein Flehen nützte nichts, all mein Klagen blieb unerhört. Es gibt in München nun mal keinen Notdienst für verunglückte Weihnachtsessen. Das wäre mal eine Marktlücke!

Ich raufte mir die Haare. Das durfte doch alles nicht wahr sein! Ich hyperventilierte, transpirierte, lamentierte, echauffierte mich – allein, es war vergeblich. Irgendwann steckte Francis, der Butler, seinen Kopf zur Tür herein, ich wedelte nervös mit den Händen. Den konnte ich nun gar nicht gebrauchen. Wenn das so weiterging und ich nicht schnellstens eine Lösung aus dem Ärmel schüttelte, würden wir ihn nach Hause schicken können. Dann brauchte er seine weißen Handschuhe gar nicht erst anziehen, dann würde es überhaupt nichts geben, was er servieren konnte, vom Süppchen mal abgesehen. Dann war das Desaster perfekt. Am besten, ich rief schon mal in der psychiatrischen Notaufnahme an und reservierte einen Platz für Mama. Und für mich gleich einen dazu.

Doch Mr Francis Fairlie ließ sich nicht abschütteln, wegschicken oder sonst wie aus dem Blick verbannen. Er blieb unerschütterlich im Türrahmen stehen und murmelte mit seiner reservierten, etwas ausdruckslosen Stimme: »Wenn ich Ihnen behilflich sein kann, Herr Siebenschon …«

»Das ist sehr lieb von Ihnen, Mr Fairlie«, sagte ich und ließ meinen Kopf erschöpft auf den Tisch sinken. »Sehr lieb. Aber …«

»Ja?«

»Sie könnten mir einen Cognac bringen. Dort drüben aus der Bar. Oder sonst etwas Hochprozentiges. Das Hochprozentigste, was Sie finden können. Am besten etwas, das unter das Betäubungsmittelgesetz fällt.«

Er setzte sich tatsächlich in Bewegung und schenkte mir einen Drink ein, einen Doppelten oder Dreifachen, wenn ich die Menge richtig einschätzte. Der Mann ist wirklich sein Geld wert, dachte ich. Einer, der weiß, worauf es ankommt in Augenblicken höchster Not.

Er hüstelte. »Ich nehme an …«

»Ja, Sie nehmen ganz richtig an …«

»Dass Sie haben eine Problem. Wenn ich interpretiere richtig Ihre kleine Ungluck in die Kuche.«

»Sie interpretieren es sicherlich richtig … *unser kleines Ungluck*. In etwa drei Stunden trudeln die ersten Gäste ein, Sie werden die Suppe und die Vorspeise servieren und dürfen sich dann in Ihre Gemächer zurückziehen.«

»Aber warum denn …?«

»Weil Ihre Dienste nicht länger benötigt werden.«

»Das denke ich nicht, wenn Sie erlauben.«

Das denkt er nicht! Was denkt er denn? Ich hatte keine Ahnung, worauf er hinauswollte, und winkte nur müde ab.

»Lassen Sie es gut sein, Mr Fairlie. Und … danke für Ihr Mitgefühl.«

»Sie brauchen nicht meine Mitgefuhl. Wenn ich richtig sehe, brauchen Sie eine Essen für vierzehn *Guests*.«

»Das sehen Sie goldrichtig, alter Knabe.«

Er erlaubte sich ein schmales Lächeln angesichts dieser Redewendung, die ich aus unzähligen britischen Filmen kannte.

»Ich denke, damit kann ich dienen, Herr Siebenschon … Wenn Sie erlauben …«

Ich fuhr hoch. »Was meinen Sie damit … dass Sie damit *dienen* können?«, entgegnete ich. »Sie werden es wohl kaum herbeizaubern können.«

»Doch … ich denke schon, dass ich das kann.« *Hüstel, hüstel.* »Könnte … gewissermaßen.«

Ich sprang auf.

»Und was? … Und wie? … Ich meine … woher?«

»Aus unseren Beständen, sozusagen.«

»Ihren Beständen? Haben Sie zu Hause in der Tiefkühltruhe ein paar komplett zubereitete *Turkeys* liegen, die nur darauf warten, auf unsere Teller zu flattern?«

Mr Fairlies Lächeln wurde eine winzige Spur breiter.

»Nicht in meine Tiefkuhltruhe. Sondern in der unseres *Perfect Service.*«

Ich machte einen Sprung auf ihn zu, breitete meine Arme aus und besann mich im letzten Augenblick, dass dies eine zu vertrauliche Geste für einen steifen Briten wäre, selbst wenn er hier mit einem Plan B winkte, der einfach zu schön klang, um wahr zu sein. Ich starrte ihn sprachlos an.

»Doch, doch.« Mr Fairlie nickte. »Wenn Sie erlauben.«

»Hören Sie auf mit Ihrem ständigen ›Wenn Sie erlauben‹, guter Mann. Ich erlaube alles. Und was … bitte schön … liegt in Ihrer Tiefkühltruhe … pardon, in der des *Perfect Service*?«

»Funf gebratene *Turkeys*, filettiert, in eine aromatische Sauce …«

»Aromatische Sauce …«, echote ich idiotisch.

»Ja, sehr aromatisch, *indeed*. Die *Turkeys* sind ubrig von die großen Thanksgiving-Dinner der Amerikanischen Gesellschaft in *Munich*, das wir kurzlich ausgerichtet haben. Es wurde zu viel geordert, da haben wir die restlichen *Turkeys* wieder mitgenommen und eingefroren.«

Ich musste mich setzen. Das war zu viel für mich. Ich glaube nicht an solche Wundergeschichten, auch nicht zu Weihnachten.

»Ich … ich …«, stammelte ich. »Sagten Sie fünf ganze Truthähne?«

»Sagte ich, ja. Es sind … *five*.«

»Die bei Ihnen … also, ich meine … in der Tiefkühltruhe Ihrer Firma lagern … fix und fertig … servierfertig, meine ich.«

»Nein«, sagte Mr Fairlie.

Mein Herz setzte aus. Also doch: ein merkwürdiges Exempel britischen Humors.

»Nein?«, krächzte ich.

»Servierfertig sind sie nicht. Wir mussen sie schon auftauen und warm machen. Und es reichen sicherlich zwei … für Ihre Zwecke.«

»Oh mein Gott«, sagte ich erleichtert. Und dann umarmte ich Mr Fairlie doch, der mir auf den Rücken klopfte und mir den schönsten Trost meines Lebens spendete.

Ich war voller Adrenalin. Ich atmete tief ein. Ich atmete tief aus.

»Also, los … worauf warten wir noch? Schaffen Sie sie herbei, Ihre beiden *Turkeys*. Nein, warten Sie … ich fahre mit Ihnen. Helfe Ihnen tragen. Das ist ja das wohl Mindeste.«

Ich fuhr Mr Fairlie in meinem BMW in die Brienner Straße und wartete vor dem Haus des *Perfect Service* mit laufendem Motor, bis der Butler und zwei Mitarbeiter zwei riesige Töpfe mit den schon filettierten *Turkeys* nach unten brachten und im Kofferraum verstauten. Dann brausten wir zurück nach Schwabing, und wenn ich Martinshorn und Signallampe gehabt hätte – sie wären bedenkenlos zum Einsatz gekommen. Die Kurven nahm ich schnittig, so weit das im Stadtverkehr möglich war, ich beschleunigte rasant, ich bremste kurz vor den Ampeln ab. So dass Francis sich genötigt sah, mich zu warnen: »Nicht so *rush*, Mr Siebenschon … Sie gefährden die *Turkeys*!«

Also drosselte ich meinen fahrstilistischen Enthusiasmus und legte die letzten Meter auf Leopold- und Franz-Joseph-Straße in gemäßigtem Seniorentempo zurück.

»Wissen Sie was, Mr Fairlie«, sagte ich, als wir die riesigen Töpfe in die Wohnung trugen.

»Nein, Mr Siebenschon. Was denn?«

»Sie hatten schon recht mit dem Marshallplan … damals, nach dem Krieg. Immer muss man die hungrigen Deutschen aufpäppeln, daran hat sich nichts geändert, was?«

»Das waren die Amerikaner. George C. Marshall war amerikanischer Außenminister, nach dem Krieg.«

»Egal«, befand ich. »Es lebe die deutsch-britische Freundschaft!«

»Ja, sie lebe!«, sagte Mr Francis Fairlie, Außenminister des *Perfect Service, Munich, Germany*. Er lächelte mich an. Und hatte vergessen zu husten.

Ich war so froh, dass die Truthahn-Affäre zu einem glücklichen Ende gefunden hatte, dass ich mich, während ich Melodien aus *La Bohème* pfiff, ins Badezimmer begab, um mich frisch zu machen. Ich musste den Rauch- und Aschegeruch aus meinen Klamotten bekommen, und als es mir selbst durch das Aufsprühen einer halben Flasche *Eau de Toilette* – meiner Lieblingsmarke *1881* – nicht gelang, mich olfaktorisch zu optimieren, zog ich mich kurzerhand komplett um. Viel Zeit hatte ich nicht … ich musste und wollte Julie vom Hauptbahnhof abholen. In einer ganzen Reihe von Zügen hatte sie keinen Platz mehr reservieren können, aber ich hatte sie ohnehin gebeten, nicht zu früh anzureisen. Eine Stunde vor dem Festbeginn, das schien mir die richtige Zeit zu sein. Dann war alles vorbereitet und gerichtet, so oder so. Es war nur gut, dass Julie durch ihre späte Anreise von den Strapazen der Siebenschön-schen Präparationen verschont blieb.

Ich nahm ein Taxi zum Bahnhof, nicht das von Neu-reuther − obwohl es mich nicht erstaunt hätte, wenn Taxi-München unseren nun schon fast zur Familie ge-hörenden Fahrer geschickt hätte. Im Fond des Wagens, der durch die nun schon völlig stillen Straßen glitt, ent-spannte ich mich. Zum ersten Mal seit Tagen. *Es ist alles gelaufen*, dachte ich, *vielleicht nicht so, wie du es dir ausge-malt hast, aber immerhin.* Weihnachten konnte kommen.

Trotz des unwirtlichen Wetters mit Schnee und Eis stellte der ICE aus Essen einen Pünktlichkeitsrekord auf. Der Zeiger der großen Bahnhofsuhr rückte auf 18.09 Uhr vor, da kam der Zug auf dem Gleis zum Stehen. Die Türen öffneten sich, und Julie stieg gleich als Erste aus dem ersten Wagen. Ich breitete theatralisch meine Arme aus und nahm sie mit einem Kuss in Empfang. Vergrub meine Nase in ihr wunderbar duftendes Haar. Hielt sie lange fest, während all die anderen Fahrgäste mit ihren Koffern und Taschen sich an uns vorbeidrängten. Meine Güte, war ich erleichtert, Julie in den Armen zu halten!

»Oh, *mon petit trésor*«, murmelte sie. »Isch bin so froh, disch zu sehen!«

»Und ich erst … und ich erst.«

»Ich liebe disch«, sagte sie, und ich trank diese drei Wörter, die das Leben und die Welt bedeuten, wie ein Verdurstender in der Wüste Wasser, das er so lange hat entbehren müssen.

»Und ich dich …«, sagte ich. »Noch viel mehr!«

»Nein, *ich* liebe disch mehr!«

»Nein, *ich* liebe dich mehr!«

Wir lachten. Unser altes Spiel. Es war so schön, es zu spielen, immer und immer wieder. Wir wurden es nie müde.

Auf der kurzen Rückfahrt gab ich Julie atemlos einen Abriss der Geschehnisse dieses Tages. Sie seufzte mit mir, sie lachte mit mir. Es erschien ihr alles unglaublich, was ich ihr erzählte, wie eine überdrehte *Screwball-Comedy* aus dem Hollywood der Vierziger- und Fünfzigerjahre. Und ich fühlte mich ein bisschen wie Cary Grant, der abenteuerliche vierundzwanzig Stunden mit Katharine Hepburn hinter sich gebracht hatte. Sogar der Taxifahrer gluckste. Wahrscheinlich war dies für ihn die amüsanteste Fahrt des Tages.

Als der Wagen vor dem Haus hielt, drückte ich meine Frau noch einmal fest an mich. Dann zahlte ich, während Julie bereits ausstieg. Sie blickte am Haus mit seinen vielen erleuchteten Fenstern hoch, entdeckte unseren Weihnachtsbaum im Salon. Sie wandte sich um und lächelte mir zu, als ich neben sie trat.

»*Joyeux Noël, Jean*«, sagte sie.

»*Joyeux Noël, Julie*«, sagte ich. »Komm, wir gehen hinein.«

15

WIR SIND ÜBRIGENS GAR NICHT SO SCHLIMM

Wo geht's denn hier zum Schampus?«, krähte es von der Wohnungstür her. Der erste Gast war eingetroffen, um viertel nach sieben, also eine Viertelstunde vor der Zeit, und ich hätte mein kleines, überschaubares Vermögen darauf gewettet, dass nur eine Person sich so Entrée verschaffen konnte: Oma Annerose. Mamas Mama. Die war inzwischen weit über achtzig, aber geistig vitaler und körperlich beweglicher als ich, der ich in Zeitschriften-Tests mit der tückischen Überschrift »Wie alt sind Sie wirklich?« immer mit einer Zahl weit über meinem tatsächlichen Alter abschnitt. Oma steckte uns alle in die Tasche. Sie schien nicht einmal zu altern, irgendwann zwischen Sechzig und Siebzig hatte sie sich genau das Maß an Falten zugelegt, das sie für noch tolerabel ansah.

Danach war Schluss mit dem Altern. Annerose ist von unschlagbarem Wortwitz, aber sie hat auch eine Unverfrorenheit an sich, die in Leuten, denen sie zum ersten Mal begegnet, eine Art Schockstarre auslöst. Und ihren berüchtigten Kommandoton muss man zu nehmen wissen, am besten mit Humor.

Mich, den sie aus mir unerfindlichen Gründen für einen Wesensverwandten hielt, begrüßte sie ironisch: »Na, mein Junge, was macht das *Big Business*?« Sie sagte »Bik Bisiniiiss«. Ich grinste gequält, was sollte ich darauf schon sagen. Nicht, dass Oma Annerose überhaupt eine Antwort erwartet hätte, sie wollte mich nur provozieren. Sie hakte sich bei mir unter, tätschelte meinen Arm und steuerte auf den Salon zu: »Komm, wir geben uns die Kante!«

»Das tun wir, Oma.«

»*Mutter!*« Mamas Blick war die reinste Form des Vorwurfs, die man sich vorstellen konnte.

»Was denn, mein Mädchen?«, fragte Oma arglos.

»Mein Geburtstag ist doch keine Weinverkostung oder ein alkoholseliges Gelage.«

Oma warf ihr einen lauernden Blick zu. Wieder einmal war meine Mutter ihr in die Falle getappt.

»Aber doch wohl auch kein Fastenexerzitium, oder? Du wirst ja wohl ein paar Flaschen kaltgestellt haben. Oder soll dies hier etwa eine *Bottle-Party* sein? Ich hab keine Pulle mitgebracht …«

Mama winkte ab. Sie hatte keine Lust auf solche Wortwechsel mit ihrer Mutter, wie sie sie schon Hunderte Male erlebt hatte.

Oma ließ ihren Blick wohlwollend über die Bühne schweifen, auf der an diesem Abend das Erfolgsstück

Willkommen bei den Siebenschöns aufgeführt werden sollte. Weihnachtsbaum, Geschenkepyramide, Krippe – das
alles fand Gnade vor ihren prüfend blickenden Augen,
die noch immer keine Brille brauchten, um Gut und
Schlecht voneinander zu unterscheiden.

Die goldene Tischdecke allerdings entlockte ihr ein
hinterhältiges Grinsen.

»Meine Güte, Betty, erwartest du den Kalifen von
Bagdad?«

Mama nahm, wie immer, alles ernst und persönlich.
Sie griff sofort auf, was sie für einen Fehdehandschuh
hielt.

»Wieso, Mutter?«

»Na, diese Decke …« Oma griff sich ins fein ondu-
lierte Haar und rückte eine Spange zurecht.

»Was ist damit?«

»Sie sieht aus, als hätte Harun al-Raschid sie dir für
eine traumhafte Liebesnacht in seinem orientalischen
Zelt verehrt.«

»Nun … das erste Weihnachtsfest fand ja wohl im
Vorderen Orient statt, wenn ich richtig informiert bin.«
Mein Vater verstand es immer am besten, Oma den
Wind aus den Segeln zu nehmen.

»Wo du recht hast, hast du recht.« Sie tätschelte auch
ihm den Arm und blinzelte ihm verschwörerisch zu.
»Mein lieber Sultan!«

Der liebe Sultan blinzelte zurück. Eine *entente cordiale*,
die Mama immer wieder auf die Palme brachte. Um

im Bild zu bleiben. Sie hasste es, wenn sich ihre Mutter mit ihrem Mann verbündete. Das konnte nur gegen sie gerichtet sein.

Erneut klingelte es an der Wohnungstür, und diese vielversprechende Erörterung, die Oma liebend gern noch auf die Spitze getrieben hätte, wurde unterbrochen. So ließ sie sich nur von Papa zu ihrem Platz führen, wo sie ihr Abendtäschchen über die Stuhllehne hängte und sich erwartungsfroh hinsetzte: *Die Show kann beginnen. Lasst die Girls rein!*

Und die Girls kamen tatsächlich: Mamas Schwestern, Charlotte und Karin, Letztere mit ihrem Mann Bernhard im Schlepptau. Mit sichtbarem Stolz führte Mama ihre ältere Schwester, die sie seit Jahren nicht mehr gesehen hatte und mit der sie nun Versöhnung feiern wollte, an den Tisch, wo Charlotte ihre Mutter mit den in München üblichen Wangenküssen, jedoch etwas unterkühlt begrüßte. Für ihr Comeback in der Familie Siebenschön hatte meine standesbewusste Tante ein für ihr fortgeschrittenes Alter supertailliertes blaues Abendkleid gewählt, und hätte auch Mama ihr Blue-Curaçao-Kleid angezogen, hätten die beiden Schwestern hier ihren Auftritt im Twins-Look gehabt. Damit war Charlotte, wie nicht anders zu erwarten, natürlich völlig *overdressed*, schließlich war dies hier keine Opernpremiere im Nationaltheater. Sie wirkte wie eine Diva, die sich nach der umjubelten Aufführung noch für einen Augenblick bei der Premierenfeier des Ensembles blicken lässt.

Sie begrüßte alle mit ihren Wangenküssen, besonders distanziert, wie ich fand, meine Frau Julie, die sie noch gar nicht kannte. »*Ah, La Grande Nation!*«, sagte sie spitz, als ich die beiden einander vorstellte.

»Ja, wir sind eine Atommacht«, sagte Julie schlagfertig.

Ich hatte Charlotte ebenfalls lange Jahre nicht mehr gesehen, sie war nicht einmal zu meiner Hochzeit erschienen. Umso erstaunter war ich, dass ich nicht die geringste Änderung in ihrem Auftreten und in ihrem Wesen feststellen konnte. Sie hatte sich im wahrsten Sinne des Wortes konserviert, möglicherweise auch eine helfende chirurgische Hand in Anspruch genommen, die ihr zu einer Faltenlosigkeit verholfen hatte, die man gespenstisch nennen konnte. Aber ich will ihr nichts unterstellen, vielleicht hielt sie auch nur die Musik, der sie sich als exklusive Klavierlehrerin höherer Töchter hingab, unter epidermischer Spannung. Jedenfalls blickte sie mich so falten- und humorfrei an, dass ich mich am liebsten weggeduckt hätte. Wie ich es schon als Bub getan hatte, wenn sie mich in den Arm nehmen und mit ihrem Parfüm betäuben und willenlos machen wollte. Was ich stets mit quengelnder Abwehr quittiert hatte.

Mit wachsamem Adlerblick nahm Charlotte die Tischordnung ins Visier; ein befriedigtes Lächeln huschte über ihre schmalen, altrosa bemalten Lippen, als sie den ihr zugedachten Platz zwischen ihrer Mutter und ihrer Schwester Karin als adäquat qualifizierte.

Karin hingegen ist unkompliziert. Das Nesthäkchen der Rosner-Sisters. Herzensgut, apfelwangig und von einer besonders lieblichen Rundlichkeit, wie Männer sie mögen. Meine Lieblingstante … na schön, so viele Tanten habe ich ja nicht. Aber Karin ist etwas ganz Besonderes in meinem Herzen. Eine Tante zum Liebhaben, zum Knuddeln, zum Wohlfühlen. Man spürt bei ihr Lebenswärme, sie duftet immer goldig nach Vanille und Zimt. Ich nahm sie vor Tante Charlotte demonstrativ in den Arm und gab ihr ein Bussi, wie es sich für den Lieblingsneffen gehört.

Es ist offensichtlich, dass ihr hagerer Mann Bernhard ihr von Herzen zugetan, von ihren Geisteskräften jedoch … sagen wir … nicht überzeugt ist. Vielleicht schätzt er an ihr ebenfalls Vanille und Zimt, wer weiß. Doch als Feuilletonredakteur einer Regionalzeitung im Allgäu – ich wusste gar nicht, dass es so etwas gab, sonst wäre das womöglich auch etwas für mich gewesen – hält er sich für intellektuell überlegen. Immer ein bisschen besserwisserisch, jedoch gar nicht mal unsympathisch, wie er seine überragende Bildung bisweilen demonstriert, die in diesem südlichen Zipfel Deutschlands sicherlich nicht das Lebenskolorit ausmacht. Bernhard leidet darunter, dass das kulturelle Leben der Region, in welcher er lebt, sich literarisch in dem Krimihelden Kluftinger zu erschöpfen scheint. Vielleicht tue ich ihm jetzt unrecht, dem kulturellen Leben, nicht der Krimifigur. Bernhard jedenfalls empfindet das so. Kluftinger ist sein Hassobjekt. Er kann sich stundenlang über dessen Beschränktheit echauffieren.

Am gespanntesten war ich jedoch nicht auf die Onkel und Tanten, die hier sozusagen handverlesen waren, den innersten Kern von Mamas familiärer Welt darstellten. Wirklich gespannt war ich auf Max, den ich noch gar nicht kannte, den mir Mama jedoch als Dorles jüngste »Eroberung« angekündigt hatte, »endlich was Ernstes«. Und da die »Beziehung« ihrer jüngsten Tochter nun schon fast ein halbes Jahr währte und eine gewisse Festigkeit unter Beweis gestellt hatte, der junge Mann Dorle sogar seinen Eltern bereits vorgestellt hatte, war ihm die Ehre zuteilgeworden, am Geburtstagsfest seiner vermutlich künftigen Schwiegermutter teilnehmen zu dürfen. Mamas Kalkül war ebenso durchsichtig wie durchschlagend: Durch diesen Abend sollte Max in die Familie hineinwachsen, möglichst so fest, dass er keinen Ausweg mehr fand, der süßen, aber quecksilbrigen Dorle Siebenschön und ihrer Sippschaft zu entkommen.

Indes: Dorle und Max ließen auf sich warten. Vielleicht planten sie ja einen ganz besonderen Auftritt. Wer dagegen eintraf, wie immer mit großem Trara, war Robert mit seiner Familie. Und dem hechelnden, tänzelnden, alle Anwesenden freudig bespringenden und beschnüffelnden Bruno, der von Mama, die den Hund nicht ausstehen konnte – weil er sie nervöser machte, als sie ohnehin schon war –, kurzerhand in einen Raum im hinteren Teil der Wohnung weggesperrt wurde, wo er sich jaulend über sein Schicksal beschwerte. Es war sozusagen strategisch unerlässlich, ihn so weit wie möglich vom Weihnachtsbaum entfernt zu platzieren.

Jovial wie eh und je, allen großspurig zugetan, leicht dröhnend bahnte Robert sich den Weg der Begrüßung durch die bereits Anwesenden. Mir hieb er derart robust auf die Schulter – »Na, großer Bruder, was machen deine kleinen Elfen?« –, dass sich mir der Schmerz in die Knochen grub; er kniff mir sogar in die Wange und tätschelte sie dann wie ein Mafiaboss. *Der Pate von Traunstein. Man muss ihn mögen, sonst ist man verloren.*

Richtig erfreut war ich, Tina wiederzusehen. Roberts Frau Christina, die in Traunstein ein kleines Programmkino betrieb, mit dem sie eine Auszeichnung des bayerischen Kultusministeriums nach der anderen einheimste. Ihr geschätzter Zigarettenkonsum bewegte sich um zwei Schachteln täglich, und er hatte ihrer Stimme eine aufregende Rauheit gegeben, die ihre Wirkung auf keinen Mann verfehlte. Kaum geringer war ihr Filmkonsum, sie kannte jeden halbwegs ernst zu nehmenden Film jedes halbwegs ernst zu nehmenden Landes. Ihr cineastisches Wissen war legendär. Doch wer erwartete, eine kleine, verhärmte Filmvorführerin von ausgezehrter Statur und mit verkniffenem Lippenpaar anzutreffen, wurde beim Anblick Christinas rasch eines Besseren und Erfreulicheren belehrt. Sie ist das, was alte

weiße Männer eine Klassefrau nennen – blond, kur-
vig, aufregend, irgendwo zwischen Cate Blanchett und
Margot Robbie. Sie passt perfekt zu Robert, den ich
um sie beneidete, denn mein jüngerer Bruder hatte vor
mir geheiratet, als ich noch »auf der Suche« war. Ich war
unglaublich lange auf der Suche, ein erotischer Spät-
zünder, während Robert gleich nach dem Abitur auf
Christina traf, sie an sich zog und mit ihr augenblicklich
und für immer verschmolz. Ein Powerpaar eben, dessen
Power nur noch von ihren beiden Sprösslingen übertroffen wurde, den inzwischen achtjährigen Zwillingen
die Tina – natürlich nach einem Film – Jules und Jim
genannt hatte.

Deren erste Wortmeldung war, unisono ausgesprochen: »Wann ist Bescherung?« Diesen Satz sollten wir
im Laufe des Abends in schöner Regelmäßigkeit hören,
allerdings mit immer dramatischer werdendem Crescendo. Jules und Jim waren die einzigen Kinder auf
diesem Fest. Die Siebenschöns waren in meiner Generation keine sonderlich fruchtbare Sippe, sie ließen
sich Zeit. Ich war längst »überfällig« und wurde damit
entsprechend genervt – Julie hingegen ließ man diesbe-
züglich in Ruhe, beziehungsweise man unterließ es, sie
mit solchen dynastischen Erwartungen zu konfrontie-
ren –, von Laura, der umtriebigen Kosmopolitin, erwartete niemand ein Kind, und Dorle musste erst mal einen
Mann finden, der sie wert war, davon waren alle überzeugt. Und überzeugt war ich davon, dass der nichtsah-

nende Max noch an diesem Abend einige Anspielungen zu hören und entsprechende Seitenhiebe abbekommen würde, und ich hoffte für ihn, er würde sie kalt lächelnd parieren. Meine Mutter jedenfalls schien ihn vom ersten Augenblick in ihr Herz geschlossen zu haben – sie hatte ihn, wie sie mir erzählte, mit dem Satz begrüßt: »Herzlich willkommen bei uns – wir sind übrigens gar nicht so schlimm, wie Dorle Ihnen erzählt hat.«

Als Francis, der Butler, seinen Auftritt hatte, wurde ihm heftiger Applaus zuteil. Das war mal eine Überraschung! Mama glühte vor Stolz.

»Junge, Junge, das ist ja'n Ding«, sagte mein Bruder, und mir war nicht klar, wen er mit »Junge, Junge« meinte. »Mama, wir fühlen uns alle mächtig aufgewertet«, dröhnte er und lachte, als habe er einen Witz gemacht.

Die Runde lachte höflich mit, also kaum. Und … ja … Francis servierte mit weißen Handschuhen, er trug sie so selbstverständlich, als habe man sie ihm bereits kurz nach der Geburt übergestreift. Er schenkte Champagner aus, kredenzte weihnachtliches Gebäck, von dem kaum jemand nahm, weil alle schon seit Wochen übersättigt waren von dem süßen Zeug. Trotzdem, es gehörte dazu, zum Aufwärmritual von Weihnachten. Also knabberte Oma mit ihren Dritten pflichtschuldig an einem der vom Zuckerguss verschonten Zimtsterne, Charlotte mit ihren Mausezähnchen an einem Vanillekipferl, dessen auf das Backwerk noch einmal neu aufgetragener Puderzucker so ausgelassen auf ihr mitternachtsblaues Kleid stäubte, dass sie den halben Abend mit säubernden Handbewegungen beschäftigt war.

Weihnachtsbaum, Geschenkepyramide und Krippe erfuhren von allen Gästen Anerkennung und Respekt. Jules und Jim hatten es sich auf dem riesigen Sofa bequem gemacht, wo sie sich in die Abenteuer vertieften, die ihnen ihre Smartphones boten. Wahrscheinlich mit Spongebob oder wie diese Schwämme heißen.

Dorle und Max, die schließlich wie frisch Verliebte hereinrauschten, senkten das Durchschnittsalter der Veranstaltung drastisch. Sie sorgten schon optisch für Aufhellung und Verjüngung. Max trug über einem blütenweißen Leinenhemd einen Trachtenjanker, der ihm verflucht gut stand; Dorle sah mit ihrem entzückenden, eng anliegenden cremeweißen Ensemble mit Pelzbesatz aus wie eine russische Eisprinzessin. Die von der Kälte draußen geröteten Wangen gaben ihr das Aussehen einer Zuckerfee. Sie setzte sich neben ihren Freund, ergriff dessen Hand, die sie nun kaum mehr loslassen sollte, und strich ihm immer wieder vorwitzig in die Stirn fallende Haare zurück. Ihre immensen gegenseitigen körperlichen Anziehungskräfte waren den ganzen Abend über spürbar.

Na schön, die Rollen der jugendlichen Liebhaber waren besetzt. Jeder hatte seinen Platz gefunden. Bis auf Laura. Wir wussten, dass ihr Flieger, mit dem sie aus

Acapulco angeflogen kam, wo sie ein unvermeidliches Fotoshooting gehabt hatte, erst gegen achtzehn Uhr auf dem Münchner Flughafen landete. Und sicherlich hatte sie Verspätung. Laura hatte immer Verspätung, traf stets abgehetzt ein, das gehörte zu ihrem Lebensstil. Ein Model halt.

16

SCHAU MAL,
ER MEINT ES DOCH NUR GUT

Nun wollen wir aber mal was richtig Weihnachtliches süffeln.« Robert blickte mit leichter Verachtung auf den vor ihm stehenden Champagner, obwohl er bereits drei Gläser davon intus hatte. »Gibt's Punsch?«, fragte er in die Runde.

Mama schüttelte indigniert den Kopf.

»Na, dann darf ich euch wohl mit meiner neuesten Kreation überraschen. Ja?« Er wartete die Antwort auf sein Angebot nicht ab, stürzte in den Flur und kam mit zwei Sechser-Packs seiner Limonade zurück in den Salon.

»*Voilà* … Robert Siebenschöns Beitrag zum gelungenen Fest. Francis … bitte neue Gläser!«

Francis hüstelte vernehmlich, folgte aber der Aufforderung. Er hatte schon mitbekommen, dass man Roberts Zumutungen am besten eiligst nachkam. Er holte vierzehn Saftgläser aus dem Vertiko und stellte vor jeden Gast eines hin. Robert verteilte die Flaschen seiner neuesten Limonade, und jeder öffnete sie und goss sich ein. *Bayerischer Weihnachtsapfel* stand auf der Flasche. *Mit feinen*

Wintergewürzen. 100 % Frucht ohne Zuckerzusatz. Und dann, kleingedruckt: *Bayerischer Weihnachtsapfel wird nach hauseigener Rezeptur aus Apfel-Direktsaft und Orangensaft zubereitet. Fein abgestimmt mit Auszügen von winterlichen Gewürzen und angereichert mit Vitamin C ist dieser Saft sowohl kalt als auch heiß ein Genuss. Ideal für die Winterzeit!*

»Na dann … Prost!«, trompetete Robert, der stehengeblieben war, als wollte er eine Ansprache halten. Die Gäste prosteten ihm zu, nahmen einen mehr oder weniger couragierten Schluck – Charlotte nippte nur leicht – und erwarteten die ihnen in Aussicht gestellte weihnachtliche Geschmacksexplosion.

»Na, Leute? … Na?«, rief Robert. »Ist das was?«

Papa verzog säuerlich das Gesicht. Er stöhnte leise, fast unhörbar. Vielleicht stöhnte auch nur sein Magen.

Mama wiegte den Kopf, als wollte sie sagen: *Der Junge gibt sich immer so viel Mühe, das muss man honorieren.*

Oma kippte das Glas in einem Zug hinunter. »Oh, mein Gott!«, entfuhr es ihr.

Bernhard ächzte unverständlich. Er bemühte sich, es noch irgendwie anerkennend klingen zu lassen.

Karin, die die sich anbahnende kollektive Ablehnung mit untrüglich weiblichem Gespür ahnte, versuchte gegenzusteuern: »Das schmeckt doch ziemlich klasse … so weihnachtlich.«

»Ja, klasse, nicht wahr?«, heischte Robert Lob von der Runde. Er wandte sich mir zu. »Und … Hansi, Bruderherz … wie schmeckt's dir?«

Ich hasste es, wenn er mich Hansi nannte. Oder Johnnie. Oder Hannes. Oder was ihm sonst an Verniedlichungen meines hübschen Vornamens einfiel.

Ich räusperte mich francisartig. Das Gesöff schmeckte tatsächlich weihnachtsmarktähnlich. Irgendwie, als sei dem Glühwein der Alkohol abhandengekommen. Ja, *Bayerischer Weihnachtsapfel* schmeckte wie kalter, abgestandener Glühwein aus einem halbverfaulten Holzfass. Oder genauer: wie der vor sich hin müffelnde Socken des Weihnachtsmanns. Das Zimtgewürz war besonders durchdringend. Ich bin immer skeptisch, wenn ich auf Verpackungen der Lebensmittelindustrie den wenig verheißungsvollen Satz *Kalt & heiß ein Genuss* lese. Meistens schmeckt es dann kalt ganz grauenhaft.

»Tja … Bobbie … was soll ich sagen? Superb!« Ich würde ihm Hansis Show liefern, wenn er sie unbedingt wollte. Und verfiel flugs in den verträumten Tonfall eines Weinverkosters. »Volles Apfelaroma mit rauchiger Note. Im Körper von seraphischer Süße.« Ich nickte anerkennend. »Und zugleich fruchtiger Säure. Mit glockenhellem, leicht orangigem Abgang.« Ich rülpste vernehmlich, denn der *Weihnachtsapfel* hatte – ziemlich unbayerisch, wie ich fand – ganz schön Kohlensäure getankt.

Alle lachten.

Robert beschloss, die Parodie kurzerhand als Kompliment zu werten. Er lachte sein gutturales, gutmütiges Lachen. Aber er hatte alle Signale missverstanden und beging den unverzeihlichen Fehler, auch Charlotte, die bislang beharrlich geschwiegen hatte, um ihr Urteil zu bitten: »Und du, liebes Tantchen … wie mundet's dir?«

Riskant, riskant. Denn das liebe Tantchen war ja nicht gerade für Rücksicht und Reserviertheit bekannt, eher für gnadenlose Urteile, die sie für einen besonderen Ausweis ihrer Ehrlichkeit hielt.

»Also wirklich«, hub sie an. »Robert, ich muss schon sagen …«

»Ja, Tantchen?« In das Gesicht meines Bruders trat ein Anflug völlig ungerechtfertigter Erwartungsfreude.

»… einfach grauenhaft!«

Roberts Gesichtszüge entgleisten langsam wie ein Regionalzug zwischen Traunstein und Wasserburg. Sozusagen in Zeitlupe. Und crashten schließlich in völligem Unverständnis. Hatte er sich verhört? Hatte sie wirklich gerade »grauenhaft!« gesagt?

»Also wirklich«, wiederholte er die Eingangsworte des lieben Tantchens. »Charlotte, ich muss schon sagen …«

»Ja, wirklich, Charlotte«, sekundierte Mama. »Das kannst du nicht ernst meinen.«

»Kann ich nicht? Kann ich nicht?«, echauffierte sich die Angesprochene, die gewohnt war, jeglichen Widerspruch ihrer jüngeren Schwester im Keim zu ersticken.

»Nein!«, sagte Mama bestimmt. »Robert hat sich wirklich Mühe gegeben mit seinem *Weihnachtsapfel*. Das musst du doch auch einfach mal anerkennen.«

»Muss ich?«, ätzte Charlotte. »Warum denn? Dieses Gesöff ist ungenießbar. *Un-ge-nieß-bar*, sage ich. Weihnachtsapfel … dass ich nicht lache! Brackwasser mit Apfelgeschmack.«

Mama holte scharf Luft. Doch das Bedürfnis, ihren Sohn vor den ungerechtfertigten Angriffen seiner Tante in Schutz zu nehmen, musste vor dem wohl etwas stärkeren Wunsch, den fragilen Weihnachtsversöhnungsfrieden zu halten, kapitulieren.

»Ich bin wenigstens ehrlich«, schloss Charlotte. »Ich sage nun mal, wie es ist.«

Dann versuchte Mama, die inzwischen ziemlich aufgeheizte Situation mit einer Beschwichtigung zu entspannen.

»Lass es gut sein, Lotte. Schau mal, Robert meint es doch nur gut …«

»Nenn mich nicht Lotte! Nenn mich nicht Lotte!«

Wie so oft schlug Papa eine Bresche in die sich abzeichnende Eskalation. Der große Versöhner befand kurz und bündig: »Beruhigt euch, Kinder. Sagen wir es so … es ist ein Anfang. Durchaus vielversprechend. Eine kleine Korrektur der Rezeptur hier und da … und daraus wird der Weihnachtshit von Oberbayern!«

Den dankbaren Blick, den Robert seinem Vater zuwarf, werde ich nie vergessen. Er dröhnte: »Genau! Wir verkaufen das Zeug hektoliterweise. Es ist der Renner der Saison. Fünfundzwanzig Prozent Rendite, wo gibt's das noch?«

»Du hättest bei diesem *Zeug* nicht an edlen und feinen Gewürzen sparen sollen. Wer ist dein Kellermeister? Frankenstein?«, giftete Charlotte weiter.

»Was verstehst du schon davon?«

»Ich bin nur eine Konsumentin, lieber Robert. Wie wir alle. Aber mir kannst du das nicht andrehen. Mir nicht!«

Charlotte verzog ihren altjüngferlichen Mund, als habe man ihr einen Schwamm mit Essig gereicht.

»Unglaublich!«, krächzte Robert. Und dann leiser, wie nur zu sich selbst: »Perlen vor die Säue!«

Innerhalb einer halben Sekunde war die überaus hellhörige Charlotte auf hundertachtzig.

»Wie bitte? Du nennst mich eine Sau?«

»Aber … Lotte … Charlotte … ich bitte dich. Niemand hat dich eine Sau genannt«, versuchte Mama zu beschwichtigen.

Oma Annerose goss munter Öl ins Feuer.

»Doch! Hat er! So habe ich's auch verstanden!«

»Da hörst du's, meine Liebe. Mutter ist mit mir einer Meinung.«

Das wiederum wollte Oma nicht so einfach hinnehmen. Sie machte eine abfällige Handbewegung, als wollte sie eine lästige Fliege verscheuchen. Sie war *nie* mit Charlotte einer Meinung. Ihr gefiel nur die Neuauflage der alten Konkurrenz zwischen ihren beiden ältesten Töchtern. Sie rieb sich sogar die Hände. »Nun wird's lustig. Endlich mal wieder Zoff in dieser alten Bude.«

Onkel Bernhard, der bislang geschwiegen hatte, grinste sardonisch. »Bei uns im Allgäu wird das nicht funktionieren mit deinem *Winterapfel.*«

»*Weihnachtsapfel*«, korrigierte ihn Robert. »*Bayerischer Weihnachtsapfel.*« Er begann mir leid zu tun.

»Ja, eben … bayerisch! Was für's entbehrungsgewohnte Bergvolk.«

Karin stieß ihren Mann in die Seite. Verärgert zischte sie ihm zu: »Halt bloß die Klappe … jetzt!«

»Schon gut, schon gut«, gab Bernhard klein bei. Dann grummelte er, nur für mich hörbar: »Der Kluftinger wird das Gesöff lieben.«

»Wie? Das war's schon?«, fragte Oma.

»Ist jetzt eeendlich Bescherung?«, fragten die Zwillinge.

Man muss Papa zugutehalten, dass er ein vorzügliches Gespür für Timing bewies. Bevor die Dinge hier völlig aus dem Ruder liefen und der große Siebenschön-Weihnachtsapfel-Krieg ausbrach, von dem noch Generationen sprechen sollten, erhob er sich, klopfte an sein Glas und bat um Ruhe.

»Liebe Gäste«, begann er, »lassen wir den *Weihnachtsapfel* doch einfach noch ein bisschen reifen. Wir sind ja hier nicht auf einer Verkostung in Roberts Kellerei. Sondern auf Elisabeths großem Geburtstag. Und da möchte ich doch ein paar Worte zu diesem festlichen Anlass unseres Zusammentreffens verlieren.« Er räusperte sich. »Francis, wenn Sie so gut sein und jetzt allen Wein einschenken wollen. Wir wollen auf unsere Betty anstoßen.«

Als Francis mit zwei Weinflaschen herumging und jeden fragte, ob er *White Wine* oder *Red Wine* wollte, legte sich andächtiges Schweigen über die Runde. *Waffenstillstand*, dachte ich und blickte Papa bewundernd an. Er hatte genau den richtigen Zeitpunkt für seine »Laudatio« gewählt.

Als alle Wein in ihren Gläsern hatten – und die Zwillinge Apfelschorle –, hob mein Vater sein Glas und räusperte sich. Und dann sprach er frei.

Er wandte sich seiner Frau zu. »Liebe Betty! Dies ist ja, wie du weißt, nicht meine erste Rede, die ich dir zu Ehren halte. Ich erinnere mich zum Beispiel an eine Tischrede voller Herzklopfen auf unserer Hochzeit und an eine zu deinem fünfzigsten Geburtstag, der mir so nah vor Augen steht, als sei er jüngst erst gewesen. Zu deinem Sechzigsten sind wir beide nach Wien geflüchtet, da gab's keine Reden, sondern nur Küsse.«

»Hoho!«, riefen Robert und Bernhard gleichzeitig. Ja, hier wurden Maßstäbe gesetzt.

»Und dabei ist es heute nicht einmal ein runder Geburtstag. Aber gleichwohl ein ganz besonderer. Denn es ist dir gelungen, zu diesem Weihnachtsabend und Geburtstag die ganze Familie um unseren Tisch zu versammeln. Und letztendlich ist es auch egal, welche Zahl auf der Torte steht … oh, ich erfahre gerade, wir haben gar keine Torte … wie auch immer … oder auf den

Glückwunschkarten. Aber dies ist doch ein Geburtstag, an dem du erlebst, dass alle unsere Kinder erwachsen und wohlgeraten geworden sind, dass unser Nest bald leer sein wird, bis auf den alten Zausel an deiner Seite, der von dir nicht lassen mag, ganz gleich, welche Zahlen noch auf ihn zukommen mögen.

Also, du jung gebliebene Frau mittleren Alters in den besten Jahren – jetzt bist du endlich wieder frei. So frei, wie eine Familienbeglückerin eben sein kann. Jetzt kannst du all deine Energie auf mich richten ...«

»Kann's kaum erwarten!«, trompetete Robert dazwischen.

»Ich auch nicht«, sagte Papa und fuhr fort: »Aber noch besser: auf dich selbst. Wenn du das überhaupt schaffst!«

Mama schenkte ihrem Liebsten ein wehmütiges Lächeln.

»Jedenfalls möchte ich dir an diesem Abend danken. Für das schöne Leben, das ich an deiner Seite habe. Für die hohe Telefonrechnung, mittels derer du alle deine und meine Lieben beisammenhältst. Für die Überraschungen, die ich Tag für Tag mit dir erleben darf. – Es mag Menschen geben, deren Leben langweilig ist. Elisabeth Siebenschön gehört jedenfalls nicht zu ihnen. Es mag auch Menschen geben, *mit* denen das Leben langweilig ist. Auch da gehört Betty gewiss nicht dazu. Glücklicherweise hat sie einen sehr geduldigen Mann an ihrer Seite. Und glücklicherweise scheint sie das auch zu schätzen. Meistens jedenfalls. Ich bin sicherlich nicht der Mann, der dir, Betty, die Sterne vom Himmel geholt hat – hab's dir aber auch nicht versprochen! Doch wir sind oft beisammengelegen und haben in den Sternenhimmel geschaut und unzählige Sternschnuppen haben unzählige Wünsche von uns aufgenommen. Und was uns beide betrifft, meine Liebste – sie sind alle in Erfüllung gegangen. Du hast sie alle erfüllt. Meine Güte – was für ein Glück! Was für ein Geschenk!

Das ist heute also ein besonderer Tag. Ein Tag, vom Glück zu erzählen. Ein Tag, für das Glück dankbar zu sein, das diese Frau, meine Frau, in die Welt – und auch in meine Welt – gebracht hat. Wie oft hast du darauf hingewiesen, dass dein Geburtstag mit dem der Kaiserin Elisabeth zusammenfällt. 24. Dezember, schon ein ungewöhnlicher Tag! Ein Glückstag für alle Menschen, seit ältesten Zeiten, und besonders für uns, für mich.

Ich weiß, dass eines deiner Lieblingslieder ›Willst du dein Herz mir schenken‹ ist. Mein Herz hast du schon lange, über vierzig Jahre. Du hast es immer gehütet, mit Bedacht und mit Zärtlichkeit. Ich habe dir zu selten dafür gedankt, wenn ich den Dank auch oft empfunden habe. Darum schenke ich dir mein Herz heute Abend noch einmal. Es soll sich an deines schmiegen und das Glück für immer finden.

Ich liebe dich, Betty … Ja, fürwahr … Und wenn du nur einen Funken Verstand hast, dann nimm sie, meine Liebe, und fliege mit ihr davon. Denn ihre Flügel tragen weit.«

Mama hatte die ganze Zeit ihren Mann angeschaut, mit weit geöffneten Augen, als könne sie nicht glauben, was er ihr sagte. Tränen glitzerten in ihren Augen.

»Danke, Fritz«, hauchte sie. Dann stand sie auf, nahm ihren Fritz in die Arme und drückte ihm einen Kuss auf den Mund. Was ungestümen Applaus der Tafelrunde provozierte. Bevor jedoch auch meinen Vater die Rührung übermannte, ergriff er sein Glas zu einem Toast.

»Auf unsere Betty! Sie lebe hoch! … Hoch! … Hoch!«

Bei jedem »Hoch!« wurden die Gläser gehoben, und der Enthusiasmus jedes Einzelnen ließ sich exakt an der Höhe seines Glashebens ablesen. Oma stieß mit ihrem Glas so hoch, wie es nur ging, als müsste sie sich im Klassenzimmer zu Wort melden. »Hurra!«, rief sie sogar. Auch Karin und Julie, aber auch Robert, Tina und meine Wenigkeit hoben die Gläser mit fröhlichem Schwung. Während Bernhard und auch Dorle und Max es wohl ein bisschen peinlich fanden, hier allzu offensichtliches Pathos zu zeigen. Am unteren Ende der Skala bewegte sich, wie nicht anders zu erwarten, Charlotte, die ihr Glas allenfalls fünf, zehn Zentimeter hochhob, gerade so, dass man nicht denken musste, sie verweigerte sich völlig der Gratulation.

»Und nun«, schloss mein Vater, »ist die Zeit gekommen, vom Genuss meiner frugalen Rede endlich zu kulinarischen Genüssen zu kommen, die Betty uns heute zugedacht hat und die … wie soll ich es sagen? … einem

wahren Weihnachtswunder gleichkommen. Francis …
Sie dürfen auftragen!«

Der Applaus war warm und lebhaft. Mamas Wangen glühten vor Rührung und Begeisterung. Sie schenkte ihrem Mann ein strahlendes Lächeln. Ja, wenn es darauf ankam, fand Friedrich Siebenschön immer noch die richtigen Worte. Auch ich war ziemlich angetan von seiner Rede, seiner »Laudatio«.

Dann schellte es an der Wohnungstür. Mama atmete hörbar auf.

17

HM ... KÖSTLICH, NICHT WAHR?

Schon ihr Klingeln war hell, glöckchenhaft, zimbelig. Laura kündigte sich so an, wie sie war: eine bezaubernde Fee, die einen mit ihrer Gegenwart entzückte und alles Bedrückende wirbelwindgleich hinwegzuwischen pflegte.

»Da bin ich ... Ach, ihr Lieben!«, rief sie in der Tür des Salons und stürzte nacheinander auf jeden Einzelnen zu, um ihn zu umarmen und abzuküssen, als sei sie fleischgewordener Kir Royal.

Sie war allein gekommen, wie erwartet. Kein Jonathan, Jonas und Jean-Luc in diesem Jahr. Auch kein Jörn, dieses nordische Muskelpaket, das sie mehrere Male im Schlepptau mit sich geführt und das eine gewisse modische Auffälligkeit an den Tag gelegt hatte, wodurch er sich unauslöschlich in unser Gedächtnis eingegraben hatte. Vor allem in das meines Vaters, der sich stets mit Eleganz und Stil zu kleiden weiß und auf jegliche übertriebene Nonkonformität mit Stirnrunzeln und Befremden reagiert. Nicht, dass er etwas moniert hätte, doch auch ihm war aufgefallen, dass die schreiend bunten Hemden, die Jörn trug, wohl zu den wenigen Klamotten gehörten, die er sich in Eigenregie gekauft hatte. Als Lauras Freund sich mal verabschiedet hatte und die Wohnungstür hinter ihm ins Schloss gefallen war, murmelte mein Vater bloß: »Das Hemd hat in Tierversuchen schon drei Affen blind gemacht.«

»Wem sagst du das«, hatte Laura geseufzt. »Glaubst du, er hätte bislang auch nur eines der Polohemden angezogen, die ich ihm gekauft habe?«

»Du hast deine Männer einfach nicht im Griff«, ironisierte Papa Lauras offenkundiges Unvermögen, Jörns modische Vorlieben zu ändern. Seine Tochter zuckte nur mit den Schultern. Sie hielt sich nie lange mit Dingen auf, die sie nicht zu ändern vermochte.

»Oh, du bist es schon wieder«, sagte Laura mit gespielt-betonter Gleichgültigkeit, bevor sie die Arme ausstreckte und mich an sich zog.

Schon wieder? Ich hatte sie ein Jahr nicht mehr gesehen, das heißt, ich meine: angezogen, auf Plakaten war sie mir natürlich begegnet. Wie auch immer, ich schenkte ihr ein müdes Lächeln, umarmte sie jedoch gern. Sie roch gut, sie fühlte sich gut an, und ihre Begrüßungsküsschen waren eine Delikatesse. So auch heute. Wäre ich nicht ihr Bruder, würde ich mich prompt in sie verlieben. Immer wieder. Die Chemie stimmt einfach zwischen uns, wohlgemerkt, seit ihrem achtzehnten Lebensjahr, als sie endlich ihre rosaroten Mädchenallüren abgelegt und für einen älteren Bruder ernst zu nehmender geworden war.

»Hallo, mein Sternchen!«, sagte ich.

»*Sternschen!*«, imitierte Julie mich, als sei sie eifersüchtig auf diese liebkosende Begrüßung. Alle lachten. Mit Julie legte Laura dann eine kabarettreife französische Begrüßungsarie hin, mit der sie deren mokante Ironie konterkarierte.

»Das Beste hast du leider verpasst«, sagte meine Frau.

»Oh … ja? Was denn?«

»Papas Laudatio«, sagte ich. »Sie war umwerfend.«

Beifälliges Nicken der gesamten Tafelrunde.

»Wie schade!«, sagte Laura. »Paps … kannst du mir verzeihen?«

Mein Vater lächelte begütigend. »Schon gut, meine Kleine. Wir stellen die Rede nachher ins Internet.« Die jüngere Generation verstand die Anspielung. Max prustete und drückte Dorle an sich.

Mama hob ihr Champagnerglas, prostete jedem ihrer Gäste zu und hieß alle noch einmal willkommen. Laura bedachte sie mit einem besonders warmen Blick. Dann trug Francis ein erstes *Amuse gueule* auf, Tiroler Schinken mit Hausbrot und Butter. Der Butler sollte sich diesen Abend als Mamas Glücksgriff herausstellen, er hatte wirklich alles perfekt im Griff. *Perfect Service*, eben. In jeglicher Hinsicht.

Mit Laura war die Gesellschaft komplett. Mamas Drehbuch sah vor, im ersten Akt dieses denkwürdigen Abends zunächst Geburtstag zu feiern, mit einem festlichen Mahl, sodann zu Weihnachten überzugehen, mit der üblichen Dramaturgie des Vortrags der Geburtsgeschichte Jesu, des Singens von Weihnachtsliedern und der großen Bescherung. Allein das Auspacken der Geschenke würde kaum weniger als eine Stunde in Anspruch nehmen. Wobei ausgemacht war, dass nicht alle Gäste sich gegenseitig beschenkten, sondern nur Mama beschenkt wurde und meine Eltern ihren Gästen Gaben zudachten. So blieb das Ganze doch übersichtlich.

Also wurde zuerst diniert. Francis servierte die Geflügelconsommé, die wirklich exquisit gelungen war. Als Vorspeise gab es Entenconfit mit einem weihnachtlichen Dialog zweierlei Kompotts: winterlich gewürzter Pflaume und vanillig-zimtiger Orange. Rede und Gegenrede dieses Dialogs der Früchte waren hinreißend.

Und dann stand ursprünglich der Truthahn auf dem Menüplan, goldbraun aus dem Ofen, dem Film *Hannah und ihre Schwestern* würdig, mit den klassischen Beilagen. Da aber der Truthahn sich sozusagen bereits ins Jenseits verabschiedet hatte, ohne noch den Weg durch menschliches Gedärm zu nehmen, Papa also auf das Vergnügen verzichten musste, das Flügeltier mit großen Messern zu tranchieren und vorzulegen, kam er in riesigen Kasserollen, jedoch schon in Stücken auf den Tisch.

Ich muss gestehen, dass ich eine gewisse Restskepsis nicht unterdrücken konnte. Waren Engländer überhaupt in der Lage, genießbares Fleisch auf die Tafel zu bringen? Etwas, das nicht zerkocht und restlos geschmacksfrei gegart worden war? Schließlich ist der Festtags-Truthahn ein Geschöpf unserer amerikanischen Verbündeten, keine kulinarische Errungenschaft des *Empire*. Doch, ich muss zugeben, in Anbetracht des überstandenen Desasters im heimischen Backrohr waren die Ersatz-*Turkeys*, die Francis aus den Beständen des *Perfect Service* herbeigeschafft und aufgewärmt hatte, gar nicht mal schlecht. Das Fleisch war butterweich, zerging, wie man so schön sagt, auf der Zunge, und schmeckte angenehm bratig. Kein schlaffer, blasser Thommie, sondern ein durchaus aromatischer Vertreter seiner Zunft.

»Hm … hm …«, machte Mama in regelmäßigen Abständen. »Köstlich, nicht wahr?«

Beifälliges Nicken, Grunzen, Brummen, Seufzen.

»Hm … hm …«

»*Yummie, yummie*«, sagte Dorle respektlos und schob ihrem Max ein Stück nach dem anderen in den Mund. Ich fand's ziemlich erotisch, muss ich sagen, wie sie ihn so fütterte, und fühlte mich ermutigt, es ihr gleichzutun. Julie starrte erstaunt auf die Gabel mit dem besonders saftigen Stück, die ich vor ihren Mund führte, verdrehte gespielt-entnervt die Augen, nahm brav den Happen, den ich ihr darbot, und schmatzte übertrieben.

»Göttlisch, *mon p'tit chou*«, sagte sie mit ihrem süßen Akzent, der manchmal auch nur gespielt war, schließlich sprach sie Deutsch ziemlich akzentfrei und beherrschte – wenn sie wollte – durchaus auch das teutonisch-rachenfreundliche *ch*.

Völlig aus dem kulinarischen Häuschen gebärdete sich Karin. »Also, das ist … das ist … hinreißend. Du *musst* mir das Rezept geben, Betty.«

»Sicherlich hat sie's aus der *Brigitte. Das große Weihnachtsmenü*«, kam es von links.

»Ach, Charlotte, jetzt halt mal die Luft an. Diese Gans ist vorzüglich.«

»Es ist Truthahn, Mutter.«

»Wie auch immer. Hör nicht auf sie, Betty. Schmeckt ganz wunderbar!«

Mama blickte ihre Mutter dankbar an. Vermutlich hatte sie bereits vergessen oder verdrängt, dass der Truthahn nicht ihrem Backrohr entsprungen war, sondern dem des *Perfect Service*. Wie sollte sie das Lob ihrer Mutter auch anders als auf ihre Kochkünste beziehen?

»Es ist thooolll, Mami«, rief Laura. »Wirklich thooolll!«, sagte auch Dorle. Max sagte nichts, er kaute nur, nickte und verdrehte begeistert die Augen. Liebe geht durch den Magen, das bewahrheitete sich hier wieder einmal aufs Vortrefflichste.

»Mir ist schlecht«, jammerte Jules. Oder Jim.

Doch nicht einmal Tina schenkte dem Jammern ihres Sprösslings Beachtung.

»Geh und spiel etwas mit Bruno«, sagte sie nur. Und Jules – oder Jim – stürzte sich vor Freude strahlend, der Familienhaft zu entkommen, aus dem Salon.

Ein schlimmer Fehler.

Das Monster geriet außer Rand und Band.

18

DAS IST DOCH
WIRKLICH ALBERN!

Rasch hatte Jules – oder Jim – die Lust am Tier verloren und war wieder zu seinem Smartphone in den Salon zurückgekehrt. Aus dem hinteren Teil der Wohnung drang jedoch bald darauf erst ein langgezogenes Jaulen, dann ein Poltern, wie es nur eine ganze Batterie zu Boden fallender Gegenstände zustande bringt. Es war gerade eine Gesprächspause eingetreten und entsprechend still am Tisch, so dass die Geräusche um so bedrohlicher klangen. Mama schaute Papa an, Robert schaute Tina an, ich schaute Julie an. Unisono riefen wir, wie aus einem Mund: »Bruno!«

Und es waren diese sechs Personen, die mit einem choreografisch abgestimmten Ruck aufsprangen und durch die Wohnung liefen, als gelte es, einen Geschwindigkeitsrekord aufzustellen. »Erster!« hätte Robert rufen können, der die Tür zu dem Zimmer aufriss, hinter dem Bruno jaulte. Und als ich sah, welche Klinke mein Bruder herunterdrückte, war mir klar, dass Mama einen entscheidenden Fehler gemacht hatte, als sie Bru-

no rasch und ohne nachzudenken in ihr *Boudoir* ein-
gesperrt hatte.

Brunos Kampfgeist und Zerstörungslust wurde von
jedem in der Familie gefürchtet. Diesen Abend lieferte
der hippelige Köter sein Bravourstück ab. Das über alle
Maßen nervöse Tier hatte mit seinem durch nichts zu
bändigenden Bewegungsdrang eine *Tour de force* durch
Mamas Boudoir unternommen, die buchstäblich keinen der Gegenstände in diesem Zimmer an seinem ursprünglichen Platz gelassen hatte. Das sah ich, das sah
Robert, sonst jedoch niemand, da mein Bruder die Tür
blitzschnell wieder zuzog. Was sich unseren entsetzten
Blicken geboten hatte, spottet jeder Beschreibung. Mit
kaltblütiger Miene erfasste Robert die Lage und baute
sich vor der Tür auf, bevor Mama die Sache in Augen-
schein nehmen konnte.

Bruno war mit einem Satz aus der Tür gesprungen,
umhechelte uns freudig erregt im Flur, sprang an jedem
Einzelnen von uns hoch und schien um Lob und Anerkennung geradezu zu betteln. Julie, mit diesem canalen
Terminator nicht vertraut, tätschelte ihm beruhigend
den Kopf, so dass sich Bruno zu Stürmen der Zuneigung hinreißen ließ, die man nicht anders als Angriff
auf die deutsch-französische Freundschaft, zumindest
jedoch auf Julies hinreißende Seidenstrümpfe werten
konnte. Was wollte er mit meiner Frau? Sie besprin-
gen? Sie befruchten? Immer wieder hechtete er an Julie
hoch, außer sich vor Freude, dass er ein ihm zugeta-

nes Wesen gefunden hatte, an dem sich nicht nur seine Zunge austoben konnte.

»O, du lieber *Ünd*«, sagte meine Frau, ahnungslos, wie sie war.

Als Papa sah, dass Brunos verborgene Untaten nicht in seinem *Bureau* stattgefunden hatten, wandte er sich erleichtert ab und ging wieder zurück. »Einer muss sich ja hier um die Gäste kümmern«, brummelte er.

Robert wandte sich seiner Mutter mit schuldbewusstem Blick zu. Die ahnte mehr, als sie wusste, und das war schon schlimm genug.

»Robert … mach die Tür auf!«

Mein Bruder schüttelte den Kopf. So, wie er es früher getan hatte, wenn er bei irgendwas erwischt worden war und es abstreiten wollte, solange es nur ging. Es ging nie lange. So auch dieses Mal nicht. Er versperrte mit seinem massigen Körper die Tür und hob abwehrend die Hände.

»Nicht doch, Mama … Ich … ich bringe das wieder in Ordnung.«

»Lass mich da rein …«

»Nein!« Roberts Blick changierte von schuldbewusst zu trotzig.

»Nun lass den Unfug. Öffne die Tür … ja?« Mama versuchte ihn beiseitezuschieben. Er wehrte sich, verschränkte die Arme wie ein Wächter vor dem Heiligtum. Und stellte sich so massiv in den Türrahmen, dass Mama keine Chance hatte, die Türklinke herunterzudrücken.

»Ach, das ist doch wirklich albern«, rief meine Mutter erbost. »Du wirst mich doch wohl jetzt in mein Zimmer lassen!«

Roberts Blick wechselte von trotzig zu verzweifelt.

»Mama … wirklich … das musst du dir nicht ansehen. Ich bringe es in Ordnung … heute Abend noch … jetzt gleich!«

»Ich fasse es nicht«, rief meine Mutter und stemmte die Fäuste in die Seite. »Du willst mich nicht in mein Zimmer lassen? *Nicht in mein Zimmer?* Das kann ja wohl nicht dein Ernst sein.«

Ich beschloss, meinem Bruder zu Hilfe zu kommen. Doch Robert verstand meine Handbewegung falsch und zischte nur: »Halt du dich da raus!«

»Okay, okay«, sagte ich begütigend. Und dann, zu meiner Mutter gewandt: »Es ist vielleicht wirklich das Beste, wenn Robert und ich uns das erst mal anschauen. Du hast ja heute Geburtstag«, schloss ich wenig logisch.

Mama blickte mich an, dann nacheinander Robert, Tina und Julie, die weiterhin mit ihrem neuen Freund beschäftigt war, welcher sich immer neue Spielchen für sie ausdachte. Dann atmete sie tief aus, hob die Hände und ließ sie wieder sinken.

»Ihr seid verrückt«, sagte sie nur. »Kommt, Mädchen … wir gehen zurück.«

Sie hatte kapituliert. Das war so ungeheuerlich, dass ich es nicht zu glauben vermochte. Doch Mama wandte sich ruckartig ab, bedeutete Tina und Julie, ihr zu folgen. Und nahm den noch immer Purzelbäume schlagenden Bruno an die Leine. Er wurde nun kurzerhand in eines der kleinen Gästezimmer gesperrt, in dem sich außer Bett, Schank und Stuhl nichts befand. Immerhin war meine Mutter so geistesgegenwärtig, das Tier nicht in Papas *Bureau* zu sperren, wo es seinen Feldzug der Verwüstung an prominenter Stelle hätte fortsetzen können.

Ich sah Robert an, der sich zunehmend entspannte. Als sich die Tür zum Wohnzimmer wieder geschlossen hatte, machte er den Weg frei und öffnete das *Boudoir*. So sachte, als erwartete er hinter der Tür ein unheimliches Wesen, ein Monstrum, das nur Harry Potter würde bändigen können.

»Oh mein Gott!«

Der Anblick, der sich mir bot, übertraf meine schlimmsten Befürchtungen. Bruno war an die Vorhänge gesprungen, in einem war ein unübersehbarer Riss. Bruno hatte in Mamas offenstehendem Kleiderschrank gewütet, dass es eine wahre Hundelust gewesen sein musste – vor allem Dessous lagen überall verstreut. Bruno war über den Schminktisch gezogen wie Attila, der Hunnenkönig, durch die Tiefebenen Pannoniens und des Weströmischen Reiches. Tiegel und Töpfchen, Flakons und Fläschchen, Haarbürsten und all die unendlich vielen Utensilien weiblicher Eitelkeit und Pflege befanden sich auf dem Fußboden verteilt. Mamas Bademantel aus Seide war in besonders beklagenswertem

Zustand – er sah aus, als hätte Bruno ihn jahrzehntelang zum Hundefasching angezogen; nun konnte das edle Stück Stoff nurmehr als Putzlappen Verwendung finden. Wenn überhaupt.

»*Oh, mein Gott!*«, sagte ich wieder. Robert warf mir einen Blick zu, den man nicht anders denn als panisch bezeichnen konnte. Er seufzte tief, schüttelte bestürzt den Kopf.

»Wie soll ich das jemals wieder hinkriegen? Mama wird mir den Kopf abreißen!«

»Nicht nur den Kopf, befürchte ich.«

Diese apokalyptische Vision brachte ihn auf den Boden der Tatkraft zurück. Er riss sich sichtlich zusammen. Reckte unternehmungslustig das Kinn.

»Was soll's«, sagte er. »Gehen wir ans Werk.«

»Wir?«

»Na, du willst mich doch damit nicht im Stich lassen, oder? Das schaffe ich nie und nimmer alleine«, barmte er.

Auch ich seufzte nun tief und schüttelte den Kopf. Es bedarf wohl keiner besonderen Erwähnung, dass sich hier ein Kindheitsmuster wiederholte: Robert stellte etwas an, und ich renkte es wieder ein. So war es immer, so würde es immer sein. Allerdings musste ich ihm zugutehalten, dass nicht er selbst, sondern sein hyperaktiver ADHS-Köter der Übeltäter gewesen war. Ein Hund ist Krieg, das steht mal fest.

Resigniert hob ich die Schultern und ließ sie wieder sinken. Es war zwecklos ... zumindest heute Abend. Wir konnten nun wirklich nicht die nächsten beiden Stunden des Weihnachtsabends damit zubringen, hier klar Schiff zu machen und alles zumindest wieder so herzurichten, dass Mutter nicht der Schlag traf, sollte sie ihr *Boudoir* jemals wieder betreten. Von den Spuren der Zerstörung ganz zu schweigen. Sogar an den rosigen Marie-Antoinette-Stofftapeten befanden sich Kratzspuren.

»Robert«, befand ich, »das hat alles keinen Sinn. Nicht mehr heute Abend. Wir können uns nicht so lange von der Festgesellschaft abseilen.« Ich wies mit einer Kopfbewegung Richtung Salon. »Wir müssen da wieder rein.«

»Ach komm, so schlimm ist es nicht«, versuchte Robert sich Mut zuzusprechen. »Wir legen und stellen alles, was auf dem Boden ist, wieder auf diesen Tisch hier. Und rücken die Möbel so um, dass man die Kratzer nicht mehr sieht. Und diesen Fetzen hier«, er hielt Mamas Seidenmantel hoch, »versenken wir diskret.« Er lächelte mich verschwörerisch an.

So ist er immer. Es ist stets alles halb so schlimm. Man kriegt das schon wieder hin. Reg dich ab. *Chill mal, Bruder!*

Als er meine skeptische Miene sah, schob er mich kurzerhand Richtung Tür: »Ich hab noch eine bessere Idee: Du gehst jetzt wieder da rein, entspannst die Lage und hältst mir hier den Rücken frei. Ich schaffe das schon … zumindest so weit, dass Mama nicht in Ohnmacht fällt, wenn sie ihr Zimmer wieder betritt.«

Er warf mir einen aufmunternden Blick zu. Krempelte symbolisch die Ärmel auf. »Na, los, Bruderherz … in spätestens einer halben Stunde bin ich wieder bei euch.«

Aus dem Gästezimmer ganz in der Nähe hörten wir Jaulen. Bruno leistete Trauerarbeit.

Alle Augen richteten sich auf mich, als ich die Tür zum Salon öffnete. Ich spielte die Rolle des Arglosen, die ich perfekt beherrsche. Ich setzte mich wieder an meinen Platz, Julie ergriff meine Hand und drückte sie.

»Alles halb so wild«, gab ich Entwarnung in die Runde, eine Spur zu laut, eine Spur zu sorglos. Doch der Trick verfing: Kollektive Entspannung setzte ein, sogar meine Mutter verlor ihre verkrampfte Haltung. »Der Hund war ein bisschen zu munter, aber Robert hat's im Griff. Ein paar Handgriffe, und alle Dinge stehen wieder an ihrem ursprünglichen Platz. Es ist Brunos persönliches Geburtstagsgeschenk an dich, Mama: Du wirst nicht renovieren müssen!«

Meine Mutter lächelte etwas gequält, unsicher, ob sie mir Glauben schenken sollte. Schließlich fand sie sich damit ab, klatschte sogar einmal kurz in die Hände und rief munter: »Na fein!«

Damit war die Affäre Bruno fürs Erste ausgestanden. Und Robert hatte Zeit gewonnen. Nicht viel allerdings, in längstens einer halben Stunde würde Mama nach dem Rechten sehen. Alle wandten sich wieder ihren

Gesprächen und Getränken zu. Papa allerdings kniff die Augen zusammen und sah mich nachdenklich an. Ihm konnte man nichts vormachen, nie. Er kannte Bruno, er kannte Robert, er kannte mich. Er konnte eins und eins zusammenzählen. Und er durchschaute mit untrüglichem Gespür die kleine Beschwichtigungsstrategie, die seine Söhne sich zurechtgelegt hatten. *Mir machst du nichts vor, Johannes,* sagte sein Blick. *Aber ich hätte es genauso gemacht.*

Nach nur zwanzig Minuten kehrte Robert zurück in den Salon. Er schien mir etwas außer Atem zu sein. Doch seine sehr diskrete Geste, unsichtbar für alle anderen, beruhigte mich und ließ meinen Blutdruck in gemäßigte Bahnen zurückkehren. Er streckte mir verstohlen den hochgereckten Daumen hin: Alles okay! Ich atmete erleichtert aus.

Na also. Geht doch. Dieser entfesselte Köter würde doch nicht unser friedliches Weihnachtsfest sprengen können!

19

ICH HATTE AUCH
MEIN PÄCKCHEN ZU TRAGEN

Das exquisite Weihnachtsmahl ging seinem Ende entgegen. Francis trug das Hauptgeschirr ab, goss Wein nach, bei manchem von uns schon zum vierten oder fünften Mal. Huijuijui … das würde noch was werden! Die Konversation plätscherte jetzt dahin wie ein Brunnen im Park von Nymphenburg. Streitthemen wurden vermieden, Kriegsbeile begraben, Frontlinien begradigt. Die Diskussion war längst über Langeweile verbreitende Staatsoberhäupter hinweggegangen, hatte Beamtenvorrechte gestreift und für ein bisschen Polemik beim Thema Renteneintrittsalter gesorgt. Über den neuen Erzbischof von München waren alle einer Meinung, über den alten Papst jedoch drohten alle in Streit zu geraten, doch Papa, der große Kommunikator, bog ihn ab. Er wusste, wie gefährlich gewisse Gesprächsthemen sein konnten. Überall lagen Tretminen, hielten sich Sprengsätze verborgen. Parteipolitik war Gift für die Familienkonversation, das wussten alle, wie auch Religion, Stadtarchitektur, Wirtschaftskrise, Steuerpolitik, Preisentwicklung, Kindererziehung. Über nichts konnte sich diese Familie so ereifern wie über Frisuren, Wohnungseinrichtungen, überhaupt Geschmacksfragen. Wie darüber, dass X sich wie ein Idiot eingerichtet habe und wofür Y sich eigentlich halte mit ihrem *Marktex*-Wahn.

Konsum war ebenfalls vermintes Gelände, doch immer wieder lenkte Charlotte, die sich für verarmt hielt – was natürlich Unfug war –, das Gespräch auf das, was andere sich scheinbar leisten konnten, sie aber angeblich nicht. Was andere sich angeschafft hätten, woran sie nicht einmal im Traum denken könnte. In jungen Jahren hatte sie als pianistisches Wunderkind gegolten, und ihre Eltern hatten einiges aufgewendet, um das Talent ihrer ältesten Tochter zu fördern. Nur um am Ende herauszufinden, dass es für die große Karriere doch nicht reichte. Charlotte hingegen hielt sich für zu talentiert, um fortan für den Rest ihres Lebens ein bisschen amateurhaft auf dem Piano herumzuklimpern und sich ansonsten einem »seriösen Beruf« zuzuwenden. Sie begann ein Studium am Konservatorium, sie nahm Unterricht bei einer Koryphäe, sie übte Arpeggien mit einer Verbissenheit, die allen widerwillige Bewunderung abnötigte. Allein, ihre Anstrengungen waren nicht von Erfolg gekrönt.

Sah Charlotte ein, dass sie zwar eminent musikalisch war, dass es für Auftritte im Münchner Gasteig, in der Zürcher Tonhalle, im Wiener Musikverein und in der

Pariser Salle Pleyel jedoch nicht reichte? Sie sah es nicht ein. Von Jugend an haderte sie mit ihrem Schicksal. Haderte mit den Männern, von denen sie hoffte, dass sie sich ihr zu Füßen werfen würden, was vor allem die nicht taten, auf die sie ein Auge geworfen hatte. Haderte mit ihrem Beruf, als es doch nur für die Profession der Musiklehrerin reichte, immerhin am Gymnasium. Seit ihrer Pensionierung gibt sie Klavierstunden, sie kommt einfach nicht los von diesem Instrument.

Und obwohl sie als Beamtin im Ruhestand bestens versorgt ist, kultiviert sie ihren Status als verarmte und verkannte Künstlerin. Sie ist eine Bescheidenheitsangeberin par excellence. Klagt irgendjemand über irgendetwas – Charlotte geht es immer schlechter. Leidet irgendjemand an irgendeiner Krankheit – Charlottes Malaisen sind auch nicht zu verachten. Schließlich ist sie Künstlerin, sensibel, nervös, angegriffen, in stets prekärer Verfassung. Lieblingsleiden: Migräne. Lieblingssatz: »Was hab ich schon vom Leben!«

Hätte man Charlotte eine Farbe zuordnen sollen, wäre es Gelb: Sie war gelb vor Neid. Neidisch auf Karin, ihre sorglose jüngere Schwester, die sich keinen Begriff davon machte, was wahre Kunst überhaupt bedeutete. Mit welchen Titanen Charlotte da rang. Neidisch auf meine Mutter, die sich einen Mann geangelt hatte, der ihr als Verleger ein anscheinend luxuriöses Leben ermöglichte: »Du hast doch nie richtig gearbeitet!«, rief Charlotte ein ums andere Mal aus. »Dir ist doch immer alles in den Schoß gefallen!« Neidisch auf ihre eigene Mutter, Annerose, die patent war und nicht neurotisch, die mit beiden Beinen mitten im Leben stand und sich nicht in irgendwelchen Träumereien verlor. Neidisch auf alle Welt. Ein Neid, den sie fast zu genießen schien.

Wann immer also das Thema Konsum gestreift wurde und Charlotte zu einer ihrer Tiraden ansetzte, schrillten bei meinem Vater alle Alarmglocken. Er wusste, wohin das führte, ja, zwangsläufig führen musste: Irgendwann würde seiner Frau der Kragen platzen und sie würde Charlotte in die Schranken weisen. Es war nur eine Frage der Zeit. Diese Familienkonstellation war so ehern, dass es daraus kein Entrinnen gab. Jahrzehntelang trainierte Ressentiments konnten sich in einem einzigen unbedachten Augenblick entladen. Was dann geschah, würde nicht aufzuhalten sein, von nichts und niemandem.

Daher spielte mein Vater einen Trumpf aus, gegen den Charlotte letztlich machtlos war: Er war ihr gegenüber von einer Liebenswürdigkeit und einem Charme, die seine Schwägerin regelmäßig entwaffneten. Sie kam nicht gegen ihn an, wenn er sich vermeintlich mit ihr verbündete, indem er einfach alles nur ganz ernst nahm, was sie von sich gab. Sie konnte ihm nicht böse sein, ihn nicht in ihre beißende Kritik einschließen. Er bot ihr keinerlei Angriffsfläche, sondern setzte immer ganz auf Verständnis und Deeskalation. Ganz im Gegensatz zu meiner Mutter, die bekanntlich über jedes Stöckchen springt, das man ihr hinhält, und Charlottes falschzüngiges Gerede, wie benachteiligt sie vom Schicksal sei, einfach nicht erträgt. Und insgeheim immer vermutet, Charlotte sei heimlich in Friedrich verliebt, das sei nie anders gewesen. So weit zu unterstellen, dass ihr Mann die unterdrückten leidenschaftlichen Gefühle ihrer Schwester erwidert, geht sie allerdings nicht. Wenn sie von etwas felsenfest überzeugt ist, dann von der Liebe ihres Mannes zu ihr. Der ihr zudem stets den Wind aus den Segeln nimmt mit seinem ewigen »Ach, ich … ich bin doch schon jenseits von Gut und Böse«.

Vor diesem Hintergrund war die sich nun entspinnende Konversation für mich von subtiler Komik und von erheblichem Unterhaltungswert. Man könnte sie den »Bescheidenheitswettbewerb« nennen. Wie auf ein geheimes Kommando, als hätten alle sich heimlich abgesprochen, suchte plötzlich einer den anderen zu überbieten und zu übertrumpfen in puncto Bescheidenheit und persönlicher Tragik.

Angeführt wurde dieser skurrile Lamento-Wettbewerb natürlich von Charlotte. Sie ließ sich des Längeren und Breiteren über all die Malaisen und Missgeschicke ihres Lebens aus, in so beängstigender Ausführlichkeit und in so klagendem Ton, dass alle am Tisch eine profunde Langeweile ergriff, die Gesichter immer leerer und die Blicke immer stumpfer wurden. Es war nicht zum Aushalten, mit anzuhören, wie sehr das Leben Charlotte benachteiligt hatte, dass sie keinen Mann gefunden hatte, der ihr adäquat gewesen wäre – »Es hat mir einfach niemand das Wasser reichen können!« –, dass die böse Welt da draußen sie einfach nicht verstand und ihr Bemühen um künstlerischen Ausdruck nicht zu würdigen wusste. In alledem war aber kein richtiger Schmerz zu spüren, sondern nur Selbstgerechtigkeit.

Ich beobachtete meine Tante genau, wie sie mit ihrer Kette spielte, wie sie an ihrem Kleid herumfummelte, wie sie versuchte, jeden am Tisch mit barmenden und indignierten Blicken niederzuringen. Sie erwies sich einmal mehr als eine wahre Meisterin der Manipulation, im Buhlen um Aufmerksamkeit und Mitgefühl ebenso wie in der Kunst, die Schuld immer nur bei anderen zu suchen. Bis es selbst ihrer gutmütigen, stets freundlichen und auf Harmonie bedachten Schwester Karin zu viel wurde.

Sie schnitt – ein Wunder! – Charlotte einfach das Wort ab, indem sie sagte: »Nun lass es mal gut sein, Schwesterchen. Wenn hier jemand Mitleid verdient hat, dann wir im Allgäu, nicht wahr, Bernhard?« Sie zwinkerte ihrem Mann zu, der die Steilvorlage sogleich nutzte und zu einer – natürlich ironischen – Suada ansetzte, die so übertrieben war, dass sie Charlottes Verärgerung geradezu herausforderte.

»Ja, leb du erst mal im Allgäu! In der Provinz! Bei diesen Bergvölkern! Die außer Käse und Kaminwurzen nichts Nennenswertes hervorbringen. Wo Kommissar Kluftinger sein Unwesen treibt. Da kannst du auf deinem Piano gar nicht gegen anklimpern. Da ist Kultur das, was der Metzger hätte, wenn er Chirurg wäre, wenn du verstehst, was ich meine. Und wenn Theater, dann Volkstheater. Ein einziges Heimatmuseum! Das ist so dumpf, du merkst gar nicht, wie der Restintellekt aus deinem Hirn gesaugt wird. Da leben wir in unserer bescheidenen Hütte und ernähren uns von Kässpatzen. Und Karin häkelt Geschenke für den Kirchweih-Basar. Hunderte von Eierwärmern und Babysöckchen, kannst du dir das vorstellen? Das musst du erst mal bringen. Oder ist hier jemand in dieser Runde mit einem tragischeren Schicksal?«

Er lachte dröhnend. Ein Lachen, in das alle einstimmten, bis auf Charlotte, deren Lippen einen Strich bildeten, so scharf wie ein Tranchiermesser.

»Hoho!«, mischte sich mein Bruder ein. »Da kann ich aber locker mithalten! Meinst du, im Chiemgau scheint jeden Tag die Sonne? Da muss ich mir mein Geld mit der Trunksucht meiner Mitbürger verdienen. Meine Frau Tina hier …«, er umarmte seine Liebste, die ihn angrinste, »… veranstaltet Matineen für Waldschrate, und zu den besten Filmen kommen fünf Besucher in ihr entzückendes Lichtspielhäuschen. Nicht wahr, meine kleine Filmvorführerin?«

»Wie recht du hast, mein kleines Fässchen!«

»Das ist doch Jammern auf hohem Niveau«, ließ sich Laura vernehmen. »Und ich? Will denn niemand mein Leid hören?«

»Leid?«, kreischte Charlotte. »Wo hast du denn ein Leid? Du bist doch so was von privilegiert … ich fass es nicht!«

»Nun, früher war ich wirklich mal hübsch. Aber bald schon verlieren meine Arme ihre Spannkraft, und mein ›Holz vor der Hütte‹, wie es hier so schön heißt, nimmt allmählich die Fahrt zu Tal auf. In zwei, drei Jahren bin ich abgeschrieben, dann kann ich Pullover für *Waschbär* modeln, bevor ich zu einer bemitleidenswerten Frau mittleren Alters werde, deren beste Jahre definitiv hinter ihr liegen. Ich lebe seit dem achtzehnten Lebensjahr auf Diät, was im Klartext bedeutet, dass ich seit sechs Jahren Hunger leide. Und wenn ich Hunger sage, dann meine ich *Hunger!* Ich war mit einer ganzen Reihe nicht besonders netter Männer zusammen … und einer davon hat mich geschlagen …«

Alles stöhnte auf.

»Na ja, es war ein Klaps … aber ein heftiger! Ich hab auch zurückgeschlagen. Kann ich mir schließlich nicht bieten lassen, mangelnden Respekt.«

»Da hast du recht!«, rief Tina. »Wehr dich!«

»Hau drauf!«, rief Oma.

»*Mutter!*«, rief Mama.

»Ach was, das ist doch gar nichts, Schwesterlein«, sagte Dorle. »Schau mich an … beruflich ausgesprochen erfolglos. Ich reiß für vierhundert Euro pro Woche in einem Buchladen, in dem vor allem Romane mit Titeln wie *Tante Inge haut ab* und *Winterkartoffelknödel* verkauft werden, meinen Job runter. Das sagt ja wohl alles! Ich bekomme mit meinen Federn auf dem Kopf nicht mal eine richtige Frisur hin. Hatte jahrelang diesen Hang zu fiesen Typen, von dem mich erst mein Max kuriert hat, was ein durchaus schmerzhafter Prozess war. Ich muss Kleider aus dem Secondhandshop auftragen, weil ich mir nichts Modisches leisten kann. Und wenn mir meine mildtätige Schwester nicht ab und zu eines der Höschen zustecken würde, mit denen sie bei ihren Shootings zugeworfen wird, dann würde mein süßer kleiner Hintern erfrieren.«

»Oh je!«, kam es von allen Seiten. »Die Arme!«

»Also, jetzt muss ich aber auch mal was sagen«, sekundierte Max und setzte zu seiner ersten Wortmeldung in diesem Kreis an, was ihm die ungeteilte Aufmerksamkeit aller sicherte. »Der einzige Lichtblick in meinem Leben ist Dorle.« Applaus. »Vorher war nämlich bei mir tote Hose. Das dürft ihr wörtlich nehmen. Ich gehörte gesellschaftlich zu dem erbärmlichen Haufen von Versagern, die nichts auf die Reihe bekommen. Ich hab einen Job, von dem ich nichts verstehe, bin noch nie befördert worden und meine letzte Freundin – vor der Liebsten hier neben mir – hatte ich in der Pubertät. Früher war ich mal ganz ansehnlich, aber inzwischen habe ich mehr Falten als diese kunstvollen Servietten hier. Aber, was soll ich sagen? *C'est la vie*. Dorle war meine Rettung!«

Nochmaliger Applaus und Lachen waren ihm sicher. Bei »*C'est la vie*« hatte Julie aufgemerkt. Ich zupfte sie am Ärmel und versuchte sie am Sprechen zu hindern, indem ich ihr eine Hand auf den Mund legte. Die sie aber souverän wegstieß.

»Und isch? Isch muss in Deutschland leben! Isch bin verheiratet mit diese komische Verleger, der macht mit Elfen rum. Könnt ihr euch vorstellen, wie demütigend das ist?«

»Immerhin verdient er mit den Elfen eine Menge Geld«, wandte Charlotte spitz ein. »Oder etwa nicht?«

»Aber doch nicht genug für meine verwöhnte Ansprüch!«, kicherte Julie, was ihr einen tadelnd-empörten Blick meiner Tante eintrug, die sich einmal mehr auf den Arm genommen fühlte.

Oma Annerose, die sich bislang zurückgehalten und das allseitige Auftrumpfen amüsiert verfolgt hatte, beschloss, den vorläufigen Höhepunkt unter diese surrealen Bekenntnisse zu setzen. Indem sie – wohl anspielend auf ihre Erinnerungen an Krieg und Nachkriegszeit – von stolzer Bekümmernis erfüllt sagte: »Also wir … wir hatten ja früher *gar nichts!*«

»Ach, Oma«, sagte Dorle amüsiert. »Dafür hast du dich aber ganz gut gehalten.«

»Nein, nein«, sagte Annerose und ließ sich nicht aus dem Konzept bringen. »Wir hatten nichts. *Gar nichts.* Nur das, was wir auf dem Leib trugen.«

»Du meinst Muckefuck statt Bohnenkaffee und Margarine statt guter Butter?«, fragte Karin entsetzt.

»Nicht mal Muckefuck. Nicht mal Margarine. Wir belegten unser Brot mit Daumen und Zeigefinger.«

Ihrer ältesten Tochter entging die Ironie dieser Bemerkung völlig. Charlotte nahm sie für bare Münze. Und sie konnte es nun mal nicht auf sich sitzen lassen, dass irgendjemand in diesem Raum, in diesem Universum es im Leben schwerer gehabt hatte als sie.

»Ich kann mich sehr gut an Bohnenkaffee und gute Butter bei uns erinnern, Mutter. Und an deine entsetzliche Buttercremetorte, die du uns noch in den Sechzigerjahren aufgetischt hast, bevor die ersten Backmischungen in den Handel kamen.«

»Ich rede von der Zeit *vor* deiner Zeit, mein liebes, gutes Kind.« Oma tätschelte ihrer empörungsbereiten Tochter begütigend die Hand. »Ende 1943. Da hatten wir nichts. Wir waren ausgebombt, wir mussten zu Buchingers aufs Land flüchten. Wir kamen in einem Stall unter!«

»Das passt ja«, krähte Bernhard vergnügt und schlug sich auf die Schenkel. »Ist schließlich Weihnachten heute!«

Karin warf ihm einen strengen Blick zu, was ihn nicht davon abhielt, den Gedanken fortzuspinnen. »Und in diesem Stall kam unsere Charlotte zur Welt.«

»In einem Stall! Dass ich nicht lache!« Charlotte schoss sich auf ihre Mutter ein. »Ich hab ja nun Fotos von diesem sogenannten Stall gesehen. Es war ein Anbau an Buchingers Hof.«

»Aber er war früher einmal ein Stall. Bevor wir kamen. Ich hab den Geruch nach Mist jahrelang nicht aus

243

der Nase bekommen. Ich kann ihn heute noch riechen. Wie dieser Dichter seine Madeleines …«

»Das war Marcel Proust, Mutter«, warf Bernhard ein, besserwisserisch wie immer.

»Marcel wer?« Oma gab vor, schwerhörig zu sein, was sie natürlich nicht die Spur war. Sie formte mit der Hand sogar ein imaginäres Hörrohr.

»Marcel Proust. *Auf der Suche nach der verlorenen Zeit.*«

»Auf dieser Suche bin ich auch«, seufzte Mutter verträumt, mit romantisch umflorter Stimme.

»Ach, du.« Charlotte machte eine wegwerfende Handbewegung. »*Du* hast doch deine Zeit nicht verloren. *Du* hast sie bestens genutzt. Immer. Was für eine Zeit willst *du* denn verloren haben?«

»Wieso? Mir ging es doch nicht immer nur gut. Ich hatte auch mein Päckchen zu tragen. Vier Kinder, das musst du mir erst mal nachmachen. Na ja«, sie schaute ihre Schwester abschätzig an, »dieser Zug ist ja wohl abgefahren.«

»Es fährt ein Zug nach Nirgendwo«, trällerte Bernhard und wurde augenblicklich mit einem Puff in seine Seite bestraft. Karins Blick wurde noch eine Spur missbilligender.

»Nun gib bloß nicht mit deiner missratenen Brut an«, giftete Charlotte. »Das sind auch keine Wunderkinder, alle vier nicht. Die haben auch ihre Macken und Fehler. Aber das siehst du ja nicht, verblendet wie du bist.«

»Nein«, gab Mama zurück, »nur *du* bist von unfehlbarem Charakter und makelloser Schönheit. An dir ist die Zeit spurlos vorübergezogen.«

»Kinder, Kinder«, fuhr Papa dazwischen. »Wie können sich nur zwei so hübsche Damen so hässlich streiten. Wollt ihr euch nicht wieder vertragen, an diesem wunderbaren Abend? Kommt … gebt euch die Hand!«

Diese lächerliche kleine Reminiszenz an Sandkasten und Kindergarten ließ die Verhaltensmuster der beiden Schwestern einrasten wie das Schloss bei einem alten Gartentor. Es knirschte zwar, funktionierte aber. Einigermaßen fassungslos sah ich, wie Papas kleine Strategie aufging. Elisabeth und Charlotte, die beiden unartigen Mädchen, gaben sich tatsächlich die Hand. Und gönnten sich gegenseitig sogar ein verschämtes Lächeln, als habe man sich gegenseitig bei etwas ertappt, von dem die Erwachsenen nie und nimmer erfahren durften. Unter Papas Schirmherrschaft schien der Weihnachtsfriede unzerstörbar zu sein.

Na ja, um ehrlich zu sein … nicht so ganz. Er bekam noch ein paar hübsche Kratzer ab, den im Siebenschön Verlag so beliebten *used look*.

20

NUN STELLT EUCH
DOCH NICHT SO AN!

Dass es an diesem harmonischen Abend im Kreis der Familie um ein Haar sogar beinahe zu Handgreiflichkeiten gekommen wäre, ist niemand anderem als meiner Tante Karin zu verdanken. Ja, kaum zu glauben, aber so war es. Denn es gibt einen Zug an dieser liebenswerten Person, der einem gründlich auf die Nerven gehen kann: die unbändige Lust an der Zwangsbeglückung.

Was das ist?

Zwangsbeglückerinnen drängen andere Menschen immer zu Dingen, die sie selbst für richtig, wohltuend, unerlässlich, glückversprechend, heilsam und was weiß ich noch halten. Sie nötigen andere dazu, immer weiter zu essen, sich mehrmals zu nehmen, weil es ja so gut schmeckt. Oder das Gegenteil: Sie ziehen andere in den Diätwahn, dem sie sich selbst ausgeliefert haben – »Das tut dir doch auch gut!« Sie verpflichten zum Spazierengehen, weil die Sonne scheint und man das nutzen muss. Und weil Bewegung nun mal gesund ist, wer wollte das bestreiten. Und weil ein paar Pfund Gewicht weniger Physis wie Psyche erleichtern. Da gibt es keinen Pardon. Ausflüchte werden streng geahndet, Entschuldigungen nicht gelten gelassen. Spürt die Zwangsbeglückerin Widerstand, lässt sie in ihren Anstrengungen keineswegs nach, sondern verdoppelt sie.

Auch meine Mutter hat durchaus Tendenzen zur Zwangsbeglückung, manchmal sogar zum Geschmacksterrorismus, wird darin jedoch bei weitem von ihrer Schwester übertroffen. Karin meint es immer nur gut. Das ist ihr Nonplusultra-Satz: »Ich meine es ja nur gut.« Was lässt sich gegen Gutmeinen ernsthaft schon einwenden? Da ist man stets in der schlechteren Position. Argumentieren lässt sich auch nicht, denn die guten Argumente hat die Zwangsbeglückerin ja immer auf ihrer Seite. So klingt alles, was man gegen ihre Vorschläge und Zumutungen vorbringen mag, von vornherein schal, vorgeschoben und konstruiert. Zwangsbeglückung ist das Gegenteil von »leben und leben lassen«.

Bei Karin ist das natürlich gut getarnt. Sie verliert nie ihre Freundlichkeit, sie keift nicht herum, sie sitzt alle Widerstände warmlächelnd aus, bis sie ganz in sich zusammenfallen, der drangsalierte Opponent keine Energie mehr hat und kapituliert. Sobald sie beim anderen die ersten Anzeichen der Resignation erkennt, legt sie ihm den Arm um die Schulter und redet ihm gut zu, die Liebenswürdigkeit in Person. So unprätentiös mein liebes Tantchen ist, so herzlich und so zugewandt – da ist ein eiserner Wille, der sich hinter einer grundgütigen Miene verbirgt.

Diesmal hatte sich Karin ein besonders herausforderndes Zielobjekt ausgeguckt: ihre Schwester Charlotte. Und man kann nicht einmal sagen, dass sie es bewusst gemacht hätte – sie kann einfach nicht anders. Als Francis die Dessertvariationen auftrug, gab es ein großes »Oh!« und »Ah!«. Viele kleine Schalen und Schüsseln wurden aufgebaut, die mit allerlei süßen Köstlichkeiten gefüllt waren. Jeder konnte sich nach Herzenslust bedienen. Und Karin, das Naschkätzchen, war in ihrem Element. Im siebten Himmel, sozusagen. Und in diesem Himmel fühlte sie sich wohl allein. Denn ihre Tischnachbarin Charlotte mochte bei weitem nicht so beherzt zugreifen wie sie selbst. Die verzierte ihren Teller nämlich mit einer homöopathischen Dosis blassen Sorbets, ließ aber alle Puddings, alle Mousses, alle Bayerisch Cremes und was es sonst noch an opulenter Patisserie gab, links liegen.

Karin, die nichts lieber tat, als zu probieren, hatte ihren Teller hingegen kulinarisch vollgeladen. Und sie hielt Charlotte einen Löffel Bayerisch Creme unter das feine Näschen, das sich prompt indigniert verzog.

»Probier das mal. Es ist phantastisch!«

»Nein, danke.«

»Das musst du kosten, sag ich dir. Hier … nimm doch mal.«

»Danke, Karin … ich mag keine Bayerisch Creme.«

»Aber diese hier ist ganz besonders. Glaub es mir.«

»Karin, nimm deinen Löffel da weg, sonst garantiere ich für nichts. Ich möchte deine Creme nicht.«

»Es ist doch gar nicht *meine* Creme. Ich mache sie immer ganz anders. Aber ich muss zugeben, diese hier ist vorzüglich.«

»Das glaube ich dir gerne. Aber ich will sie nicht. Hörst du? *Ich will sie nicht!*«

Spätestens jetzt hätte jeder ein Einsehen gehabt und den Rückzug angetreten. Nicht so Karin. Sie konnte einfach nicht begreifen, dass jemand eine solche Verführung so schmallippig ausschlagen konnte. So gurrte sie: »Charlotte … Liebes … das darfst du dir wirklich nicht entgehen lassen. Schau mal … nur ein Löffelchen …«

Das cremegehäufte Löffelchen tanzte vor Charlottes Nase eine kleine Polka. Karin pfiff sogar eine Melodie dazu.

Da wurde es ihrer Schwester zu dumm. Sie schlug mit einer harten, schnellen, präzisen Handbewegung nach dem Löffel, als verscheuche sie eine lästige Fliege. Und der Löffel beziehungsweise sein Inhalt landete in hohem Bogen auf Karins Kleid.

Klatsch!

Die Melodie meiner Lieblingstante erstarb augenblicklich. Sie starrte auf ihre Brust, wo die gelbliche Creme einen obszönen Eindruck hinterließ. Dann wieder auf Charlotte, die sich demonstrativ abgewandt und trotzig die Arme verschränkt hatte. Dann auf ihren Mann, dessen Blick pures Entsetzen spiegelte. Dann auf meine Mutter, die nicht wusste, wie sie reagieren sollte, als gute Gastgeberin. Dann auf den Klecks, der einen satten Fettfleck hinterließ, als die Schwerkraft ihn von der abschüssigen Brust des Tantchens nach unten, auf den Tisch zog und dort final aufklatschen ließ.

Dorle kicherte und stieß ihre Schwester an. Auch Tina und Julie glucksten. Es war einfach zu komisch!

Die dräuende Gefahr jedoch, hier zum Gespött aller Leute zu werden, weckte in Karin ungeahnte Kräfte. Die sich zunächst in klirrender Stimmlage mit erhöhten Dezibel Ausdruck verschafften.

»Bist du komplett übergeschnappt?«, kreischte sie Richtung Charlotte, die sich unbeeindruckt zeigte und vorgab, irgendwelche unsichtbaren Fusselchen von ihrem Kleid zu entfernen.

»Wieso?«, fragte sie kühl. »Du wolltest mir was aufdrängen und ich habe ›Nein, danke‹ gesagt.«

»Ist das deine Art, ›Nein, danke‹ zu sagen? Das ist ja nicht zu fassen! Weißt du, dass das ein Kleid von Rena Lange ist?«

»Ach wirklich? Ich dachte, es ist von C & A.«

»Glaubst du, ich trage an einem solchen Abend was von C & A? Hast du den Verstand verloren? Was bildest du dir eigentlich ein?«

»Ich bilde mir ein, nicht das kosten zu müssen, was du mir aufzudrängen versucht hast.«

»Nun mach aber mal einen Punkt. Ich habe dir höflich etwas von meinem Teller angeboten, weil ich dich an diesen wirklich wunderbaren Genüssen teilhaben lassen wollte.«

Charlotte schnaubte. »Wenn ich etwas genießen will, kann ich es mir selbst nehmen. Ich brauche keine Vorkosterin und Vorlegerin.«

»Du bist wirklich unglaublich!«

»Ja, nicht wahr?« Charlotte wippelte etwas mit ihrem Stuhl, denn der Erregungsgrad war inzwischen auch bei ihr deutlich gestiegen.

»Mädels, beruhigt euch wieder«, versuchte Oma ihre Töchter zur Raison zu bringen.

»Ich bin ganz ruhig, Mutter«, zischte Charlotte.

»Ich auch«, sagte Karin gedämpft, aber mit hörbar gefährlichem Unterton. »Und du …«, sagte sie zu Charlotte und stupste sie mit dem Finger gegen die Schulterbeuge, »entschuldigst dich jetzt.«

Es war nur ein Stups. Aber er reichte, dass der wippelnde Stuhl nach hinten kippte und meine kostprobenresistente Tante beinahe zu Boden riss.

»Im Leben nicht«, rief sie noch, als sie sich gerade noch rechtzeitig fing.

Unglücklicherweise hatte sie versucht, sich am Tischtuch festzuhalten, und zog es ein ganzes Stück weit mit, so dass ihr nicht nur Teller und Besteck, sondern auch die Schüssel mit der Bayerisch Creme folgten. Die aber nicht auf Charlotte fiel, sondern von Bernhard bravourös aufgefangen wurde.

Ächzend richtete sich meine Tante wieder auf.

»Bist … du … vollkommen … von Sinnen? Beinahe wäre ich von deiner dämlichen Bayerisch Creme erschlagen worden«, rief sie. Mit wutverzerrtem Gesicht starrte sie Karin an, deren Überlebenstrieb sofort von Angriff auf Rückzug und Schadensbegrenzung umschaltete.

»Aber … oh mein Gott … das tut mir so leid. Das habe ich nicht gewollt … Bitte verzeih mir, Lottchen …«

»Nenn mich nicht Lottchen!«

»Natürlich nicht, Lott … Charlotte. Hast du dir wehgetan? Oder dir sogar was gebrochen?«

»Nein, du dummes Huhn. Ich bin nur beinahe vom Stuhl gefallen.«

Oma grinste. Ihr machte das alles diebischen Spaß. »Das sind wir ja wohl alle schon mal. Allerdings …«, sie kicherte, »wohl nicht mit so wenig Promille im Blut.«

»Mach dich nicht über mich lustig, Mutter«, sagte die Abstinenzlerin Charlotte scharf, die sich den ganzen Abend – abgesehen von einigen Schlückchen Champagner – nur Mineralwasser zugeführt hatte.

»Großmama versucht bloß euren Streit zu schlichten«, warf Robert ein.

»Halt du dich da raus. Das geht dich nichts an«, giftete Charlotte.

Robert hob beschwichtigend die Hände.

»Nun stellt euch doch nicht so an«, warf Mama ein.

»Das ist eine Sache zwischen Karin und mir«, befand Charlotte kühl, als ginge es um ein Duell um fünf Uhr morgens vor den Toren der Stadt.

»Ich entschuldige mich … Ich entschuldige mich …«, wimmerte Karin, als erwartete sie sekündlich einen handgreiflichen Gegenangriff.

»Man kann sich nicht so einfach entschuldigen«, sagte Charlotte hochnäsig.

»Wieso … was meine Frau … was Karin getan hat, ist doch nicht unentschuldbar.« Bernhard gab den Empörten.

»Du Mann von Welt solltest wissen, dass man wohl um Entschuldigung bitten kann, dass diese Entschuldigung aber auch gewährt werden muss. Sonst ist eben nichts entschuldigt.«

»Meine Güte!« Ich sah, wie meinem Vater allmählich der Kragen platzte. Mit angespannter Liebenswürdigkeit wandte er sich an seine Schwägerin, die längst wieder kerzengrade auf ihrem Stuhl saß:

»Charlotte … Liebes … bitte sei doch so freundlich und akzeptiere die Entschuldigung deiner Schwester.«

Die Angesprochene blickte ihn an.

Und ich meinte zu sehen, dass der harte Blick meiner Tante einen Riss bekam. Einen winzigen Riss, möglicherweise nahm nur ich ihn wahr, aber er war unverkennbar.

Sie holte tief Atem.

Sie verschränkte die Arme.

Sie blickte ihre Mutter an und schniefte einmal, zweimal. Dann Papa, der ihr aufmunternd zunickte. Dann Karin, die verschämt die Augen niederschlug.

»Na schön. Um des lieben Friedens willen. Es ist ein so schöner Abend heute, den will ja niemand verderben. Ich am allerwenigsten ...«

Immer wieder erstaunlich, was meine Familie unter einem schönen Abend versteht.

21

DA FÜHRT KEIN WEG DRAN VORBEI

Während Bernhard seine Frau ins Badezimmer begleitete, wo der Fleck auf dem Kleid entfernt werden sollte, beruhigte sich die Festgesellschaft wieder.

Die ganze Festgesellschaft? Oh nein.

»Ist denn jetzt Bescherung?«, schrie es von links.

»Ja, Bescherung! Geschenke!«, sekundierte es von rechts.

Die Zwillinge! Sie wurden allmählich unruhig, wie alle Kinder, denen man das Wichtigste des Abends vorenthält. Fahrlässig, wie sie wohl fanden. Hatten sie nicht einen Anspruch auf zügig ausgeteilte Weihnachtsgeschenke? War das nicht überhaupt Anlass und Grund, dass sie mitgekommen waren? Und so lange stillgehalten hatten?

Doch Mama schüttelte den Kopf.

»Ach, Oma … bitte, bitte, bitte!«

»Nein, ihr lieben Kleinen. Erst machen wir ein schönes Foto von uns allen hier. Nachher ist alles durcheinander, dann klappt das nicht mehr.«

»Oh nein, Oma … kein Foto!«, sagte Jules. Oder Jim.

»Nein, nein … kein Foto!«, sagte Jim. Oder Jules.

»Mama, muss das denn jetzt sein?«, fragte Robert, der um die ziemlich begrenzte und sehr erschöpfbare Geduld seiner Söhne wusste.

»Ja, das muss sein. Ich möchte ein paar schöne Bilder als Andenken an diese wunderbare Feier. Das ist doch wohl nicht zu viel verlangt!«

Robert nickte resigniert. Die Zwillinge realisierten sofort, dass sie ihren Verbündeten verloren hatten, dass er sozusagen von der Fahne gegangen war.

»Papa! Papa!«, schrien sie aufgeregt. »Kein Foto! Kein Foto!«

»Kinder«, sagte der Erzeuger dieser reizenden Brut. »Heute ist doch Bettys großer Geburtstag. Da müssen wir ihr schon mal einen Wunsch erfüllen.«

»Bescherung! Bescherung!«, skandierten die Zwillinge.

»Aber …«

»Man wird doch wohl noch …«

»Es gibt ja wohl noch anderes …«

»Herrje, das ist doch …«

»Lasst doch die Kleinen …«

Nun redeten alle durcheinander. Wer was sagte, konnte niemand auseinanderhalten. Durchdringend waren nur die Zwillinge.

»Geschenke! Geschenke!«

Doch sie kannten ihre Oma nicht. Mit der Penetranz ihrer Enkel nahm sie es allemal auf. Mit deren

Durchsetzungsfähigkeit konnte sie jederzeit mithalten. Es spornte sie sogar noch an. Sie winkte aufgeregt und beschwichtigend zugleich mit den Händen.

»Erst das Foto, meine Lieben! Ja … ja … das muss sein. Da führt kein Weg dran vorbei … Buberl, kannst du mal den Apparat aus meinem Zimmer holen?«

Ich seufzte. Unhörbar, natürlich. Warf nur Julie einen Blick zu, die sich zusammen mit mir erhob und das Zimmer verließ. Wir blickten uns an. Warum reichte nicht ein Smartphone? Warum musste es der altmodische Fotoapparat sein?

»Meine Güte«, flüsterte ich, als wir Hand in Hand durch den Flur gingen. »Das ist ja wirklich eine Sause heute …«

»Eine *Sauce*?« Julie hob erstaunt die Augenbrauen. Ob sie es absichtlich missverstand, vermag ich nicht zu sagen. Diese frankophonen Späße trieb sie für ihr Leben gern.

»Sause … Party, Fest, Budenzauber, Gelage, Besäufnis …«, präzisierte ich.

»Ach so.«

Bruno, der uns im Flur tapsen und flüstern hörte, stimmte in seinem Kämmerchen augenblicklich ein erwartungsfrohes Geheul an. Vermutlich spekulierte er darauf, seine Balz- und Liebesspiele mit meiner Frau fortsetzen zu können. Das würde ich nicht zulassen.

»Der *Ünd* …«, sagte Julie voller Mitleid, als wir an dem kleinen Gästezimmer vorbeikamen, in dem Bruno nun artistische Sprünge an der Tür vollführte.

»Der *Ünd* muss warten«, sagte ich mitleidlos. Den konnten wir nun wirklich nicht gebrauchen.

»Er ist sooo niedlisch …«

»Er ist ein Monster. Er wird dir noch deine teuren Seidenstrümpfe ruinieren. Du hast nicht gesehen, was er in Mamas Reich angestellt hat.«

»Aber …«

»Nein, nein … wir müssen ins *Boudoir*, Mamas Kamera holen.«

Ich drückte die Klinke hinunter, spähte vorsichtig hinein, als würden hinter der Tür noch immer die Dämonen der Verwüstung lauern.

Nun … so ganz hatte Robert sie nicht gebändigt, waren sie nicht vertrieben worden. Das Zimmer spiegelte ziemlich genau das Aufräumverständnis meines Bruders wider, das, um das Mindeste zu sagen, nicht sehr ausgeprägt war. Schon früher bestand »Aufräumen« in seinem Kinderzimmer darin, alles einfach unters Bett zu pfeffern, wo Mama dann Wochen und Monaten später empört müffelnde Socken, verwestes Obst, marmorierte Butterbrote, schmutzige T-Shirts, zerfledderte und mit Kaugummi verklebte Comic-Hefte und mit Fünf oder Sechs benotete Schulaufgaben zutage förderte und sie mit leisem Grimm dekorativ auf dem Bett ausbreitete, wo Robert sie dann nach der Schule vorfand.

Auch diesmal hatte mein Bruder bestenfalls halbe Arbeit geleistet. Zwar hatte er tatsächlich die Möbel so verrückt, dass Brunos Spuren an Vorhängen und Tapeten auf den ersten Blick nicht mehr sichtbar waren. Doch alles, was der Hund vom Toilettentisch gefegt hatte, war von Robert so nachlässig und uninspiriert wieder dort aufgestellt worden, dass Mama sich ans Herz greifen würde.

Er hatte alles, was auf den Boden gepurzelt war, einfach – wie früher unters Bett – auf den Tisch gerümpelt. Wo es aussah wie einst auf seinem Schreibtisch: eine nonchalante Art, den Gott der Ordnung in seine Schranken zu weisen.

Mit spitzen Fingern nahm Julie eines von Mamas spitzenbesetzten Höschen vom Toilettentisch und hielt es mir mit fragendem Blick entgegen.

»Sag bloß nichts«, meinte ich nur.

»Dieses *Öschen* …«

»Ja, ich weiß … dieses *Öschen* gehört da nicht hin. Vielleicht tust du es einfach in den Wäschekorb dort?«

Sie nickte und räumte alles, was an Bekleidung auf dem Tisch verstreut war, kurzerhand in den Korb, in dem Robert auch den ramponierten Bademantel entsorgt hatte. Den ich prompt wieder herauszog, um ihn provisorisch in meinem Zimmer zwischenzulagern und morgen in der Mülltonne endgültig zu vergraben. Den durfte Mama nie im Leben noch einmal zu Gesicht bekommen!

Dann machten wir uns auf die Suche nach ihrem alten Fotoapparat. Die Errungenschaften des digitalen Zeitalters waren spurlos an meiner Mutter vorübergegangen. Sie konnte mit Digitalkameras nichts anfangen und vermochte nicht einmal zu würdigen, dass das, was man aufgenommen hatte, sofort im Monitor zu sehen war. »Aber dann ist es ja gar nicht mehr spannend«, wandte sie ein. Für sie bestand Spannung darin, von einem Film mit dreiunddreißig Aufnahmen beim Fotohändler einundzwanzig auszusortieren, weil sie über- oder unterbelichtet, verwackelt, rotäugig, unscharf oder sonst wie misslungen waren. Und da Mama keinen Computer besaß, hatte sie auch keine Möglichkeit, sich die Bilder dort anzuschauen und eine Vorauswahl zu treffen.

Nein, ihr Fotoapparat war aus der guten alten Zeit. Durchaus von akzeptabler Qualität. Aber eben aus der Zeit, als wir noch analog lebten und noch nicht unentwegt Freunde und Verwandte und unser Essen fotografierten, um dann anschließend durch Myriaden von digitalen Bilddateien zu scrollen. Meine Mutter verschenkte ihre Fotoabzüge noch mit einem Lächeln; sie würde es abwegig finden, ihr ganzes Leben ins Netz zu stellen.

Ich fand den Apparat in einer Schublade. Sogar zwei Filme. *Na, dann kann ja nichts mehr schiefgehen!*

Woher nahm ich nur immer wieder diesen völlig unbegründeten Optimismus?

Wir gingen zurück in den Salon. Fachmännisch legte Papa einen der beiden Filme in die Kamera. Anstellen ließ sie sich nicht.

»Was ist denn nun los? Ist etwa die Batterie alle? Das darf ja wohl nicht wahr sein ... jetzt!«

»Lass mich mal.« Robert nahm seinem Vater den Apparat aus der Hand und fummelte mit fachmännischer Miene, die aber immer widerspenstiger und verzweifelter wurde, daran herum.

Es war Max, der Hilfe anbot, die wirklich hilfreich war.

»Ihr müsst erst die Kappe abnehmen. Dieses Modell lässt sich nur einschalten, wenn die Kappe ab ist.«

»Hat man so was schon gehört?«, murmelte Papa. »Ich kenn das Ding doch schon seit Jahren.«

Auch mir kam es merkwürdig vor, doch was technische Dinge anbetraf, war ich von stupender Verblüffungsfähigkeit. Ich staunte immer wieder laienhaft, was ging und was nicht.

»Wo ist denn das Blitzlicht?«, fragte Mama.

»Ist das nicht eingebaut?«, erwiderte ich.

»Nein, ist es nicht. Das ist ein eigenes Gerät, das man da oben aufsteckt ... Könntest du bitte noch einmal nachschauen gehen? Wo der Fotoapparat war, müsste eigentlich auch das Blitzgerät zu finden sein.«

Ich hatte kein Blitzgerät gesehen, da war ich mir ziemlich sicher. Weder in der Schublade noch sonst wo. Doch brav machte ich mich erneut auf den Weg in Mamas Reich.

Ich kämmte das *Boudoir* mit einer Akribie durch, die sonst nur Ermittlungsbeamte bei einer richterlich angeordneten Hausdurchsuchung an den Tag legen. Ich spähte in jede Schublade, in jeden Schrank, in jedes Fach. Ich legte mich auf den Boden und ließ meinen Blick um dreihundertsechzig Grad durch den Raum schweifen. Ich durchwühlte sogar die Dessous meiner Mutter, mit überaus gemischten Gefühlen, als täte ich etwas Verbotenes, als überschritte ich eine Grenze, die ich nie und nimmer hätte passieren dürfen. Vergeblich.

War das Blitzgerät womöglich Bruno in seine zittrigen Klauen gefallen?

Wo hast du das hingetan, du Hund?

Doch Bruno war unschuldig, ausnahmsweise. Mama selbst musste das Blitzlicht in einem Augenblick frühseniler Umnachtung in einen Strumpf gesteckt haben, aus welchem Grund auch immer. Ich zog es aus diesem Strumpf und bedachte es mit einem ungläubigen, fassungslosen Blick.

Na also.

Ehrlich gesagt, halte ich wenig von Blitzlicht. Ja, manchmal geraten die Aufnahmen ohne das Geblitze ein bisschen zu dunkel. Aber das ist immer noch besser als diese grell ausgeleuchteten Szenen, die so unnatürlich aussehen. Denn nie und nimmer ist es im Raum so hell, wie der Blitz es insinuiert. Und die Gesichter der Aufgenommenen geraten unter der überhellen Ausleuchtung zu harten Visagen, in denen noch jede Falte und jede Pore so scharf zu erkennen sind, wie man sie niemals zu sehen wünscht.

Aber bitte, wenn die betagten Damen Aufnahmen wün-
schen, in denen ihre verblühende Schönheit restlos ausgeleuch-
tet ist – bitte sehr!

Flugs trug ich das Blitzgerät in den Salon, wo es mir von Papa mit einem vorwurfsvollen »Wurde auch Zeit!« abgenommen wurde. Während er Fotoapparat und Blitzlicht in der dafür vorgesehenen Position zusammensteckte, entbrannte eine Diskussion über den richtigen »Standort« der Gruppe.

»Stellt euch alle vor den Weihnachtsbaum!«, ordnete Mama an.

»Was soll denn das?«, fragte Bernhard, der den Fotoapparat nahm, um durch den Sucher blickend den Aufbau der Gruppe zu überwachen. »Den sieht man doch gar nicht, wenn sich alle davor postieren.«

»Man sieht schon noch was«, beharrte Mama. »Hier ist ja wohl niemand so groß wie dieses Prachtexemplar von Baum.«

»Das Geglitzer an diesem Baum wird reflektieren … das Blitzlicht, meine ich … du wirst schon sehen.«

»Wie wäre es dort … vor den Geschenken? Die muss man ja nicht sehen … Dafür wäre dann auf dem Bild rechts noch was vom Weihnachtsbaum zu erkennen.«

Karins Vorschlag führte zu allen möglichen Fürs und Widers.

»Ja, vielleicht …«

»Aber …«

»Das klappt doch nie und nimmer …«

»Da ist kein Platz für alle …«

Bernhard übernahm das Kommando. »Das passt schon … Hintereinander … In drei Reihen … Hintereinander, habe ich gesagt, ist das denn so schwer … Die Kleinen nach vorn … Ja, auch du, Karin, bist ja nicht die Größte … Und Oma auch nach vorn … Ja, rechts neben Elisabeth … Friedrich, stell dich neben deine Frau … Die Kinder können sich hinknien … Nun macht schon … Herrje, was für ein …«

Dann, nach einer Viertelstunde, in der die Gruppe einen Grad an Verkrampftheit erreichte, der wachsfigurenkabinettwürdig war, schien es geschafft: Drei Reihen standen parat … Alle Köpfe waren zu sehen …

»Alles blickt hierher … In die Kamera! … Lächeln … bitte … Jules, zieh deinen Bruder nicht am Ohr … Jim, jetzt keine Grimassen, bitte … alle … lächeln …«

»Nun drück schon ab. Ich kann hier nicht stundenlang herumgrinsen«, quengelte Oma, die heftig grimassierte und von der Anforderung, gute Miene zum anstrengenden Spiel zu machen, sichtlich überfordert war. Wer hingegen ein minutenlanges hinreißendes Lächeln hinlegte, war Laura … Sie war es gewohnt, von Fotografen kommandiert zu werden. Sie strahlte, als würde sie für den Pirelli-Kalender fotografiert. Absolut professionell. Alle anderen schnitten Grimassen, dass es eine grausige Freude war.

Klick.

Das Blitzlicht hatte nicht funktioniert.

»Hast du den Blitz eingeschaltet?«, fragte Mama.

»Natürlich hab ich das«, gab Bernhard genervt zurück. »Meinst du, ich kann mit diesem vorsintflutlichen Erzeugnis der optischen Industrie nicht umgehen?«

»Aber nun bist du nicht auf dem Bild, Schatz«, jammerte Karin. »Wenn du fotografierst, kannst du nicht auf dem Bild sein.«

»Geliebtes Wesen«, sagte Bernhard. »Niemand ist auf dem Bild, das ich gerade gemacht habe! Der Blitz ist nicht ausgelöst worden.«

»Karin hat recht. Bernhard muss mit aufs Bild«, befand Mama.

»Was für ein Getue!« Charlotte verdrehte entnervt die Augen.

»Und wer soll die Aufnahme machen?«, fragte irgendwer.

Zum zweiten Mal an diesem Abend breitete sich ein mehrsekündiges Schweigen aus.

Völlige Stille. Verdutzt, perplex hielten alle inne, sogar die Kinder. Jeder schien darüber zu grübeln, wie man alle aufs Bild bekommen könnte, einschließlich des Fotografen.

»Selbstauslöser?«, fragte Robert vorwitzig aus der hintersten Reihe.

»So was klappt doch nie«, sagte Papa. »Außerdem haben wir den nicht.«

»Nee … nee … Niemals klappt das mit einem Selbstauslöser.«

»Wir haben ja auch überhaupt keinen«, wiederholte Papa.

»Dann ohne Selbstauslöscher!«, rief Oma.

»Selbstauslöser!«

Wieder ein Moment Stille. Den jemand unterbrach, mit dem keiner gerechnet hatte.

»Ich …«, kam es von irgendwoher.

Alle Köpfe drehten sich um.

Es war Max, der sagte: »Ich könnte die Aufnahme machen. Ich meine … dann wäre die ganze Familie drauf auf dem Bild. Und ich … ich gehöre ja nicht dazu … noch nicht, meine ich …«

Dorle schob enttäuscht die Unterlippe vor. Doch auch sie sah ein, dass hier ein Königsweg aufgetan worden war.

»Kannst du denn damit umgehen … mit so einem altmodischen … Dings …?«, fragte Dorle.

Max schenkte ihr ein schiefes Grinsen.

»Na klar. Eine meiner leichtesten Übungen.«

Es dauerte natürlich eine geraume Weile, bis sich die Gruppe wieder so formiert hatte, dass alle in Position waren und ihr schönstes Hundert-Watt-Weihnachtslächeln angeknipst hatten.

Ich muss sagen, dass Max sich sozusagen allein durch die meisterliche Art und Weise, wie er mit engelsgleicher Geduld die komplette Familie auf den perfekten Moment für den Auslöser ausrichtete, für die Aufnahme in den erlauchten Kreis der Siebenschöns qualifiziert hatte. Mama, die in der Mitte der Gruppe stand und sich ein strahlendes Lächeln ins Gesicht geschminkt hatte, das sie gar nicht mehr wegbekam, erkannte in ihm den idealen Schwiegersohn für ihr Töchterchen. Wenn es Dorle nicht gelingen würde, diesen Teufelskerl definitiv an sich zu binden – *sie* würde ihn niemals wieder loslassen!

In letzter Sekunde aber kam Max dann doch mit aufs Bild. Denn Francis, der Butler, unser britischer Helfer in höchster Not, erbot sich, auf den Auflöser zu drücken.

Klick.

Klick.

Klick.

Es klickte nur so. Immer wieder. Mit Blitzlicht. Ohne Blitzlicht. Fast zwei Filme wurden verknipst. Wir strahlten um die Wette. Ich stand direkt hinter meinen Eltern. Und nur ich konnte sehen, wie mein Vater seine Hand auf Mamas Rücken schob. Es war nicht besitzergreifend, nicht herablassend tätschelnd. Es war eine Geste voller Zärtlichkeit, voller Zuneigung, die mich unendlich rührte.

Es gibt Augenblicke, die vergisst man nicht. Dieser war so einer. Ich ergriff die Hand von Julie, die neben mir stand, wagte ihr – zwischen zwei Blitzen – einen Blick zuzuwerfen, in den ich alle meine Liebe legte. Und obwohl sie sich nicht zu mir umdrehte, sondern unablässig der Kamera zugewandt blieb, sah ich an ihrem Lächeln, das eine Spur breiter wurde, dass sie alles mitbekommen hatte, den Händedruck ebenso wie den Blick. Und das, was sie sagen wollten, sowieso.

Und hier sehen Sie historische Aufnahmen der Familie Sie-benschön.

22

WAS DU NUR IMMER DENKST

Das letzte Klicken, die letzte Aufnahme war noch nicht »im Kasten«, da waren im Nu die Zwillinge wieder auf den Beinen und riefen ihr Mantra.

»Bescherung! Bescherung!«

»Geschenke! Geschenke!«

Doch wie das so ist mit forcierten Erwartungen, sie werden Mal um Mal enttäuscht. So auch diesmal. Mama ließ sich überhaupt nicht aus dem Konzept bringen oder gar nur erweichen, einen Deut vom seit Jahrzehnten vertrauten Programm abzuweichen oder irgendwelche Zugeständnisse an kindlichen Übermut zu machen.

»Nein … nein, meine Kleinen. Erst die Weihnachtsgeschichte! Und dann die Weihnachtslieder!«

»Oh neeiiiin!«

»Oh ja!«

»Papa?!« Flehentliche Blicke wurden an den Paten von Traunstein gerichtet, doch gegen diese *Mamma* war auch er machtlos. Mit gequältem Lächeln und einem beherzten Heben der Schultern quittierte er das Hilfeersuchen seiner Söhne.

»Mama?!«

Auch die Mama der Paten-Söhne musste passen. Sie hustete nur teilnahmsvoll.

Vollbremsung. Die Zwillinge resignierten maulend, setzten eine demonstrativ gelangweilte Miene auf, die aber niemanden beeindruckte. Jeder wusste, dass das Drehbuch für *Weihnachten bei den Siebenschöns* seit grauer Vorzeit feststand.

Die Weihnachtsgeschichte vorzulesen, war und ist das Vorrecht des Patriarchen der Familie. Früher hatte es Opa Siebenschön übernommen, und die Vorträge in seinem gepflegten Bass hatten alle noch in den Ohren. Das war hörbuchreif gewesen, und es stellte sich augenblicklich ein feierliches Gefühl ein, wenn er anhob: »Es begab sich aber zu der Zeit …«

Papa trat in Opas Fußstapfen und legte eine kaum weniger beeindruckende Leistung hin. Er verfügte über einen ausdrucksstarken Bariton, der zwar nicht dieses vibrierend-wohlige Gefühl erzeugte, dafür jedoch an Seriosität nicht zu überbieten war. Er setzte sich in den Ohrensessel, zog die Lesebrille auf die Nase, was ihm das Flair eines soignierten Schauspielers verlieh, und legte die große Familienbibel mit Goldschnitt, die ihm zur Hochzeit geschenkt worden war, auf seine Knie. Die Weihnachtsgeschichte nach dem Evangelisten Lukas war mit einem roten Lesebändchen markiert, das niemals seine Position wechselte. Denn die Bibel wurde nur einmal im

Jahr hervorgeholt, am Heiligen Abend, und schlief die restlichen dreihundertvierundsechzig Tage des Jahres den ungestörten Schlummer eines wahren Klassikers.

»Es begab sich aber zu der Zeit …«

Papa hatte die Bibel in seine Hände genommen und las die ja nicht sehr lange Geschichte vor. Ich hatte derweil Gelegenheit, meinen Blick über die Gesichter aller Anwesenden wandern zu lassen. Darin war alles zu lesen – von der entrückten Andacht bei Karin bis zur gepflegten Langeweile bei Dorle und einem leicht missmutigen Gesichtsausdruck, den Bernhard gegenüber allem, was unter heftigem Kitschverdacht stand, an den Tag legte. Mama hörte wie immer mit geschlossenen Augen zu, als lauschte sie himmlischem Engelsgesang. Charlottes Gesicht war ausdruckslos. Oma Annerose lächelte und war wohl in Erinnerungen versunken. Die Zwillinge starrten zur Decke, unfähig, etwas anderes zu empfinden als kindlichen Verdruss. Der, wie wir alle wissen, sehr tief gehen kann. Als mein Vater die Bibel zuklappte und die Brille von der Nase nahm, herrschte einen Augenblick Ruhe. Jules – oder Jim – öffnete zwar augenblicklich den Mund zu einem neuerlichen: »Und jetzt die Geschenke!«, was aber durch die resoluten Blicke seiner Eltern gestoppt wurde. Was hatte es auch für einen Sinn … gleich würde es überstanden sein. Also fügten sie sich in das Unvermeidliche.

Nun standen die üblichen Lieder auf dem Programm. Früher wurden sie musikalisch akkompagniert, durch

Klavier (ich), Blockflöte (Laura) und Gitarre (Robert); Dorle war gänzlich unmusikalisch, zumindest gab sie das vor. Mittlerweile gab es keine Instrumente mehr im Salon, das Klavier war in eines der Gästezimmer verbannt worden. Hausmusik war schon lange kein Thema mehr. Aber auch nicht das behelfsmäßige Abspielen einer CD mit Weihnachtsmusik. Nein, bei den Siebenschöns wurde noch selbst gesungen. Wenn auch nicht schön, schon gar nicht siebenschön.

O Tannenbaum, o Tannenbaum …
Ihr Kinderlein, kommet …
O du fröhliche …

Und dann, die heimliche Hymne des Weihnachtsfestes: *Stille Nacht, heilige Nacht …* mit aller Inbrunst, derer man fähig ist.

Diese vier Lieder mussten es unbedingt sein, sie gehörten sozusagen zum Standardrepertoire. Dann durfte sich – so war es zumindest früher – jeder noch ein weiteres Lied wünschen. Also kamen auch *Alle Jahre wieder* sowie *In dulci jubilo* und *Morgen, Kinder, wird's was geben* zum Einsatz. Diesmal aber war die Wunschliste naturgemäß eher kurz. Vier Pflicht- und vierzehn Kürlieder, das wäre dann doch des Guten zu viel gewesen; es hätte noch das Wunschkonzert im Radio übertroffen. Nur Mama durfte sich an ihrem Ehrentag ein fünftes Lied wünschen – und es war *Schneeflöckchen, Weißröckchen,* eher ein Winter- als ein Weihnachtslied. Aber sie liebte es, weil es so fröhlich war …

»So viele Sängerinnen und Sänger … das ist ja schon ein richtiger Chor … Wir brauchen einen Dirigenten«, sagte Mama.

»Ja, einen Chorleiter.«

»Papa?« Alle Augen richteten sich auf meinen Vater.

»Nein, nein«, wehrte der ab. »Ich hab gerade die Weihnachtsgeschichte vorgelesen. Da muss jetzt mal ein anderer ran.«

»Aber wer, Fritz?«, fragte Mama.

»Ich hab da schon eine Idee … Eigentlich kommt nur Charlotte infrage.«

»Charlotte?« Mamas Stimme bekam ein irritiertes Tremolo.

»Ja, natürlich Charlotte. Schließlich ist sie ausgebildete Pianistin. Und Musiklehrerin. Sie ist perfekt für diese Rolle.«

Charlottes blasses Gesicht überzog sich mit zarter Röte. Das fand sie nun doch ziemlich nobel.

»Wenn du meinst«, zierte sie sich. »Wenn ihr alle meint …«

»Natürlich meinen wir alle«, rief Tina erleichtert. »Das musst du machen … wer sonst?«

Also stellte sich Charlotte vor dem Chor auf und dirigierte ihn mit knappen Handbewegungen. Und ich muss zugeben, dass die Einsätze einigermaßen präzise klappten, besser sicherlich als ohne Chorleiterin.

Alle hatten ein hektografiertes Liederbuch in der Hand. Schließlich konnte man heutzutage von niemandem mehr profunde und verlässliche Textkenntnis erwarten, manchmal nicht einmal die der ersten Strophe. So aber konnten alle den Text singen … und zwar sämtliche Strophen!

Was soll ich über den Gesang dieses zusammengewürfelten Chors sagen? Man hätte Dissonanz erwarten können, doch – o Wunder – es klang unter Charlottes Leitung gar nicht mal so übel, und was an Raffinesse und Übung fehlte, wurde durch Begeisterung und Enthusiasmus wettgemacht. Diese Familie sang für ihr Leben gern – das war deutlich zu spüren. Und es war reiner Wohlklang, zumindest in meinen Ohren, was die Stimmen zustande brachten: der volltönende Bariton (mein Vater), der Mezzosopran (meine Mutter), die Sopranos (Karin und Charlotte), die Altstimmen (Laura, Tina und Julie), die Tenöre (Robert, Max und ich), der Bass (Bernhard), die rührend brüchige Stimme Omas und die hellen Stimmen der Zwillinge. Dorle, das wusste ich, bewegte nur die Lippen. Sie hatte als einzige keinerlei inneren Zugang zum weihnachtlichen Liedgut. Vielleicht schämte sie sich dessen auch. Francis Fairlie machte sich derweil diskret in der Küche zu schaffen.

Schneeflöckchen, Weißröckchen,
komm zu uns ins Tal.
Dann bau'n wir den Schneemann
und werfen den Ball.

Es war geschafft!

Und dann kam sie endlich – die Bescherung! Jules und Jim gerieten außer sich vor Erwartungsekstase. Sie hüpften durch die Bude, als gelte es, die letzten bösen Geister zu vertreiben, die sie so lange von diesem Höhepunkt des Heiligabends ferngehalten hatten. Und sie bekamen ihre Geschenke – die ihrer Großeltern und die ihrer Eltern – natürlich als Erste.

Ich muss gestehen, dass mich eine leichte Beklemmung befiel. Schenken, so einfach es klingt, ist so einfach nicht. Da kann man viel verkehrt machen, da kann viel passieren. Und warum sollte gerade bei diesem heiklen Unterfangen in dieser heiklen Familie alles reibungslos ablaufen? Die Wahrscheinlichkeit sprach nicht gerade dafür … Also, es war nicht zu erwarten, dass ausgerechnet die »Bescherung« – ein so doppeldeutiges Wort! – bei den Siebenschöns fröhlich und ohne Zwischenfälle über die Runden ging. Diese Familie brachte und bringt es fertig, sich auch noch über Geschenke zu zanken.

Wenn ich für eine Sache sozusagen Spezialist bin, dann für das Schenken. Als Geschenkbuchverleger kenne ich mich aus mit Geschenken – wie sie aussehen, wie sie beschaffen sein müssen, um Freude ins Leben anderer zu bringen, um ihnen ein Lächeln ins Gesicht zu zaubern.

Ich muss jedoch einräumen, dass in der Entscheidung, die Gäste sollten Mama zum fünfundsechzigsten

Geburtstag beschenken und meine Eltern jeden einzelnen Gast, ein Kardinalfehler lag. Zunächst mag man das für rational und vernünftig halten, doch bei genauerem Zusehen und vor allem genauerer Kenntnis der Familienkonstellation schien es mir nicht gerade ein glückhafter Einfall zu sein, dass Mama die Geschenke für ihre Lieben besorgte. Denn, so seltsam es klingen mag: Mama war und ist darin nicht gut. Und Papa schon gar nicht – seine Geschenke atmen stets den Geist der Verlegenheit. Ja, die Geschenke meiner Eltern treffen leider selten ins Schwarze. Aber knapp daneben ist eben auch vorbei.

Es war also größtenteils Mamas wochenlangen Einkäufen zu verdanken, dass die Geschenkepyramide zustande gekommen war, die ich im Salon so kunstvoll aufgebaut hatte. Alles war eingepackt worden, in mehr oder weniger geschmackvolles Papier, mit Schleifen versehen und mit kleinen Namensschildchen. Und so setzte sich Mama stolz in den Ohrensessel neben dem Weihnachtsbaum und beglückte einen jeden mit »seinem« Päckchen. Und ein jeder nestelte es auf, mehr oder weniger geschickt, und zog dann etwas hervor, das ihn wahlweise in Beglückung – seltener – oder Bestürzung – öfter – versetzte. Je nachdem.

Um hier nicht vollends den Überblick zu verlieren, ist es ratsam, dass der Chronist das Ganze etwas systematisiert und damit vereinfacht zur Darstellung bringt:

Hohe Beglückung
stellte sich – es muss leider gesagt werden – bei niemandem ein.

Mittlere Beglückung
beziehungsweise Zufriedenheit (deren Grad man jedoch unmöglich erkennen konnte) ließen Karin und Dorle erkennen. Und auch Max gab ein indifferentes Lächeln und Kopfnicken und »Oh, vielen, vielen Dank« von sich, das man wie auch immer interpretieren konnte.

Kaum oder gar keine Beglückung
war das Ergebnis bei Oma, Charlotte, Julie – die sich nichts anmerken ließ, der ich es dennoch ansah –, Laura, Tina, Bernhard und Robert – dem es im Grunde egal war, was man ihm schenkte, es war ohnehin immer was zum Anziehen. Und bei mir, natürlich.

Ich hätte liebend gern ein neues Nervenkostüm bekommen. Von mir aus auch einen Scheck, aber Geld wird von mir ja traditionell überschätzt, wie mir immer wieder vorgehalten wird. Doch in meinem Paket, in dem es so verheißungsvoll gerappelt hatte, befand sich ein Mobiltelefon, und zwar nicht das neueste Modell. – »Damit du mich immer und überall anrufen kannst!« Als wäre ich noch immer ans Festnetz gefesselt. Und wie jedes Jahr ein Buch, das meine Interessen hundertprozentig *nicht* traf; diesmal war es *Sagen und Legenden der bayerischen Alpen.* Aber mein Geschenk war immerhin in das mit Abstand schönste Geschenkpapier eingewickelt: Elfen und Feen, die weihnachtlich kostümiert waren und zu ihrem übermütigen Toben durch den winterlich verschneiten Wald alle lustige grünrot geringelte Mützchen trugen. Es war – wie konnte es anders sein – aus der Kollektion von Siebenschön, mir also keineswegs unbekannt. Mama hatte das sicherlich nicht gemerkt. Will ich ihr jetzt einfach mal zugutehalten.

Zwei weitere Beispiele gefällig?
Annerose bekam von ihrer Tochter ein riesiges, nachtblaues Kaschmirtuch, das überhaupt nicht zu ihrem Kleidungsstil passte. Denn Oma ist mehr so der Landlust- und Burberry-Typ, Eleganz und Extravaganz sind an ihr verschwendet. Daher wusste jeder augenblicklich: Sie würde dieses Tuch niemals tragen. Annerose wackelte mit dem Kopf wie ein Plüschhund auf der Heckablage eines Autos, unsicher, wie sie reagieren sollte.

»Was ist denn das für ein Gedöns?«, machte sie dann ihren Gedanken Luft.

»Das ist feinster *Kaschmir*! Aus dem Himalaya!«, schnappte Mama, schon im Ansatz beleidigt, dass jemand das nicht auf Anhieb fühlen und erkennen konnte.

»Von einer Kaschmirziege?«, fragte Oma lauernd. Und setzte noch eins drauf: »Soll das eine Anspielung sein?«

»Ach, was du nur immer denkst.« Mama legte ihr den Schal um die Schultern und verwandelte Oma in ein Mischwesen aus Hohepriesterin und Königin der Nacht. Annerose nahm sogleich ironisch eine feierliche Haltung ein und erteilte allen Anwesenden den Segen.

»Darauf brauch ich einen Schnaps«, schloss sie. »Francis … was gibt die Bar her?«

Charlotte bekam von ihrer Schwester sechs wunderschöne Weingläser aus böhmischem Kristall, rasant geschliffen und in verschiedenen Farben, die Mama von ihrer diesjährigen Kur in Marienbad mitgebracht hatte.

»Gläser?«, fragte Charlotte, mit hochgezogenen Augenbrauen, die höher nicht zu ziehen waren. »Was soll ich mit noch mehr Gläsern? Ich hab doch schon so viele. Weißt du nicht, wie klein meine Wohnung ist? Nee, die kannst gleich wieder zurücknehmen …«

»Wieso? Die waren teuer, also wirklich! Das sind ganz alte Gläser, weißt du! Eine böhmische Antiquität! Die kannst du mir doch nicht so einfach zurückgeben …« Mama war vollkommen konsterniert, wie jeder sehen konnte.

»Ach was, teuer. *Pillepalle*. Ich kann das Zeug nicht gebrauchen. Es passt auch überhaupt nicht zu meinem Stil. Nein, nein … nimm sie mal schön wieder zurück. Kannst sie doch deiner Freundin schenken, deren Wohnung ja von Plunder nur so überläuft.«

Mama schnaubte. Der Rest der Festgesellschaft hielt den Atem an. Hier schien sich ein neuerlicher Höhepunkt in der problematischen Beziehung zwischen den beiden Schwestern anzubahnen. Ein Höhepunkt, den niemand verpassen wollte. Doch daraus wurde nichts.

»Nun nimm sie schon«, ätzte Bernhard schadenfroh. »Kannst sie ja auf Ebay versteigern. Das wird deine schmale Rente aufbessern.«

Charlottes Augen verengten sich zu Schlitzen. Auch ihre Lippen pressten sich zu einer geraden altrosa Linie zusammen. Für einen Moment schien sie zu überlegen, dass dies vielleicht keine schlechte Idee war, dann aber gewann ihr konstitutionelles Beleidigtsein Oberhand.

»Ich denke nicht«, sagte sie spitz, »dass die Empfehlungen eines kleinen Lokalredakteurs wirklich hilfreich für mich sind.«

»Feuilletonredakteur, liebe Charlotte. Feuilletonredakteur!«

»Wie auch immer, werter Bernhard. Die Gläser kommen mir nicht über die Schwelle, tut mir leid, Elisabeth. Aber das musst du verstehen. Ist ja auch nicht weiter tragisch. *Ich* muss ja hier auch nichts bekommen. Gehe ich eben ohne was nach Hause …«

Sie zog einen Flunsch, dem aber anzusehen war, dass er mehr Theater als wirkliches Eingeschnapptsein war. Und das brachte Karin wahrscheinlich auf die Idee, leise vor sich hin zu sagen: »Ich würd sie liebend gern nehmen …«

Ruckartig wandten sich alle Köpfe meiner vanille-duftenden Lieblingstante zu, die verschüchtert aufsah und zu einer Erklärung ansetzte.

»Ja, wirklich. Die sind doch wunderschön. Und zu uns und unserem Stil würden sie passen. Ich meine … Charlotte … vielleicht können wir ja tauschen … Du bekommst meine Geldbörse und ich deine Gläser.«

Nun wandten sich alle Köpfe erst Charlotte, dann meiner Mutter zu. Mamas Miene war undurchdring-lich, aber vermutlich rettete Karins unkonventioneller Vorschlag einfach die Situation. Und verhinderte die Blamage, die kostbaren Gläser wieder zurückzuneh-men, als seien sie der letzte Ramsch vom Flohmarkt. Also nickte sie, mit einem feinen, nicht deutbaren Lä-cheln.

Charlotte zog eine Schnute, ließ sich von Karin die Geldbörse – immerhin von *Furla* – reichen und befühl-te sie, als könne sie ihrer Schwester grundsätzlich nicht über den Weg trauen. Alle hielten die Luft an. Und at-meten kollektiv erleichtert wieder aus, als Charlotte er-klärte: »Warum nicht? Besser als gar nichts. Nein … nein … eigentlich ist sie ja sogar schön. Kann ich gut gebrauchen. Also … ich nehm sie … Und du, werd mit diesen Gläsern glücklich …«

Stürmischer Applaus.

Doch damit war die Bescherung keineswegs zu Ende. Nicht nur, dass ja Mama noch alle ihre Geburtstagsgeschenke bekam. Karins Vorstoß setzte nämlich eine wahre Lawine in Gang. Die Rückkehr der Sieben-schöns zur Tauschgesellschaft. Plötzlich wollten alle ihre Geschenke gegen die anderer tauschen. Und – o Wunder! – das Ganze ging sogar auf, als hätte der Weih-nachtsengel persönlich seine Hände – oder besser: Flü-gel – im Spiel.

Und so sah's dann zum Schluss aus: Charlotte nahm von Karin die *Furla*-Geldbörse mit dazu gehöriger Handytasche aus trendfarbigem Leder, Karin von Char-lotte die böhmischen Kristallgläser.

Bernard nahm von mir das Buch *Sagen und Legenden der bayerischen Alpen*, ich von ihm das Buch *Was man von hier aus sehen kann* von Mariana Leky (ich war neugierig auf den Roman).

Dorle (eine mit teuren Pflegeprodukten gefüllte Kosmetiktasche) und Laura (eine Brosche und eine dazu passende Haarklammer, die irgendwie vintagemä-ßig aussahen) tauschten geschwisterlich.

Julie interessierte sich für Omas nachtblaues Kasch-mirtuch und verehrte ihr dafür ihren superteuer aus-sehenden Regenschirm mit Super-Klapp-Automatik. Seit wann gilt Münster als Regenloch Deutschlands? Unerfindlich blieb mir Mamas Geschenk für meine Frau.

Max konnte mit meinem Mobiltelefon etwas anfan-gen – seines hatte er vor ein paar Tagen verloren –, ich etwas mit seinem Schweizer Taschenmesser (so eines wollte ich immer schon mal haben). Tina (ein Reise-Schuhputzzeug-Set) und Bernhard (ein goldenes Feuerzeug – er rauchte gar nicht!) wechselten ebenfalls ihre Geschenke.

Robert tauschte nichts. Er bekam ohnehin jedes Jahr mehr oder weniger dasselbe. Diesmal waren es eine Krawatte – Robert hasste Krawatten! – und eine Strickweste, die er wohl doch ganz passabel fand.

Nur die Zwillinge waren restlos zufrieden mit ihren Geschenken. Zwar vielleicht nicht so ganz mit den Pullovern und Schlafanzügen, die Mama für sie – neben dem üblichen Spielkram, versteht sich – ausgesucht hatte. Wohl aber mit all dem nutzlosen Krempel, der Kinderherzen höherschlagen lässt.

»Kinder, Kinder«, sagte meine Mutter, als endlich alle mit den »richtigen« Geschenken versorgt waren, »ihr könnt mich alte Frau ganz schön auf Trab halten.« Aber sie war doch erleichtert, dass die Bescherung ziemlich reibungslos über die Bühne gegangen war und alle nun zufrieden waren.

Na also, geht doch. Das Christkind war nur etwas erschöpft und geistig nicht mehr voll auf der Höhe gewesen, als es die Geschenke der Familie Siebenschön verteilt hatte. Kann man doch verstehen, oder?

23

WIE KANNST DU ES WAGEN?

Dann kam die Bescherung der Jubilarin. Für Mama hatten sich die Gäste mächtig ins Zeug gelegt. Sie konnte mit ihrer »Ausbeute« rundweg zufrieden sein. Auf dem Vertiko stapelten sich schließlich eine von Jules und Jim überreichte Menage – Salz- und Pfefferstreuer in einer silbernen Halterung, jeder mit einem eingravierten »E«), zusammen mit einem selbstgebastelten Fotokalender für das kommende Jahr. Eine Gesamteinspielung (CD und DVD) von *La Bohème* mit Anna Netrebko in der Rolle der Mimi – von Julie. Ein riesiger prunkvoller, mit dunkelrotem Samt bezogener Bilderrahmen und ein liebevoll gestaltetes Fotoalbum mit Bildern aus Kindheit und Jugend der Rosner-Schwestern – von Karin und Bernhard. Ein Gutschein für ein sündteures Wochenende in Schloss Elmau – von Robert und Tina. Entzückende Kreolen, die wir in Venedig entdeckt hatten – von mir. Eine Luxusbouteille *Chanel No. 5 – o là là* – von Max und von Dorle dazu einen seidenen Bademantel – »Ach, Dorle, ganz lieb … aber ich hab doch schon einen …« – Da sollte sie sich unwissentlich täuschen, denn ihr hundsmäßig misshandeltes Schmuckstück lag wohlverstaut in meinem Koffer und würde morgen in der Mülltonne versenkt werden. Von Charlotte bekam meine Mutter eine Schreibmappe aus Leder und von Annerose einen Waterman-Füllfederhalter. – »Damit du deine Schecks würdig ausstellen kannst!«

Das alles packte Mama nach und nach aus. Jeder bekam einen dankbaren Blick, ein Lächeln, ein »Ach, wie schön!« und »Oh, wie hübsch!«. Zuletzt nahm sie das Päckchen mit der rosa Schleife in die Hand, so groß wie ein Schuhkarton.

»Das ist von mir«, sagte Laura leise.

Ich hoffte inständig, dass es nicht wieder eine dieser entzückenden Nichtigkeiten von *Princesse Tamtam* war, die sie so oft verschenkte – sowohl Julie als auch Dorle nannten ganze Schubladen voll davon ihr Eigen. Aber der Schuhkarton deutete dann doch eher auf hyperhohe Stilettos hin, die Mama so gerne trug – »ungeachtet meines hohen Alters«, wie sie gern trotzig zu bemerken pflegte. *Schuhe! Nicht das originellste Geschenk zum fünfundsechzigsten Geburtstag,* dachte ich, *auch wenn sie sicherlich sündteuer und italienischer Provenienz sind.*

Doch die leichte Missbilligung wandelte sich in ungläubiges Erstaunen, wie übrigens bei jedem im Raum, als Mama den Karton öffnete. Er war ganz mit rosafarbener Watte ausgekleidet, und darin lag – eine Puppe. Keine von der Art, die das Herz von Puppensammlerinnen höherschlagen lässt. Jeder weiß, dass Mama mit Puppen nichts anzufangen weiß – sie gehört zu den Bärentypen – *Puppen oder Bären* heißt es in unserer Familie immer, da muss man sich entscheiden –, und ihr zu ihrem Geburtstag eine Puppe zu schenken, kündete von einer Gedankenlosigkeit und Bequemlichkeit, die ich Laura nie und nimmer zugetraut hatte. Was war nur in sie gefahren, Mama ein Schlummerle zu schenken, so ein weiches Knuddelding mit Schlenkerarmen, das Babys in den Arm gedrückt bekommen, damit sie besser einschlafen?

Verwirrt blickte Mama ihre älteste Tochter an. Sie seufzte einmal auf, als könne sie sich nur so mit diesem Geschenk abfinden. »Oh … eine Puppe …«, sagte sie nur. »Vielen Dank.«

Der weibliche Teil der Festgesellschaft jedoch hatte unisono längst begriffen, dass das Schlummerle in seinem niedlichen rosagemusterten Strampelanzug *symbolisch* gemeint war. Als ein ganz großes Symbol, sozusagen.

»Ich fasse es nicht«, ächzte Julie.

»Waaahnsinn!«, krächzte Tina, gefolgt von einem Hustenanfall.

»Mensch, Laura, du Schlampe«, ätzte Dorle, was ihrer Schwester ein schiefes Grinsen entlockte.

»Bemerkenswert. Höchst bemerkenswert«, sagte Charlotte spitz.

»Ein Mädchen … es wird ein Mädchen!«, rief Karin.

»Was du nicht sagst«, schloss Oma den Reigen. »Ich hab's schon gewusst, als ich den rosa Karton sah.«

Da fiel auch beim männlichen Teil der Festgesellschaft der Groschen. Oder sagt man heute: der Cent?

»Aber hallo!«, kam es von Bernhard, wieder einmal.

Und Mama blickte ihre Tochter noch immer ungläubig an: »Willst du damit sagen …?«

Laura nickte nur.

»Du bekommst ein Baby?«

Wieder nickte sie. »Ja, ein Mädchen.«

»Ein Mädchen!« Mama schloss beseligt die Augen, als gebe sie sich einer himmlischen Erscheinung hin. Sie drückte das Schlummerle sogar an ihre Brust. So fest, dass es erstickt wäre, hätte es gelebt. »Ein Mädchen!«, wiederholte sie.

»Ein Christkind!«, rief Karin. »Heute ist doch Heiligabend, wisst ihr … da ist es doch ein Christkind.«

»Karin, du dummes Geschöpf«, tadelte Bernhard seine Frau, »das Kind wird doch nicht an Weihnachten geboren.«

»Trotzdem! Ein Christkind!«, beharrte Karin, als müsse sie eine Entdeckung von weltweiter Tragweite verteidigen.

Es war Papa, der uns alle wieder auf den Boden der Realität holte. Und die verzückten Blicke der anwesenden Damen mit einem einzigen Satz ausknipste.

»Laura!«, rief er dröhnend, stand auf und nahm seine Tochter in den Arm. »Ja, weine ruhig …«, er wischte ihr die Tränen aus dem schönen Gesicht. »Aber sag mir eines: Wer ist denn der Vater?«

»Ja, der Vater?«, kam es aus dem Munde sämtlicher Damen, als bildeten sie den Chor in einer griechischen Tragödie.

Laura weinte und schniefte, und mir war im selben Moment klar, warum sie Zuflucht zu den Tränen suchte: um nicht antworten zu müssen. Nicht sofort jedenfalls.

Meine Vermutung wurde bestätigt, als sie nur hilflos die Schultern zuckte. Und jeder wusste, dass dies kein Schluchzen, sondern das Eingeständnis des Nichtwissens war. Sie schüttelte den Kopf.

Mit einem Mal war Mama auf den Beinen. »Was soll das heißen, Laura?«, fragte sie streng. »Dass du nicht weißt, wer dir das Balg angedreht hat?«

»Elisabeth!«, rief Papa so entrüstet wie selten. »Du hast zwar heute Geburtstag, aber das gibt dir nicht das Recht, dich im Ton zu vergreifen!«

»Aber wohl das Recht, die Frage nach dem Vater zu stellen … nach dem Kerl, der meine Tochter geschändet hat.«

»Elisabeth!«, schrie Papa nun, um einige Dezibel lauter, und schlug sogar auf den Tisch.

Annerose richtete sich auf. Nun war die Prinzipalin gefragt.

»Betty, hör auf mit deinem inquisitorischen Getue. Das steht dir nicht … und dazu hast du auch kein

Recht. Wir wollen mal nicht vergessen, was du vor fast vierzig Jahren für ein Theater veranstaltet hast, bis du mir mit einiger Sicherheit sagen konntest, dass es Friedrichs Kind war, das du unter deinem Herzen trugst. Die Spanne zwischen deinem abservierten trantütigen Germanistik-Studenten, der seine Liebesgedichte bei Rilke abschrieb, und deinem honorigen Mann war zu kurz, um gleich eine verlässliche Aussage zu treffen.«

»*Mutter!*«, schrie Mama auf. »Wie kannst du es wagen …«

»Wie kann ich *was* wagen?«

»Wie kannst du es wagen, hier in meinem Haus, an meinem Geburtstag, vor aller Augen und Ohren solche Ungeheuerlichkeiten in den Raum zu stellen!«

»Ich stelle keine Ungeheuerlichkeiten in den Raum. Ich sage nur, wie es war. Ehrlich, wie ich nun mal bin.«

»Aber das geht niemanden etwas an. Und so war es auch gar nicht …«

»Doch, Betty«, warf Papa ein und streichelte Laura wie zum Trost übers Haar. »Genau so war es. Das weißt du ebenso gut wie ich. Und wer wüsste es besser als ich?«

Es ging um mich, wie ich mit Schaudern feststellte. *Um mich!* Sie redeten von mir, als sei ich ein Kriminalfall, den es zu lösen gelte. *Der berühmte Detektiv hatte alle Verdächtigen in den Salon zusammengerufen, um ihnen endlich die Auflösung des Rätsels zu präsentieren.*

Laura wand sich aus Papas Umarmung und machte einen Schritt auf ihre Mutter zu, die sich umgehend körpersprachlich versteifte.

»Mama …«

»Ja, was … *Mama*«, äffte sie Lauras bittenden Tonfall nach. »Soll das dein Geschenk an mich sein … ein Baby, das … das keinen Vater hat?«

»Aber, Mama …«, sagte Laura kleinlaut und wandte sich ab, da sie die gestrengen Blicke, die sie trafen, nicht ertrug.

Wieder schaltete sich Papa ein. »Natürlich hat das Kind einen Vater. Betty, nun mach bitte mal einen Punkt. Und veranstalte hier kein Drama … vor aller Augen und Ohren, wie du es so schön gesagt hast. Und auch wenn Laura … wenn wir alle den Vater nicht kennen … *noch* nicht kennen, möchte ich sagen … das Kind hat eine Mutter und …«

»Wie Weihnachten«, unterbrach Dorle aufgeregt. »Maria und Josef … ihr wisst schon … da kannte auch niemand den Vater.«

»Meine Güte, Dorle«, rief Mama empört. »Du wirst doch die Geburt des Heilands nicht mit diesem Bastard vergleichen, der da im Bauch deiner Schwester heranwächst.«

»*Bastard … heranwächst?*«, schrie Laura nun. Sie hatte sich gefasst, und da sie bei Mama mit Zerknirschung nicht weiterkam, flüchtete sie wie sonst auch in den Angriff. »Du redest, als trüge ich hier einen Alien aus!

Bist du noch bei Trost? Wie kannst du mich hier nur so vorführen! Ich bin deine Tochter, und dies wird dein Enkelkind sein. Willst du es so willkommen heißen? In welchem Jahrhundert lebst du eigentlich, dass du hier so eine viktorianische Moral verkündest?«

»Was ist wickoranisch?«, fragte Jules und zupfte Tina aufgeregt am Rock. Oder war es Jim? Egal. Tina zuckte die Schultern, sie hatte keine Lust, ihren Sohnemann aufzuklären, jetzt, wo es hier so dramatisch und spannend war. Heftig zog sie an ihrer Zigarette.

»Viktorianisch hin oder her«, sagte Papa bestimmt. »Laura bekommt ihr Kind … es ist unser Enkelkind … ein unerwartetes« – sein Blick traf Julie und mich, Julie mehr als mich, wie ich beunruhigt feststellte –, »und wenn wir auch den Vater nicht kennen … es hat eine Mutter, es hat mich, den Opa … und uns alle. Nicht wahr? *Uns alle!*« Er ließ seinen Blick über nickende Köpfe schweifen.

»Meine Güte, was für ein Theater!«, rief Oma Annerose. »Jean-Luc, Jonathan, Jonas oder wie auch immer die Kerle hießen, die sie hier angeschleppt hat … ist doch egal. Es ist *Lauras Mädchen!*« Und dann erhob sie sich ächzend, machte ein paar Trippelschritte auf ihre Enkelin zu und nahm sie in den Arm.

Das war zu viel für Mama. Vielleicht empfand sie diese Demonstration verwandtschaftlicher Einigkeit als Provokation, als gegen sie gerichtet oder gegen ihre moralische Empfindlichkeit, die ihr, das wusste ich, so gar nicht ähnlich war. Jedenfalls stand sie abrupt auf, ein Schauder der Empörung schien sie zu durchfahren, als sie sich kerzengerade aufrichtete, den Kopf hob, zur Tür ging und aus dem Salon rauschte. Anna Netrebkos heroischer Tod auf der Bühne, das Ende einer italienischen Oper war nichts dagegen.

»Elisabeth!«, rief Papa ihr hinterher.

Annerose hielt ihn zurück. »Lass sie …«

»Sie wird sich schon wieder beruhigen«, sagte Robert und grinste.

Da war ich mir nicht so sicher.

Robert hatte für Tragik keinerlei Sinn. Ihn schien das alles nur königlich zu amüsieren.

Da stand sie, auf dem riesigen Balkon, den sie immer Terrasse nannte, in der bitteren Kälte dieses Heiligabends, fassungslos und doch mit trotzig erhobenem Kopf, und zog hastig an einer Zigarette. Mama raucht nur, wenn ihre Gefühle in Aufruhr sind. Wenn sie *sehr* glücklich oder *sehr* unglücklich ist. Greift Mama also zur Zigarette, hält die Familie den Atem an. So tat auch ich es, als ich den Arm um ihre Schultern legte, den sie jedoch unwillig abschüttelte, indem sie sich einen halben Schritt abwandte. Aber ich hatte gesehen, dass Tränen in ihren Augenwinkeln standen, Tränen, die sich nach außen gekämpft hatten und die sie trotzdem nicht weinen wollte.

Schneeflocken tanzten im Licht der Balkonbeleuchtung. Es sah hochromantisch aus, wäre es nicht meine

Mutter gewesen, die da fröstelnd in der bitteren Kälte stand, erbarmungswürdig wie das Mädchen mit den Schwefelhölzern.

»Mama …«, begann ich zaghaft.

»Lass nur, Johannes«, sagte sie. Johannes, nicht mehr Buberl. »Ich … ich habe alles versaut, nicht wahr?«

Dies wäre der Augenblick gewesen, in dem man eine Bresche hätte schlagen können. Der Moment, reinen Tisch zu machen, die Schmach all der Jahre zu tilgen, alles geradezurücken, was in Schieflage geraten war. Doch es war dieses »versaut«, dieser ihr vollkommen unangemessene Ausdruck, der ihr unter normalen Umständen nie und nimmer über die Lippen gekommen wäre, ja den sie nicht einmal zu denken gewagt hätte, welcher mich mit einer Woge aus Mitgefühl, ja Mitleid überschwemmte. Ich trat einen Schritt auf sie zu, legte noch einmal den Arm um sie, zog sie fest an mich, und diesmal stieß sie mich nicht weg und wandte sich auch nicht ab, sondern blickte mich an mit einem weidwunden Blick, an dem nichts gespielt oder gestellt war, der ihr wahres Wesen zum Ausdruck brachte. In diesem so seltenen Augenblick zwischen Mutter und Sohn gab sie ihre Souveränität auf, ihre Dominanz, all ihre Ansprüche und Ambitionen. Für diesen einen Moment voller Seligkeit und Schmerz gestattete sie sich selbst, einmal Schwäche zu zeigen.

»Aber, Mama … wo denkst du hin?«

»Doch, doch … ich weiß schon. Ich bin schrecklich. Ich kann nicht einmal an meinem eigenen Geburtstag

Frieden halten oder stiften. Ich bringe alle in Aufregung, nicht wahr? Warum tue ich das nur? Kannst du mir das sagen?«

Ich hätte sagen können, ohne Zweifel. Aber was hätte das gebracht? Es wäre ein so leichter Sieg, ihr jetzt, wo sie seelisch am Boden lag, auch noch ein wohlfeiles Argument in die Brust zu stoßen. Stattdessen vergrub ich meine Nase in ihr Haar und tat das, was ich immer tat. Ich flüsterte nur:

»Ach, Mama …«

Ich wusste nur zu gut, warum sie sich so empörte über den »fehlenden« respektive unbekannten Vater. Es war keineswegs viktorianische Moral oder überholtes bürgerliches Ehrgefühl. Im Grunde war es ihr gleich, wie es auch Papa und Oma und all den anderen letztlich egal war, dass Laura neben ihrem Baby nicht auch den »Erzeuger« präsentieren konnte. Was ihr zu schaffen machte, was ihr wirklich gegen den Strich ging, war auch nicht die Blamage oder etwas ähnlich Ehrpusseliges. Es war etwas sehr viel weniger Bedeutsames. Es war einfach *nicht perfekt*. Und dieses Weihnachten, dieser Geburtstag, dieser Festtag, er sollte nun einmal perfekt sein. Alle sollten ihn als wunderschön und wunderbar in Erinnerung behalten. Und nicht Lauras »verunglücktes Geschenk«.

Jetzt stand sie hier, überschwemmt von Schuldgefühlen, dass sie nicht angemessen erfreut oder gar beglückt auf diese weihnachtliche Offenbarung reagiert hatte. Karin hatte schon recht – dieses kleine Wesen, das in Lauras Bauch wuchs, war ein Christkind. Und es hatte Mama die Show gestohlen, noch bevor es auf der Welt war. Das alles war einfach nicht so gelaufen, wie es hätte sollen. So einfach. Und so tragisch.

»Ach, Mama«, wiederholte ich. Mein Mama-Mantra. Wohl keinen anderen Satz hatte ich in meinem Leben öfter gesagt.

Sie blickte mich mit tränennassem Gesicht an. Ihr Make-up war zerlaufen, eine Strähne hatte sich aus ihrer hochgesteckten Frisur gelöst und wippte vor ihren Augen wie ein vorwitziges Ausrufezeichen.

Sie holte einmal tief Luft, als wolle oder könne sie das, was geschehen war, abschütteln. Und vielleicht gelang ihr genau das. Als sie wieder sprach, war ihre Stimme fest und unerschütterlich wie eh und je.

»Weißt du was, Johannes?«

Ich schüttelte den Kopf.

»Ich bin ein Dummkopf. So idiotisch. Ja, doch … lass es mich sagen. Ich gehe jetzt wieder da rein und entschuldige mich. Ich nehme Laura in den Arm und heiße sie und ihr Kind willkommen. In unserer Familie. Zu Weihnachten. Sie ist doch im Grunde auch auf der Flucht, weißt du … wie damals Maria in Bethlehem und Ägypten und was weiß ich, wo. Sie wird hier ihre Zuflucht finden, hier bei uns, in unserer Familie, wo sie hingehört. Doch, doch … es ist wie Weihnachten.

Karin hat schon recht. Sie ist vielleicht nicht die Intelligenteste, aber sie hat intuitiv gespürt und zum Ausdruck gebracht, was meine Aufgabe gewesen wäre: der jungen Mutter und ihrem Kind, auch wenn es noch ungeboren ist, hier ein Willkommen zu geben. Eine Krippe, wenn du so willst. Und jetzt gehe ich da wieder rein«, wiederholte sie. Und dann leiser, als sie sich abwandte: »Meine Laura … mein Kind.«

Ich blieb draußen und zündete mir einen Zigarillo an. Das war alles zu viel für mich. Und so kann ich hier nicht berichten, wie die Versöhnung vor sich ging und wer wie viele Tränen vergoss. Ich stand auf diesem saukalten Balkon, die letzten aus dem Himmel fallenden Schneeflocken tanzten im Licht der Laterne, und vermutlich holte ich mir eine Erkältung, eine Lungenentzündung oder noch was Schlimmeres. Und ich dachte daran, dass mein Papa mich angenommen hatte, damals, als noch gar nicht ausgemacht war, dass er *mich* seinen Sprössling nennen könnte. Vielleicht war es in jenem Augenblick gewesen, dass unsere Familie gegründet wurde: als Papa *Ja* zu *mir* sagte. Und ich sein Sohn wurde, so oder so.

Julie öffnete die Balkontür, trat zu mir hinaus und fasste mich am Arm. Ich drehte mich um, und ihr über alle Maßen bezauberndes Lächeln traf mich wie ein Pfeil aus sicherem Bogen.

»Ich weiß, mein 'erz … ich weiß«, sagte sie und hielt mich eine Zeitlang still umarmt. »Aber nun komm wieder rein …«

Ich nickte und atmete einmal tief durch.

»Ist das nicht verrückt«, sagte ich, überflutet von Glück, und wies auf die weihnachtlich geschmückten und erleuchteten Fenster, »dass zu diesem Fest tatsächlich das Christkind kommt?«

Julie streichelte mir die Wange. »Ja … mein lieber, guter Weihnachtsmann. Du … mein 'eld des Tages.«

Als solcher jedoch fühlte ich mich gar nicht. »Du bist verblendet, wie immer«, sagte ich mürrisch, obwohl ich mich freute. »Die wahre Heldin ist übrigens da drinnen.« Ich wies auf das Fenster des Salons.

Ja, dieses Weihnachten hatte eine Heldin, und die stand, wie ich durch die großen, hell erleuchteten Balkonfenster sah, inmitten all ihrer Lieben, die sie umringten. Sie hielt Laura fest umarmt, und ihr Blick traf sich mit meinem. Sie blinzelte mir zu.

Ganz offensichtlich wusste Mama nicht, ob sie lachen oder weinen sollte.

Also tat sie beides.

EPILOG

Sie lag neben mir im Bett, in einem der kleinen Gästezimmer der elterlichen Wohnung, während Tante Charlotte in meinem früheren Kinderzimmer logierte und dieses Privileg womöglich gar nicht zu schätzen wusste. Ich aber wusste durchaus zu schätzen, dass ich in dieser Heiligen Nacht nicht allein bleiben musste, sondern die Gefährtin meines Lebens bei mir hatte, so nah, wie man es sich nur wünschen kann.

Irgendwann, zwischen ein und zwei Uhr in der Früh, hatten sich die letzten Gäste empfohlen beziehungsweise in die ihnen zugewiesenen Gemächer zurückgezogen. Francis war fürstlich entlohnt worden und hatte sich mit einem tiefen Diener verabschiedet. Heiligabend war vorüber. Am Himmel stand tatsächlich ein voller Mond, den unzählige Sterne in klarer Nacht umfunkelten und dem sie ein traumreich glitzerndes Bett bereiteten.

Es hatte längst zu schneien aufgehört, die schweren Wolken hatten sich verzogen und Platz gemacht für den Stern von Bethlehem, der auch über uns hinweggezogen war. Ich schaute aus dem Fenster, die leise in meinem Arm atmende Frau an mich gedrückt, und wie in einem Kinotrailer die schönsten und aufregendsten Szenenschnipsel eines Films aneinandermontiert sind, so rauschten die Szenen des vergangenen Abends an meinem inneren Auge vorüber. Und ich überließ mich dem Sturm der Bilder und Gefühle so ohne Hemmung oder gar Widerstand, dass es mich selbst erstaunte, wie ich hier so ruhig liegen konnte, nach all dem Chaos der vergangenen Tage.

Julie rekelte sich schlaftrunken. Sie hatte gar nicht geschlafen, sondern wohl auch im Garten ihrer Gedanken gelustwandelt. Ich malte mir aus, dass sie dabei auch meiner in reiner Zärtlichkeit gedachte, aber das war wohl nichts als ein poetisches Hirngespinst. Dass meine schöne Frau nicht musizierende Engel oder die himmlische Liebe zu ihrem Gemahl im Sinn hatte, sondern Lauras Offenbarung, war zu spüren, als ihre streichelfreudigen Finger aktiv wurden, aber auch zu hören, als sie mir mit rauer Stimme ins Ohr flüsterte: »Jean?!«

»Ja, mein Sternchen.«

»Oh … *Sternschen* … wie süß.«

»Du bist ja auch süß. Und lieb.«

Sie kuschelte sich noch enger an mich. Nur ein Trottel hätte die Signale aus dem Universum weiblicher Wünsche missdeuten können. Ich deutete sie richtig, hatte aber auch meinen Spaß, Julie noch etwas hinzuhalten.

»Ja … und weil ich so lieb bin«, sagte sie mit drolliger Energie, »mache ich ganz viel und ganz gern Liebe.«

Ich kicherte. »Mit mir?«

»Mit wem sonst?«

Sie boxte mich in die Seite. Ich drückte sie fest an mich, um weiteren ihrer zärtlichen Angriffe zu entgehen.

Eine Zeitlang lag sie still. Dann seufzte sie.

»Jean?«

»Ja?«

»Wollen auch wir vielleicht ... wollen wir ... wie soll ich sagen ... unsere Herzen öffnen für ein Christkind?«

»Aber, *ma chérie*«, flüsterte ich zärtlich und zitierte dann meinen Onkel in tadelndem Bass: »Das Kind wird doch nicht an Weihnachten geboren.«

»Trotzdem! Ein Christkind!«, beharrte Julie in Karins Tonfall. Und dann trotzig-hartnäckig: »Jetzt! Bitte!«

Frauen sind so. Engel eben.

Dann würde es also vielleicht bald ... nächstes Jahr schon ... *Weihnachten mit Mama* in meiner eigenen kleinen Familie geben.

Die Geschichte ist frei erfunden,
die Ähnlichkeit mit lebenden Personen
und tatsächlichen Geschehnissen
allerdings unvermeidlich.

THIELE POCKET

Ungekürzte Taschenbuchausgabe

ISBN 978-3-85179-555-4

Alle Rechte vorbehalten

© 2024 Thiele Verlag in der
Thiele & Brandstätter Verlag GmbH, Wien
Covergestaltung: Christina Krutz, Biebesheim am Rhein
Satz: Christine Paxmann • text • konzept • grafik, München
Druck und Bindung: CPI Books GmbH, Leck
Printed in the EU

www.thiele-verlag.com